字谜犯

[美]尼尔·贝尔 乔纳森·格雷 著

徐宁 译

序曲

在一幢褐石建筑的地下室里，有个单间公寓设计得像个标准的正方形，里面稀稀落落地摆着些家具，却没有镜子。这间公寓的门外就是人行道。如果你碰巧要进去，首先映入眼帘的就是那张白色宜家床的踏足板，床被精心安置在公寓的左边墙角，好似嵌在公寓里，如此布置是为了让床上的人只抬抬头就能看见房间的门。紧邻着床的另一边是张原色松木梳妆台，抽屉朝前，和床头板形成精准的直角。乍看之下，这个布局似乎看起来有违风水，但住在这里的那位对这种愚蠢的想法毫不关心。

稍往里走走，屋里床帮对着的一边，也就是你的右手边，有一个不大的瓷制水槽和一个双灶燃气炉，这都是为所谓的厨房准备的。可能你还会注意到，这个房间非常干净，好像墙上每天都喷洗涤剂，每一寸都被擦洗得干干净净的。浴室也是锃亮，好像每次洗完澡都彻底刷洗了一遍。浴室里只有一个厕所，玻璃钢浴缸和淋浴设备也只有一套。这都是原来那个古旧的贵妃浴盆的替代品。这座上流社会建筑的设计者本想把那个贵妃浴盆安在这里。对于房客来说，那个玩意儿出现在这样一个地方，只能让那个人觉得这是一个抠门儿的冒牌设计师的匆忙之作。从房客的需求来看，这个设计的这个缺陷显而易见，但

1

除此之外，一切还是很完美的。那只是一个失职的设计师的败笔，世界上有太多类似这样的失败的人和失败的作品。可能这名设计师还有其他重要的事情赶着处理吧。

浴室旁边单独摆放着一个壁橱。打开橱门，呈现在眼前的设计和大多数战前建筑里的一样，很质朴。每件衣物都挂在相同款式的轻质木衣架上，衣架之间间隔匀称。房客的衣柜里整齐地放着些白色的牛津纺衬衫、卡其裤和一套黑色西装。结合简单的室内家居风格，你可能也推测到了，这位房客有"简洁癖"，他把一切简单化，减少衣柜里的衣物，以免为每天穿什么衣服徒增烦恼，也不会在乎尘世间的财富和物质享受。如果是这样，那你就猜对了。因为他只对他脑子里冒出的一个个想法感兴趣，有时也会为之疯狂。

他租这间公寓时，向房东提了个条件：至少提前一天通知一下才能过来。他居然还坚决要求将这条写进租约里。这下当然立刻就招致房东的怀疑。等到这位未来的房客眼都不带眨一下，把三个月租金和两个月的保证金交给他，房东这才放下心，立刻在租约上签了字。租约的条款里规定，要保证房客的隐私免遭别人的窥探，对于厌弃的眼神，应当给予尊重，除非房客有要求无须如此（但他绝对不会的）。

他就全靠这份租约了，事实上他也很无奈。毕竟，有哪个房东能理解一个成年人在自己房子的墙上写字呢？警察发现了大卫·伯科维茨，臭名昭著的"山姆之子"连环杀手，在公寓墙上写的字时，也不能理解。

不会有警察见到他在墙上写的这些东西，起码在他活着的时候不会。关于这点，他很确定。他对自己发誓，要不惜一切保护好这些，这是他的作品。即使用涂料遮盖住，也在所不惜。

现在，他一个人在这个藏身之处，又往墙上写了些字。事毕，他用鼻子嗅了嗅那支黑色马克笔才盖上，他喜欢那种酒精味。他打小就收集马克笔，每个颜色各一支：棕、蓝、红、橘、紫、绿，当然还有黄色。那支黄色的是他的奖品。他从来没见过有人用黄色的马克笔。后来有一天，他妈妈把这些笔都扔了，因为他在自己卧室的墙上画了一些"下流、恶心、变态"的画。他回忆起这件事的时候，脸上还露出了笑容。他就是用黄色的马克笔画出她们隐私部位的。十二岁时，他妈妈粉刷了他卧室的墙，以掩盖墙上画的女人，因为马克笔的痕迹是去不掉的。

"这是永恒的，"他心里想着，向后撤几步，欣赏着自己的"作品"，又工整地在墙上的几十对词后面添了两个词——"幻想女伴（fictions chaperone）"。墙上的词是一列一列的。他笑着看向上面列出的前几对词："感染偷猎者（infections poacher）"、"章鱼授权（octopi enfranchise）"、"匹诺曹紧固件（Pinocchio fastener）"。这些词的组合可能对别人来说根本就不着边际，但却可以使他冷静下来，因为只有他知道这些词是什么意思。

因为这些词确实有其含义，难道不是吗？毕竟，二十六个字母本身就没什么意义，只是一长串字母。它们可以组成词，造成句子，形成思想。单个字母可以连缀在一起，再加上更多的字母，像按照配方烹饪一道美味的菜肴一样，构成单词。他也喜欢烹饪，把各种食材放在一起，就做成了一道可口的炖菜或者精致的脆皮馅饼。单单食材的味道并不好，同样，字母表里的字母也一样，但是，正确的字母组合和恰当搭配的食材，使他杂乱无章的生活变得有序起来。墙上的单词和他之前烤出来的苹果馅饼上的肉桂香味，消除了他内心的躁动。他自己正在创造的小天地原本就完美无瑕,这下立刻变得更加完美了。

有序、完美、无瑕。

他像往常一样凝望着这些单词沉思。因为这些正是他努力从杂乱无章的生活中总结出来的,而因为这样或那样的原因,它们总是不太容易总结。

直至现在。

他抓起他最爱的黄色马克笔,又在另一个词组上方写了两个词:聚精(GATHER STAMINA),再用棕色笔描出轮廓,这样一来,那个光秃秃的灯泡照亮屋子的时候,这些字母就会像金子一样闪闪发光。这些词对他来说,不仅仅是一条条隽语,更是赖以为生的东西。它们暗示了他是谁,他想变成谁以及他真正的本性。而且,只有他知道为什么。

他转向右边的墙,知道总有一天,人们会对这面墙议论纷纷。他又欣赏了一遍自己的作品:十五个工整的格子,横竖交错。在别人看来,这就像一个空的填字谜。他用黑色马克笔比着尺子整齐地把最后一个格子画在右下方的墙角。他等着这一天的到来,不过,应该比预计的要晚。这些格子随机地填满字母,组成了词,将成为他的杰作。他的毕生作品,只完成了框架。他心里明白,用马克笔完成最后几画,就要行动了。

他走到屋子的另一头,进了厨房,拿起之前丢在炉子上的马尼拉纸信封,打开燃气灶。看着眼前舞动的蓝黄相间的火焰,他被吸引住了。信封里是从照片上剪下的相纸,精确地裁成半英寸见方,他打开倒在手上,扔进了火里。火苗吞噬了照片碎片,其中有一片是一只眼睛,一片是上嘴唇,还有一片是鼻子。这些纸片烧成一小堆灰烬后,纸片上的火苗才熄灭。

他心满意足地关掉了燃气灶,从一个低处的橱柜里拿出两个大罐子,又从一个抽屉里拿出一卷布、几把小刀、一把切肉大刀、一把大剪刀,剪刀的长刃突出,活像塔尖一样。他从壁橱最上层取下睡袋、帆布帐篷和一个没充气的橡胶床垫,每一件都整整齐齐地叠着。他一直喜欢户外,今晚,他要睡在星空下。

他知道,只要把这些强加给自己的事情做完,就能缓解生活中令人难以承受的不安,这种感觉他一直都能感受到。

永远解脱吧!

第一章

　　克莱尔·沃特斯笔挺地坐在床上，一只手捂住嘴，以防叫出声，同时，另一只手拽着蓝色的被子，盖住自己。

　　她曾经喜爱过纽约市一年之中的这段时光：五月初的黎明时分，有些微凉。喧嚣声从楼下"不夜城"的街道传来，不绝于耳。如果你能不理会这喧嚣，那么在这个季节，开着窗睡觉真是棒极了，至少对她来说是这样的。她小时候住在罗切斯特北部的偏远地区，从记事起，即便是在凛冽的冬天，她总是喜欢在夜里开窗睡觉，在暖烘烘的房间里她从来都难以入眠，因为暖和的房间对她来说就像六十五度以上的高温一样，酷热难耐。她觉得，毕竟冷的时候，你总能多盖几条毯子（反正这样她很是享受）；而热的时候，你总不能扒层皮吧。

　　然而此时，克莱尔却想撕破自己的皮肤。她正大汗淋漓，不是因为高温，而是因为她愈加频繁的噩梦。她此刻正梦到一个异常真实的场景：一个男人站在阴影里，手握一把刀，向着刚刚醒来的克莱尔猛冲过来。

　　她试图摆脱那种恐慌感，但心脏却怦怦直跳，停不下来。她伸手去抓床头柜抽屉里的佳乐定，但转念一想，这种赶走内心恐惧的快捷之法，能否真正使剧烈起伏的胸腔平复下来？况且，明天再做这样的噩梦怎么办？后天呢？大后天呢？吃佳乐定吃到噩梦消失？苯二氮䓬类药物是世界上最容易上瘾的药物，她现在最要不得的就是依赖镇静剂。噩梦固然可怕，但毫不夸张地说，停药可能会使她更加痛苦。

噩梦产生的不安迟迟不散，她重新考虑，再考虑。在心中试着去数，这是第多少天连续被噩梦惊醒后，依靠药物镇静下来。数着数着，就数不清了，她这时才意识到，已经吃了很久的药了。若克莱尔建议病人像她一样长时间服用苯二氮䓬类镇静剂，她不仅可能会丢掉"法医精神病专家"的专科医师认证，而且行医资格证也可能会被吊销。

"医者，应自医之为先。"——没错，大概写《圣经》的人从来都没服用过苯二氮䓬吧。

尽管心里不想承认这句话，但克莱尔明白，她还得像病人一样，按照自己开的医嘱来做。

她得找人讨论一下自己的状况。

她得感受到那份宁静。

但克莱尔能感受到的，除了空虚，就什么都没有了。

她忖道，还是感觉很痛苦。然后，另一种想法总会涌上心头：我经历的情感上的挫折太多了，这些磨难足够让人痛苦好几辈子。

所以她还是像以往一样，当情感冲昏头脑时，干脆就不想，把烦恼抛诸窗外，让它湮没在刺耳的嘈杂声中。

她随手拿过iPod，塞上耳机，把齐柏林飞艇乐队的《天国的阶梯》音量尽量放到最大，声音非常刺耳。音乐一直是克莱尔的良方，尤其是在最艰难的时候。去年，她经受的苦难比之前多得多。

她感到吉他弹出的柔和旋律像镇静剂一样，让她紧张的情绪放松了下来。克莱尔的内心一直在告诉自己，"这也只是一个权宜之计"，但她尽量不去想。作为一名搞研究的科学家，她知道大脑深处的杏仁体中隐藏着最原始的神经结构，那是应对危险的开关。一旦开始陷入深渊，她大脑里的杏仁体就会感知到死亡的威胁。但是那又怎样呢？她小的时候就做噩梦。噩梦和药物的折磨描绘出了她过去的生活轮廓。去年那个骇人的晚上之后，噩梦没有继续，镇静剂也没有再吃。从那时起，她的病情已经稳定，但是两周前，噩梦突然重袭，不得不靠药物维持。为什么会复发？

克莱尔闭上眼睛，齐柏林飞艇的歌曲节奏越来越快，她希望借此压制思绪，但这音乐甚至盖不过二十八层楼下那隐约的救护车警报器声。救护车鸣着笛顺着第二大街向南驶去。警报器声由远及近，又渐行渐远。分了一下神，她又迷失在歌曲之中。罗伯特·普兰特[1]的清唱终了时，她才从一直打架的眼皮缝中瞥见破晓的第一缕阳光打在了白色的窗帘上，那窗帘轻轻飘舞在春天柔和的微风中。她凝望着窗外宏伟的都市景观，一切都是那么美好，没有危险也没有坏人，更没有伤害。

克莱尔扭过头看床头柜上的闹钟，恰好是五点二十九分。她每晚都定闹钟，以防万一，但从来都没被它吵醒过，因为她总是在闹钟响铃前几分钟就醒了。做见习生兼住院医师时，值完那好像没完了的三十个小时轮班后，早晨她一回到家就瘫倒在床上，但总是睡不着。她唯一能感觉到的是饥饿，但它也好像睡着了一般，消失得无影无踪。

这会儿，她把双腿放在床边，关掉她的 iPod，摘下耳机，打开灯。那方正的梳妆台、床头柜以及大床的床头板都是米黄色胶合板材质，是从家居商城买的。像所有不忙的日子一样，她环顾四周：拼花地板、

---

1 齐柏林飞艇的主唱。

标准而普通的方方正正的卧室。这座现代化玻璃大厦第二十八层的这个套间，和曼哈顿的其他房间一样，而这种平凡，或许正是克莱尔想要的。

床头柜上的闹钟后面放着克莱尔前未婚夫伊恩的镶框照片，她每天早晨醒来都要看看那张照片。他们同居的公寓里，以前摆着一些古玩和名人纪念品，非常温馨，但现在大多被克莱尔卖了或者送人了。

"你信吗？我就住在这样一个地方。"克莱尔对着照片说道，好像照片里的他能回应一样。

克莱尔冲了澡，因为没时间用吹风机吹干，她就用梳子梳了梳她那头齐肩棕发。她从衣柜拿出时髦的唐娜·卡伦牌海军蓝套装，又把白色衬衣和一双克里斯提·鲁布托高跟鞋穿上。

一年前，她加入曼哈顿州立大学医院的法医精神病学研究计划时，穿的就是这身行头。要在以前，每天都这样装扮根本就难以想象。她之前在国家卫生研究院的一个实验室里工作，那儿没人会注意你的白大褂里面穿的是什么。来这儿之后，她像以前一样穿一条舒适的牛仔裤和一双运动鞋上班，但第二天又穿着这身衣服参加她的研究计划时，她的前导师在同事面前把她嘲笑了一番。法医精神病学高高在上，为了看起来庄重些，她不情愿地买了一些套装和高跟鞋，这些行头几乎花光了她所有的钱，所以她讨厌这样的衣服。

但这才是麻烦开始的前奏。回到研究计划的数月后，她又不得不请了一段时间的假。她发现衣柜里都是些套装、皮鞋和各种围巾。实际上，她穿着这些衣服却乐在其中。克莱尔常想，自己突然对时装产生热望是否只是为了填充生活中的空虚、乏味，不过用这种物质的方法得到快乐，倒也立竿见影。她抛开这个想法，把自己从内心的疑虑中解放出来，休息片刻。她自欺欺人地想，现在最重要的就是自己脸色不错，感觉也好，而且还准备好了回到工作中去。

她刚要穿上鞋，便想起有客人在另一个房间睡觉，鞋跟在拼花地板上的"嗒嗒"声无疑会吵醒他。于是，她拿起自己的高跟鞋，小心翼翼地打开卧室门，悄悄地向大门走去。

克莱尔拿过她的寇驰牌钱包，棕色软皮公文包，又向客厅扫了一眼，看见那个男人睡在沙发床上，她露出了今天第一个微笑。那正是她的父亲——弗兰克·沃特斯。

去年秋天，克莱尔请假离开了法医精神病研究计划，回到住在纽约州罗切斯特的父母那里。

两个月后，一家三口奔赴欧洲度假。

一个月的时间里，他们去了德国、奥地利、意大利和法国，最后行程在巴黎结束。不论是克莱尔还是她父母都没来过这些地方，这次旅行成了克莱尔记忆中最幸福、最快乐的时光。

回到罗切斯特后，她对父亲说，她应该回曼哈顿继续她的生活了。

"我不能永远待在这里'啃老'。"她一边戏谑地说，一边哈哈大笑。

这一刻是个转折点。弗兰克和蒙娜知道，这个想法是发自克莱尔内心的。弗兰克毫不迟疑地站了起来，张开双臂抱住了克莱尔——他的骄傲和开心果，告诉她，父亲是多么为她感到自豪，尽管因遇到困难而回了家，但能见到她，和她一起度过一段时光，就是他毕生最棒的礼物。

克莱尔眼中泛起喜悦的泪水，告诉父亲："我也是。"

克莱尔先给导师菲尔伯恩打了电话，她们商量好两周后克莱尔就回曼哈顿继续参与研究计划。

弗兰克陪克莱尔回到纽约,并为她贷款租下了一套安保措施完善的公寓。父女间多年的隔阂正渐渐消失。

这会儿,克莱尔盯着父亲看。听着他轻轻的鼾声,她觉得有种莫名的欣慰。

这段时间,父亲将工作重心调整到了纽约。克莱尔明白,去年发生的事件至今仍让他心有余悸。

他想尽量保证女儿的安全。女儿也为此深爱着父亲。

克莱尔正要开门,身后传来父亲起身的声音。

"你今天很漂亮。"

克莱尔转过身,看见父亲坐了起来。弗兰克·沃特斯身材瘦高,一头浓密的灰发,蓬乱但十分精神,一双和克莱尔一样的绿眼睛十分敏锐。他虽然已经六十六岁了,但长年坚持在健身房锻炼,让他的外表和动作看起来比实际年龄年轻十岁。弗兰克掀开被子露出了蓝色的丝质睡衣,颜色比克莱尔穿的套装略浅。

"我已经很小声了。"克莱尔说着朝客厅走去。

"你没吵醒我。"父亲安慰道。

克莱尔在父亲脸颊上亲了一下,说:"接着睡吧。"

"哦,"弗兰克答道,"我得去健身房了,然后我要开一天的会。你晚上什么时候能回家?"

克莱尔知道,父亲这么做是出于对她的保护。"大概八点左右吧,"她答道,"我今天也很忙。"

"所以你才这么匆忙?"弗兰克问道。

克莱尔觉得自己并没有显露出来,父亲是怎么知道的?

"你若是心中慌乱，我总是能看出来。"父亲接着说道，"甚至在你自己察觉到之前。"他好像能看透克莱尔的内心。

"没什么，"克莱尔说着穿上了高跟鞋，"我做了个噩梦。"

"你小的时候也做噩梦，"弗兰克一边找着拖鞋，一边说，"那时，你半夜醒来，然后把噩梦从头到尾给我讲了一遍。"

"我想把这个噩梦也讲给你听，但是我忘了。"她假装摆弄着短裙，这样就不用看着父亲了，但话一出口她就后悔了。她不想讨论那个噩梦，因为她担心上班迟到，而且再度回想噩梦的话，不安感就会像洪水一样涌上来。

"或许，我可以帮你回想，"他边拉开窗帘，边打着哈欠提议道，不等克莱尔拒绝，又说，"你记得你是怎么醒来的吗？"

"我手捂着嘴，从床上坐起来的。"克莱尔答道。她看看表，暗示父亲她没时间回忆这些了，不过，这个举动并没有达到目的。

"是因为这样，我才没听见你的尖叫声吗？"弗兰克边问边叠起被子，"你为什么会在梦中想要捂嘴呢？"

她竟被一个物理学家逼问到这种地步，真是莫大的讽刺。克莱尔笑了笑，顽皮地问道："这样就不会吵醒你了吧？"

这时，父亲也笑了，"没准这噩梦是关于我的。"

"我想不是的。"克莱尔说。

"你不是说你不记得了吗？"父亲提醒道，把床折回到沙发的样子，"那你怎么确定不是关于我的呢？"

谈话总是在同一个地方停止——就是那面砖墙。弗兰克一直收拾着，把沙发抱枕放回原位后，又换了个谈话策略。

"你知道的，"父亲猛地坐在整理好的沙发上，"你还是个孩子的时候,常常和想象的人说话。"

"是的,爸爸,"克莱尔叹息道,"这个我记得。"

"你妈和我都很担心你。"

"对于小孩子来说,有想象的玩伴很正常啊,"她用精神病医生的口吻说道。

弗兰克听过这种口吻,他已经多次听过女儿这么说话了,而且明白这口吻意味着:"我得走了。"弗兰克也用过相似的口吻跟女儿说话,只是自己不愿承认罢了。他也明白什么时候应该停止对女儿施加压力。

"好吧,别迟到了。"他说着从沙发上站了起来。

"谢谢,爸爸。"

父亲走过来,吻了克莱尔一下。"祝你今天过得开心,小家伙。"

克莱尔和父亲拥抱了一下,脸上露出了笑容。自从她记事起,父亲就用"小犬"这个宠物名来称呼克莱尔,而且她也很喜欢父亲这么叫她。她又吻了一下父亲的脸,转身快速地朝门口走去。此时,她又多了一分安心感,但走出去面对外面的世界时,一滴快乐的眼泪从眼中落下。

他要迟到了。他把所有需要用到的东西都收拾了一下:壶、卷在布里的厨刀、剪子。他感觉自己的脑袋里有怦怦的跳动声,这节奏就像敲鼓,打乱了他的思绪,让他停不下来手中自己强迫自己干的活。他抓过帐篷,带着壶和刀具离开了他的单间公寓,踱步在外,沐浴着凉爽的晨光,这注定是个好日子。

第二章

"我敢说,你一定没想到你会在这儿谈到脑科学,"克莱尔说道,希望能够借此刺激眼前坐着的这七人的大脑,而不是让他们昏昏欲睡,"但是,有很多新证据就在罪犯的脑中,可以帮助我们解释为什么有人一生都在犯罪。"

"因为他们是精神病患者,"米格尔·科隆嘟囔着说。科隆是一个来自拉美地区的二十五岁小伙子。他身体结实,总是一副严肃的表情,右臂超大的肱二头肌上文着一把匕首。他用那口带着西班牙味的布朗克斯口音评论着,让屋里的其他人,包括克莱尔,或低声窃笑或面露微笑。

"他们可不全是精神病患者,"克莱尔更正道,"但是米格尔你说得也没错,只是实际情况要比这复杂得多。"

米格尔和其他五位年轻的同事坐在一张现代风格的石墨色桌子旁,他们是著名的曼哈顿州立大学刑事司法和法医科学学院的学生。

克莱尔转向身后的白板,写出了一个词:表观遗传学(EPIGENETICS),并加上下画线,然后又转向大家。

"有人知道表观遗传学是什么吗?"她问道。

不出所料,没人举手。已过不惑之年的沃尔特·麦克卢尔教授虽然也在屋里，也很了解表观遗传学，不过他知道这不是出风头的场合。

麦克卢尔是克莱尔的导师洛伊斯·菲尔伯恩的朋友，但是克莱尔推测他们可不仅仅是朋友关系。克莱尔就是给他的学生来上课。这是一堂犯罪心理画像的深度研讨课。麦克卢尔问过菲尔伯恩——可能是枕边细语，看克莱尔能不能和他一起带这个班的学生，给这个班的学生介绍一下精神病学和遗传学的最新进展，尤其是表观遗传学的新兴领域，以及如何将这些应用到犯罪行为分析上。菲尔伯恩早已经在两个月前，也就是克莱尔刚回来工作的时候，就和她商量了麦克卢尔教授的这个请求。克莱尔很不情愿做这件事。但通情达理的她一想到菲尔伯恩是怎么把她从一个研究员弄到了这里，就觉得欠她人情，拒绝的话也就难以说出口了。克莱尔觉得就这么一次，而且估计很快就能结束，也没什么坏处，就答应了下来。

幸运的是，情况并不像她预期甚至担心的那样糟糕。班上总共才六个学生。教室不大，离幽闭恐惧症研讨课的屋子很远。克莱尔刚要开始讲课，就兴奋了起来，这堂课好像成了一次晚宴，而她正要向一群朋友讲个故事。她对自己莫名的兴奋有一点儿意外。克莱尔以自己前些年跟踪调查一个连环杀手的经历，让学生们进行了一场热烈的讨论。学生们听得全神贯注，问题连连，麦克卢尔教授也欣喜若狂。而且，把班上的学生分组，结果证明学生们可以合作得很好，这一点克莱尔和麦克卢尔教授都看到了。克莱尔感到很意外，毕竟她当初犹豫不决，而现在却很享受，把这当成了消遣。

到了第二次课，学生们脸上的表情让克莱尔对上次课的成功感到欣慰。表观遗传学对学过医学的人来说，就是浓缩的知识。这些孩子都会进入司法机关，成为警察、联邦特工或法庭调查员。不过，进这些机关与他们的智商和学习成绩没太大关系。

据克莱尔所知,米格尔·科隆就是一个例子。他成功地摆脱了被身为黑帮成员的父母抚养长大的命运,而且免于黑帮的追杀,也没有任何犯罪记录。大学期间,他一直是优等生。他想毕业之后去法律学院,然后进入联邦调查局。尽管他有些方面还不是很好,但不妨碍他成为克莱尔心中的英雄。医学院的学习在米格尔克服的困难中就是小菜一碟,但他和其他的学生依然是外行。克莱尔得想办法让她的课有趣一些,于是她看着米格尔的眼睛,说道:

"表观遗传学是研究基因的核苷酸序列不发生改变的情况下,基因是怎样随着时间发生永久性变化的以及引发变化的原因的学科。"

"你的意思是,拿动物来说,是研究它们怎样适应环境的变化吗?"卡拉·华莱士问道。她身材娇小,一头金发,是来自新泽西州阿尔派恩的姑娘。卡拉厌恶自己富裕的家庭,一心想进入纽约市警察局。

"他们和我们的基因是怎样适应的呢?"克莱尔答道,"环境不只包括我们呼吸的空气、水、食物……"

"还有一切有毒的化学垃圾也在体内,"韦斯利·菲尔普斯得意地笑道。韦斯利这人风趣、聪明、理智,一头深色头发,加上蓝灰色的眼睛,很帅气。他还在脸谱网的个人资料里写道,他想成为一名司法机关公诉人什么的。"我们正是我们的食物的产物。"

"那只是你,"贾丝婷·于,一个芳龄二十四的火辣女子,一头长长的黑发,睫毛膏涂得很重。克莱尔觉得她红红的唇彩涂得不甚雅观。大家在讨论韦斯利的答案是怎样应用到贾丝婷和她同居女友的性生活中时,米格尔正要说上两句,克莱尔先发制人地说:

"正确!韦斯利,但这并不全面。我们还受到我们家乡、现在居住的地方、和我们住在一起的人、我们如何被抚养长大以及我们毕生受到的各种创伤，无论是身体上还是精神上的伤害等方面的影响。一切生命周期的因素都引起了我们人体化学和大脑化学的反应，从而在我们的基因上留下了一些化学痕迹。所以，如果你认为这些基因里的脱氧核糖核酸就像电脑的硬件一样，那后成论的原理就像软件一样，随着时间推移，指挥着或者说影响着基因发挥作用。"

"你说'随着时间推移'，意思是在我们还活着的这段时间吗？"莱丝丽·卡迈克尔问道。莱丝丽是个非裔美籍的美女，长长的发绺向后梳成一个马尾辫。她二十四岁时，为了照顾长期患病的母亲休学六年，直到最近母亲去世才复学。

"是的，尽管有新的证据证明我们基因上发生的表观遗传变异可能会遗传给后代。某些妈妈在怀孕期间经历饥荒，导致婴儿体重明显偏低。有一项研究跟踪调查了这些婴儿。你们明白了，是吧？这些孩子处于成长期，而食物摄入量仅仅能够维持自身需要。谁来设想一下，这些孩子出生时发生了什么？"

柯利·马蒂斯来自斯塔滕岛，身材瘦高，虽然已经二十五岁，但脸上还有痤疮。克莱尔还没说完，他就举手答道："这些婴儿出生时体重也会偏低。"

"多数婴儿都表现出了这个倾向，"克莱尔肯定道，"好，那我们再回头说我们刚开始讨论的……"

"嘿！嘿！嘿！"米格尔举手，打断道，"你是说我加入了黑帮，是因为我的父母是黑帮成员？我的孩子以后也会加入？要是这样的话，我就把他们全干掉。"

"但是如果你的孩子出生在一个父亲或母亲有稳定工作的家庭，他们将会在良好的氛围中成长。"克莱尔提醒道。

贾丝婷对米格尔又爱又恨，于是咕哝着说："你必须找一个可以忍你、凡事都让着你的人。"

"那你这是自告奋勇喽？"米格尔回击贾丝婷，脸上戏谑地一笑。

麦克卢尔教授掩饰住自己想笑的冲动，但明白是时候插一句了。

"你们这些活宝。谁能思考一下，为什么这个和犯罪行为有关呢？"他说道。屋里顿时安静了下来，把讨论又集中到最初的焦点上。

克莱尔向教授看了一眼以示感谢，同时告诉自己，教课不只是传授信息，而是练习如何把握处理和不同人之间关系的度。

"好，"她默默地深吸一口气，"谁还想发言吗？"

"米格尔说的我不敢苟同，"卡拉·华莱士答道，"不是吗？如果你在一个混混的家庭里长大，也会潜移默化地受到影响，比如说托尼·索普拉诺。"卡拉说到最后，提到了流行电视节目中的一个人物，并由此扬扬自得起来。

"他只是个虚构的人物。"莱丝丽·卡迈克尔轻蔑地回道，那语气好似在说："你真是愚蠢至极啊！"

但是克莱尔脑中突然迸发出一股灵感。"等一下，莱丝丽，"她接着说道，"在流行文化中，有很多这样的例子。我们拿卡拉提出的例子来讲。关于托尼·索普拉诺的，我们还了解多少？"

她几乎能感受到大家针对一个回答大脑飞快运转涌出的热量。克莱尔看电视并不多，但她的前未婚夫伊恩是一个索普拉诺迷。

"唔，他的父亲和叔叔都是犯罪集团的成员，是吧？"贾丝婷问道。

"而且他的母亲是个爱说疯话的婊子。"米格尔补充说。

克莱尔的手自动地指向米格尔，鼓励他说："来，接着说。"

"比如说,她已经死了。说过的话,她会说她从来没说过。她总是羞辱托尼,一会儿叫他好儿子,一会儿又骂他妓女,就因为他不像他爸那样爷们。她甚至曾经暴打过托尼。"

米格尔说话时没有夸张的语调,平静得好像这就是事实似的。对于克莱尔来说,她只是想大致了解一下米格尔是怎样克服了他父母对他在表观遗传方面的影响。

"米格尔十分正确,"克莱尔道,"如果一个孕妇服用可卡因或者海洛因的话,结果会怎样?"

"小孩生下来就是个瘾君子。"一直沉默的韦斯利突然开口道。

"嗯,那我们假设你们的母亲像托尼的母亲一样,"克莱尔从学生的脸上和眼神中看到了真正的兴趣和专注,接着说,"你认为会发生什么?"

"恐怕不吃百忧解[1],我后半辈子就得在精神病医生的沙发上度过了,"韦斯利语气平和地答道,"就像他一样。"

"或者像他儿子一样,"柯利补充道,"成了一个真正的怪胎。"

克莱尔道:"正是如此,而且科学研究结果也支持这一结论。2010年发表的一项研究认为一个人童年所受的虐待,包括性虐待、身体伤害甚至语言上的漫骂,就像托尼·索普拉诺屈从于母亲淫威那样,和基因的调节活动紊乱有关,比如我们经受巨大压力时释放的荷尔蒙量。"

"如果你父母总是对你大喊大叫,你根本没有办法。"卡拉说。

"他们不这么做也会造成影响的。另一项从2011年就开始的研究发现,这些孩子在为人父母之后的前三年承受着巨大的压力。他们某些基因上的表观遗传痕迹在他们孩子十五岁时仍然存在。"

1　一种口服抗抑郁药。

韦斯利接着补充说:"而且,到那时候,孩子可能已经闯下大祸,为时已晚了。"

此时,麦克卢尔教授指指他的手表,示意该下课了。

"非常正确,"克莱尔说道,"那我们今天就讨论到这里。"

学生们关上笔记本电脑,收拾好东西,谢过了克莱尔就奔着下节课的教室去了。"讲得不错嘛,克莱尔,"麦克卢尔说道,声音中流露出抑制不住的兴奋,"你完全把他们吸引住了。"

"卡拉他们帮了我大忙,"克莱尔仔细回想了一下,回道,"我原以为我还得自己回忆什么'索普拉诺'呢。"

"我能给你提几点建议吗?"麦克卢尔说话的方式让克莱尔想起了父亲。

"一定洗耳恭听。"克莱尔答道。

"不必紧张。"麦克卢尔语气温和地说。教授身着一件过时的宽翻领花格子运动外套。

"首先,你必须做好充分准备,才能有信心给学生上课。当你成为一名真正的老师时,就会发现一个秘密,你从学生那里学习到的东西比从任何书本上学到的都多,而且你比学生学到的更多。"

克莱尔不禁露齿一笑,拨开脸上的一绺秀发。她的前导师临终之时对她说过类似的话,老师从她身上学到很多,直至刚才的一席话,她才明白老师的意思。谈话让克莱尔觉得和麦克卢尔的关系又近了一些。她满怀着自豪离开了教室。

曼哈顿州立大学的综合医学设施位于基浦斯湾,占了第一大街和第二大街之间的整个街区。新老建筑混杂并向外蔓延开来,将医院和住院医师办公室、医学院、科研大楼以及学生宿舍都环绕其中。正常情况下，从学院的校区出发五分钟就能走到。但是，克莱尔发现，一旦有警察护送的车队从第一大街开到联合国总部大楼，拥挤的人行道就几乎寸步难行。她心中暗骂自己，怎么把今天总统要来联合国总部讲话的事给忘了？再说了，总统怎么胆敢让城市交通瘫痪？拥堵的交通让克莱尔穿过马路就多花了五分钟，这下肯定迟到了。

终于到曼哈顿州立大学医院了。克莱尔冲出电梯，希望在菲尔伯恩发现她没来之前能成功潜入办公室。但是，还没跑几步，身后就传来了让克莱尔不寒而栗的声音。

"早啊，亲爱的。"

言之诚恳，让克莱尔感到更加内疚。洛伊斯·菲尔伯恩博士管理曼哈顿州立大学的精神病学部门已经十多年了。后来她又接过法医精神病学研究的管理工作，现在身兼两职。克莱尔正是要在这里开始第二年的研究工作。

菲尔伯恩六十岁出头，穿着整齐，只是最近头发没有染成暗红色，于是现在成了一头银发。她今天身着深灰色阿玛尼套装，戴着一串珍珠项链，脸上一副对世事了无牵挂的表情。

"不好意思，我迟到了。"克莱尔屏住呼吸答道。

"别担心，"菲尔伯恩说道，"我还当你今早在教室呢。课上得怎样？"

"比我想象中的要好，"克莱尔答道，"学生们好像还挺喜欢我的。但您已经听说了吧？"

菲尔伯恩面带微笑说："听说了。"自从克莱尔开始每星期见她一面才能安心后，她和克莱尔的关系已经超越了只讲废话的阶段。克莱尔现在相对来说比较了解菲尔伯恩,而且猜到麦克卢尔已经先向她讲了克莱尔的进展。而菲尔伯恩也知道克莱尔猜到了。

"你还好吧?"

克莱尔默不作声,想着怎么回答。

"好啊,我很好。"最后她答道。

"我好像看见罗莎·桑切斯在你办公室门口等人呢。"菲尔伯恩说。

克莱尔笑笑,看了一下表。"我的模范病人来得还是像往常一样早啊。"

在曼哈顿早晨的上班高峰期,他驾车灵活地穿行于拥堵的汽车间。他找啊找,就为找到那辆车。这一天,他全身心投入,只为达到那个目的。在曼哈顿拥有一辆车,费用高得让人望而却步,找停车位更是让人头疼。尽管他快要开出堵车区了,还是不禁觉得有些讽刺。开着车又让他平静了下来,尤其是在这里开车,也是个很好的机会去整理凌乱的思绪。这么多车钻来钻去,鸣笛,车轮擦地,然后每辆车都会到达正确的目的地。对他来说,现在就差几个街区了。他瞥了一眼仪表盘上的时间,笑了,因为毕竟他会准时到。

罗莎·桑切斯站在克莱尔办公室门前。克莱尔越走越近,看到了那位娇美的病人。二十四岁的罗莎留着深棕色的头发,刘海快遮住了那双杏眼。她肩上好像挑起了整个世界的重担。

"什么事,罗莎?"克莱尔一边开办公室的门,一边关切地问道。和罗莎一起进屋的时候,她注意到罗莎在发抖。

"纽约市儿童福利局说,我还不能见我的孩子们,"罗莎答道,坐在了那张深绿色的棉绒沙发上，克莱尔坐在对面的椅子上。这种沙发和棕色的皮革椅子是研究机构配备的家具中唯一带颜色的。墙上空无一物，甚至连克莱尔的毕业文凭都没挂上去。克莱尔请假回来后又改变了一下办公室的布置，并且告诉自己，她要开始让这个地方温暖起来。是自己想要忙起来呢，还是不由自主地去做？她也不清楚。

"把发生的一切告诉我，从头说。"克莱尔催道。

克莱尔已经知道了大部分事情。六个月以前，罗莎高兴坏了。她晚上工作，打扫大楼的办公室，工作做得很出色，于是引起了公司老板拉里·麦钱特的注意。然后他把罗莎提拔为他最重要客户的办公大厦的值班长。罗莎升职后，额外的收入也随之而来。于是，她的丈夫弗朗哥（纽约市的清洁工）和两个孩子——四岁的巴勃罗和六岁的阿德利娜，从他们之前在布朗克斯租的窄小的一室公寓搬到了福特汉姆庄园地区位于大广场街上的干净的三居室房子里。

生活还不错。直到一天夜里，罗莎刚开始检查工作，看见拉里·麦钱特面带笑容朝她走来。拉里对整洁的屋子表示很满意，然后把罗莎拉到行政总监的办公室，毫不避讳地把双手放在罗莎身上。罗莎拒绝取悦于他，并把他推开，拉里威胁罗莎说，不仅要解雇她，而且还要举报她非法移民。罗莎并不像一朵畏缩的小花，她回答说，她出生在布朗克斯区的林肯医院，这赋予了她美国人的身份，就和拉里一样；而且如果要为保住自己的工作而跟拉里干那种事，那他可以找人替掉自己。然后她就走出了办公室。

罗莎马上就去了最近的警察分局，投诉了拉里·麦钱特对她的性侵犯，并存了档。

第二天早晨，警察逮捕了拉里，他说的案情却并不一致。他声称罗莎在追求他，当他拒绝和罗莎进一步发展时，罗莎威胁说要告诉他的妻子他们之间有奸情，而且这也是拉里起初给她升职的原因。

在警察的世界里，这是典型各执一词的性侵投诉。罗莎和拉里的供词相互矛盾，而且没有目击证人，罗莎身上也没有犯罪痕迹。

警方特殊受害者调查组的警探听说了罗莎的经历，把此案划为性犯罪案件，呈交给地方助理检察官。而助理检察官认为此案从开始立案就是错误的，判定调查组逮捕无效，并责令释放拉里·麦钱特。

拉里轻易地赢得了这场纠纷。罗莎十分气愤，但至少她捍卫了自己的尊严，而且那个混蛋也无法解雇她，因为她已经辞职了。她知道，至少在一段时间内，只靠丈夫的工资他们也能维持生计。

但她并不知道，麻烦才刚刚开始。

一周后的一个晚上，弗朗哥下班回到家，对罗莎宣布他们的婚姻到此为止。他抛弃罗莎，要和一个相好了快一年的女人在一起。罗莎问起孩子的抚养问题，弗朗哥告诉她，她竟然为了保住工作和老板上床，想从他这要一分钱，就得法庭上见了。

罗莎去了附近常去的一个支票兑现的地方，要兑现两张五千美元的支票。兑现处的老板并不愿把这么多钱都交给罗莎，但他们了解情况，而且也喜欢罗莎。罗莎把她的处境告诉他们后，他们也觉得非常棘手。他们一直讨厌弗朗哥，于是把钱给了罗莎，以支付三个月的房租。

很不幸，弗朗哥已经把支票和储蓄账户的钱全部取光了。兑现处的老板们发现后，拒绝兑现并退回了罗莎的支票，报了警。

罗莎泪流满面地向拘捕她的探员解释说，她不知道她的银行账户已经没钱了，而且对此事表示抱歉。

探员很同情她,认为她并非故意而为,因此不算犯罪,于是把此案委托给布朗克斯区地方助理检察官办公室。但是地方助理检察官办公室认为此案案情简单,指控罗莎利用两个空账户骗钱,犯了三级重大盗窃罪。

生活中从来没经历过这种事情的罗莎一下子要面对七年监禁。法庭对罗莎进行宣判,认为其有罪,并移送到辛格中心——里克斯岛上十个看守所中唯一的一个女子看守所。这里是纽约恶名远扬的监狱,罗莎将在这里服满判决的刑期。

之后,事情急转直下,糟糕透顶。

罗莎被指派去食堂做饭。备菜,做饭,以及给狱友供餐的活她都帮着做。尽管管理狱中女囚犯的狱警也全是女人,但负责监督食堂和员工的人却是个男人——杰克·斯托姆[1]。他脾气暴躁,因此这个名字倒也贴切。

二十四岁的罗莎生得娇美,斯托姆很喜欢她。

一天晚上,罗莎被指派到食堂干活。她从储藏室拿出把笤帚,准备开始晚餐后的清理工作。这时,斯托姆又把她推进储藏室,关上门就在她身上乱摸。

罗莎让他停止侵犯行为,斯托姆却往她的头上用力一击,然后脱掉她的裤子,蜷起她的双腿,强暴了她。

完事后,斯托姆警告她,要敢把这事告诉别人,就考虑一下后果吧,下次往头上打就会要了她的命。

在食堂干活的一个女人发现罗莎在储藏室里,身上流着血,就警告她不要把这事报上去。罗莎可不是斯托姆的第一个受害者了,其他囚犯

---

[1] 斯托姆,英文Storm,原意为暴风雨。

都知道，要想和斯托姆相安无事，办法就是他要什么就给什么。她们向罗莎保证，她的日子会过得顺顺当当的。罗莎点点头，说知道了。

第二天，罗莎叫来了她的法律援助律师，律师又叫来了纽约警局皇后区的特殊受害者调查组。

仅仅数小时后，律师带着长得像泰迪熊的探员维托和一张授权书来了。授权书由一个法官签发，责令将罗莎释放，转移为保护性监禁。

罗莎被带到了艾姆赫斯特医院，医院的护士进行了性侵痕迹检查，并从罗莎的体内提取了相关证据。之后，罗莎被带到皇后区森林岗的特殊受害者调查组办公室，向维托探员陈述了案情。

维托告诉她，他在里克斯监狱有线人，此人知道具体的情况，和罗莎的案情能相互佐证。市法医办公处的实验室正按程序快速地化验工具箱中采集的性侵证据，在此期间，罗莎会住在一家酒店，并有人二十四小时看守。数年来，维托一直努力想抓住杰克·斯托姆，但是没有一个受害者愿意作证。

维托探员问罗莎是否愿意站在法庭上指控这个禽兽，把他送进监狱，永远不能再祸害其他女性。

罗莎说，愿意。接下来发生的事情几乎让她高兴得晕过去。

斯托姆被逮捕，他提供的DNA样本和罗莎体内发现的精液DNA对比结果完全匹配。

消息在女囚犯之间传开了，十多名女性声称她们曾经遭受侵害，和罗莎的经历完全一样。她们和罗莎一样，都是初次犯下非暴力罪行，服刑期也短。

斯托姆被指控犯有四十二宗性侵犯案件，而且铁证如山。

市政府认为这些性侵案件受害者患有创伤后紧张症，联系了菲尔伯恩博士，请求她的精神病学研究员来评估斯托姆案件受害者，看她们能否提早释放。

菲尔伯恩同意了政府的要求，把罗莎·桑切斯分派给了克莱尔。她知道克莱尔有办法帮助罗莎克服经历的创伤，并恢复正常。

克莱尔认定，罗莎不仅应当被提前释放，而且当初根本就不应被送入监狱。通过对十七名斯托姆案受害者分别进行治疗后，克莱尔和同事们得出的结论大致相同，里克斯监狱应当立即释放她们，若必须服刑，可考虑缓期执行。

罗莎和同案受害者们有的获得保释并释放，有的将在一周内开始执行缓刑。然而，没有一个人在法庭上对侵犯她们的狱警斯托姆提供不利证词，因为在开庭前夕，他坐在书房的躺椅上，用九毫米口径的格洛克手枪饮弹自尽。

现在，克莱尔正在帮助罗莎应对遭遇强暴后的心理问题，并让她支离破碎的生活恢复正常。每次谈话都是以她生命中最重要的两个人开始和结束，那就是她的孩子们。

"纽约市儿童福利局的女职员说，我得等缓刑期结束后才能见到孩子们。"罗莎告诉克莱尔。

"太荒唐了，"克莱尔发自内心地答道，"你所做的一切都是出于对孩子们的爱。我要和她谈谈，看看我能不能解决这个问题。"

罗莎心中些许宽慰，说道："我想我要能出狱就最好不过了，但是我现在很害怕。"

"你在怕什么？"克莱尔问道。

"我怕对孩子来说当不了一个称职的母亲；我怕进监狱会影响我的孩子们。"

克莱尔最讨厌看到这种年轻妈妈,自己没犯错,却经历了如此劫难,犯一点小错就开始自我怀疑。

"罗莎,"克莱尔说道,"你是一个历经艰难困苦,还能百折不挠的人。"

此言一出,罗莎的眼泪簌簌地流了下来。克莱尔递过一张纸巾,继续说道:"你的两个孩子知道,也需要知道,你是他们的母亲,你爱他们。相信我,你的孩子们会知道你所做的一切都是为了他们。"

罗莎擦擦眼泪,点点头,但并不确信。

"仅仅是你认为你的生活应按照你期待的方向发展,然而突然发生什么不幸后,就被限制住了,然后你总是在被动地等待下一个不幸来临。你知道吗?"

就是这样的,我知道的案例你都想象不到,克莱尔心里这么想。

克莱尔接着大声说道:"我很清楚你的意思。但是生活就像一场旅行。我是来帮助你的。如果一直做我的模范病人,你还有什么理由不把你的生活夺回来?"

"所有的都能夺回来吗?"罗莎问道。

克莱尔笑了。"慢慢就会好了,"她鼓励道,"现在你还做噩梦吗?"

"越来越少了,"罗莎说。她这样描述噩梦的情节:一个男人正在追她,快要抓住她了……但克莱尔却在想别的,她不禁觉得自己在精神上的遭遇和罗莎如出一辙。她和这个没受过良好教育,但却从容不迫的年轻女人过着平行的生活。

为什么我的生活不平静?为什么我的生活中感受不到自由?是什么阻止着我得到这些?

"沃特斯医生?"罗莎问道,"你还好吧?"

克莱尔努力恢复镇定。过去,她总是百般掩饰。但此刻,她已经意识到和病人在一起,诚实才是最好的办法。

"不好意思,罗莎,我想我刚才走神了,"克莱尔抱歉地说着,从椅子上站起来伸出手,"来,我带你去大厅走走。"

他把车停到街边的送货区,确定仪表板上放了塑料卡片,以防车被贴罚单或被拖走。那张卡片、放在前排座椅中间的设备、不起眼的汽车类型及型号,都会确保他回来时车还在原地。为此目的,他找到这辆车并买了下来。

他下车后脚步虽快,但没引起别人注意。他走到拐角,从一幢一体式建筑走到大街对面的一个地方。他看起来和其他无数西装革履的商务人士一样,穿过混乱的曼哈顿。尽管他知道他和其他人不同,并引以为傲。今天他对他成功混入人群感到满意。他现在正是要做一个默默的路人。他知道自己已经准时到达,只需稍等几分钟。

克莱尔和罗莎穿过主厅,都默不作声。罗莎一脸严肃,让克莱尔觉得好像她刚才谈话间的走神冒犯了这位病人。于是,克莱尔决定勇敢地面对这个问题。她停下脚步,转向罗莎。

"罗莎,我刚才在楼上的举动不可原谅,"她说道,"我不应该胡思乱想。我保证不会有下次了。"

这一道歉似乎让罗莎更加不舒服。"医生,我不想掺和到别人的事情里,但是您不用说抱歉,您所做的已经给了我很大的帮助……"她说话声音渐低,不知道她是不能说了,还是觉得不想再说了。

"你太棒了,罗莎,"克莱尔说,"谢谢你的关心,我会好起来的。"

"我们星期四见？"罗莎试探性地问道，好像她盼着克莱尔说不。

"当然，"克莱尔答道，"如果有什么需要，尽管给我打电话。"

和罗莎谈完话，再稍微多待一会儿，总是让她很兴奋。离开会还有半个小时，她想利用这段时间去检查一下她负责的住院病人们。

她迅速钻进一部开着门的电梯里，对着镜子整理了一下。糟了，忘了带听诊器了。

她猛戳了一下三楼的按钮。电梯门一开，她就跑向了办公室，打开锁，拿起听诊器，快速地穿上平时巡房穿的平底鞋，因为穿着高跟鞋化验一天病人体液特别累。克莱尔正要跑出办公室，便注意到天空闪过一道闪电，一场春季的暴风雨正在酝酿。街上的什么东西引起了她的注意。

她赶紧跑到窗户边，第二大街都在广阔的视野之中。无疑，她最害怕的事情发生了。

一个穿着黑色西装的男人正带着罗莎顺着大街向南走去。罗莎的手上戴着手铐。

"啊呀！"克莱尔一声惊呼，跑到门外。

她跑下两段楼梯，撞开大厅的金属大门，用尽全力跑出医院，到了大街上，向西装男抓着罗莎走的方向望去。

但她看到的是一片肩摩毂击，第二大街上已水泄不通，倾盆大雨一开下，黑色的雨伞几乎同时撑开，俨然成了黑色的海洋。

罗莎和抓着她的男人消失了。

几点雨滴掉落在克莱尔的脸上。她又赶紧躲进楼里，一股凉意席卷全身，不是因为天气，而是因为她感到这一幕和她生命中的一次经历惊人地相似。

第三章

"我就不明白了,"克莱尔坐在办公桌上,冲着电话吼道,努力掩饰自己的沮丧,却没收住,"怎么就没有她的记录了?"

她看着西装男铐着罗莎,把她带走了。她无法进一步了解罗莎在哪里,她为什么被捕。

不知道她是否被逮捕了……

她一边等着电话那头的警察回答她的问题,一边不停地往窗外的第二大街望去,外面的雨下得小了,交通也不拥堵了。希望最后能找到一个合适的人来说这个事,因为她打了不止一个电话了。

她取消了其他病人的预约,开始尝试去追踪罗莎的下落。去年发生的事情让克莱尔出乎意料,但快速深刻地给她上了一课,让她知道了纽约市警察局的内部是怎样工作的,也让她接触到了警察,不过,很少有人不知道她的大名和她所做的事情。

局里一个菜鸟警察告诉她,罗莎并没有被带到警局。她又试着联系布朗克斯区警探组,是他们因为罗莎兑空支票案而将其逮捕的,结果也无济于事。那名警探又建议她联系一下纽约警局在曼哈顿下城的中央登记部门。

她立刻联系了下城分局,此刻电话那头的警官说话很友好,但内心无疑很厌烦。他的名字克莱尔已经记不清了。

"可能还没登记呢吧,"他说道,"得等到你说的那位罗莎·桑切斯的名字被录入系统才行,否则我们不知道是否有此人。明白了吗,医生?"

克莱尔深吸一口气。她知道,无论罗莎发生什么不幸,都不是这位警官的错。

"好的,"克莱尔答道,"明白。给你添麻烦了,非常抱歉。"

警官嗤嗤地笑了起来。"女士,你想体验真正的麻烦吗?来我们这儿看看吧。这都是小菜一碟。回见。"

那头电话挂了。至少这家伙还有些幽默感,她挂掉那别无二致的办公电话,放在别无二致的办公桌上,这样的办公室让她感到一丝安慰。克莱尔明白,那位警官才不会费那么大劲,去数以百计的被捕者中找一个保释期内逃跑的家伙。况且他一点都不了解情况。

她从椅子上起身,往窗户那边走去。她瞪大眼睛,找啊找,好像罗莎会突然神奇地出现在人群中,走在街上。这只是她的一厢情愿罢了,她也知道。她又开始静静地思考。

我遗漏了什么事情吗?难道她的谦逊是种伪装,而我没注意到?抑或是我不愿承认?难道她还犯了其他罪没告诉我?

还没等问题像洪水一样袭来,她就不再想了。她知道,自己看人一向很准,刚见面的人就能一眼看透,至今仍是如此。克莱尔认定罗莎正是她认为的那种人:一个辛勤工作的年轻妇女,丈夫另寻新欢,而她又遭到无法左右的环境的迫害。

一小时前,她又被这个城市吞没了。

克莱尔向自己发誓,要不惜一切找到罗莎。

她回到办公桌,桌上还放着罗莎的档案。她打开档案,从头到尾翻一遍,寻找着自己忽略的什么东西。刚看了几页,她的手机响了。她看了看手机上显示的信息:塞西尔·华德——负责罗莎缓刑的警官。她脑海里立刻浮现出这位警官的形象:一个又高又瘦的黑人,四十多岁,总是一副老警员的态度。克莱尔接了电话。

"塞西尔,"她说道,"您这么快就打过来,非常感谢。"

"你说事态紧急,而你从来没这么给我留过言,"塞西尔说道,"怎么了?我们这边的女囚犯没去你那儿?还是怎么着?"

"她来过了,但是离开的时候,被一个穿西装的人铐走了。"

"你没开玩笑吧?"塞西尔大声说道,和当时的克莱尔一样也很惊慌,这下让克莱尔最后的希望破灭了。

"我还以为你可能知道是谁抓走了她,至少知道为什么抓她。"

"天哪,那个女人向来很准时,"塞西尔说道,"我根本就没有强行拘捕她,就算要抓她,逮捕令也会先送到我这儿。"

"你能找人问问吗?"克莱尔催道。

塞西尔是一个在缓刑局从警二十二年的老警察了,他和克莱尔一样清楚,罗莎不是会溜之大吉的那种犯人。他喜欢罗莎,也像克莱尔一样担心罗莎遭到不测。塞西尔相信克莱尔。罗莎是给克莱尔她们分配的第三个缓刑人员,他知道克莱尔不会无故报警。

"等一下,我们从头回想,"塞西尔试着让克莱尔冷静下来,"你确实看见这事发生了吗?"

"是的,"克莱尔答道,"从办公室的窗户看见的。"

"你的办公室是在医院的三楼?"

"能看到整条第二大街。"

"所以你不可能看清那家伙的脸。"

克莱尔努力回想，但除了看到那个男人的后背就什么也没有。"我只看见那个男人的黑色西装和那副手铐。"

"有可能是联邦调查局的人吗？是不是移民署抓了她或者什么的？"

"你了解的，罗莎出生在布朗克斯区啊，塞西尔。"她从椅子上站起来，又走到了窗边。

"对不起，医生，"塞西尔说道，"有时移民局会先抓人再审问的。我先给布朗克斯逮捕她的探员和皇后区特殊受害者调查组处理她强暴案的警官打电话。"

"我再给特殊受害者调查组的维托打电话，"克莱尔边说边轻轻地踱着步子，"我已经给另两位打过电话了。但是，我担心是罗莎前夫提出诉讼，所以法院把她带回去了。我不想让她再牵扯到别的麻烦中。"

这会儿塞西尔倒冷静了下来。"听起来，她好像已经身处危险之中了，"他警惕地说道，"你不是来拖延时间的吧？"塞西尔语气中又多了分小心。

"我为什么要这么做呢？"克莱尔恳求道。此时，楼下的大街上一辆消防车鸣着警报器呼啸而过，声音非常刺耳，克莱尔使劲贴近电话听塞西尔说。

"你也知道，比如说，罗莎今天并没去你那里，而你说看见一个家伙把她铐走了，是因为你不想她因为违反假释规定而被我送回里克斯监狱。"

"塞西尔，如果我为了袒护她而撒谎，我为什么还给你打电话？"克莱尔说着，嗓音越来越大，"罗莎出狱这两个月，从来没有缺席过一次谈话，而且总是早早就来了。"

"放松点,医生,你没必要欺骗我。我先不声张,在市中心检查一圈,有什么发现我会告诉你的。前提是,我得找到点什么线索。"

"谢谢你,塞西尔。"她挂断电话,心里还是不安,等不及塞西尔花费几个小时甚至几天再给她回电话。

她坐在办公桌上,从窗户的方向转过头来,看见桌上罗莎那份打开的档案。她所需要了解的病人生活的方方面面都在眼前。

为了对罗莎有更深入的了解,她坐到了椅子上,拿起那个文件夹,从中断的地方接着看了起来。就是从这里开始了。

中午之前,克莱尔匆忙下楼,穿过一尘不染的走廊,拐弯就到了菲尔伯恩博士的办公室。几乎她刚敲响门,菲尔伯恩便站在了她的面前。菲尔伯恩从克莱尔脸上疲惫的神情看出,出大事了。

"发生什么事了?"她迫切地问道,把克莱尔领进了宽敞的办公室。屋内布置着茶色家具,让人感觉很舒服,墙上印刷的版画和油画很有品位,也很低调。克莱尔给她讲着罗莎的情况,以及为了找到罗莎她都做了什么。她坐到了常坐的地方,沙发对面一个高靠背的椅子上。

"我打她手机打了六次。"克莱尔说,"她没接,我就留了言。我已经给她的缓刑警官打电话了。他正在调查此事。"

菲尔伯恩听着,但是知道有些细节遗漏了,克莱尔没有告诉她的细节。她直接道:"你认为她出事了。"

克莱尔不想说出来,只是点点头。"我不知道为什么,但是是这样的,我是这么想的。"她坦白道。

"嗯,"菲尔伯恩说,"这件事,也可能有个合理的解释。"

克莱尔突然抬头,好像这看似真实的一切,其实只是个骗局。菲尔伯恩紧接着说:"我知道罗莎本着良心做事,但即使是那种最合作的病人也不会告诉我们一切的。"

"罗莎这一个月来,每周来我这里两次。"克莱尔答道,语气中的锐气稍减,"如果她有什么事想瞒着我的话,我会察觉到的。"

菲尔伯恩示意她坐到沙发上,但她还是站在原地,心中的焦虑让她如坐针毡。于是,菲尔伯恩用了另一种谈话策略。"我们都有秘密,而且有些人比别人更擅长保守秘密。"她说道,"罗莎可能做了什么太丢脸的事,没告诉你,并因此被逮捕。而且这种可能性很大,和你如此优秀的可能性一样大。你是我带过的最优秀的学生。"

"那我应该做什么呢?"克莱尔问道。

菲尔伯恩心里明白,克莱尔想要的是让她赞同自己寻找罗莎。这也是菲尔伯恩唯一能给予克莱尔的。

"听起来,你目前已经把能做的事情都做了,"菲尔伯恩对克莱尔说道,语气冷静镇定,好像在告诉她,你得靠自己了,"所以,现在你只能静观其变。"

克莱尔原本盯着远处墙上一幅雨中都市风景的水彩画。但她回过头来看向菲尔伯恩时,这位导师正直直地盯着她的眼睛,仿佛要把这条信息烙在她的脑子里。尽管方式很温柔,但是这位上司已经间接给她下了一道命令,大意就是告诉克莱尔这个愣头青要听她的。这种情况还是第一次,克莱尔再明白不过了,不要跟她争论此事。

"好吧,我知道了。"克莱尔最后答道,说着就要往门口走。

对菲尔伯恩来说,此时也很尴尬。目前为止,她还从来没这么训斥过她手下的这位"明星学员"。克莱尔正往门外走去时,菲尔伯恩说:"如果你听说了什么,一定要告诉我。"话语中满是不自在。话音未落，门已关上了。

走廊上，克莱尔停下了脚步。她倚着墙，感到孤独，心中质疑不断。

克莱尔对她的导师无比尊敬。去年一年，那个女人就像她的第二位母亲一样。但是，克莱尔感觉到罗莎现在面对的不只是法律问题，这种预感挥之不去，让她惶恐不安。她也很明白那种失落感，别人对她说了"不"时，这感觉总会向她袭来，甚至还是个孩子的时候，这种感觉就很强烈。

就在那时，她决定，不再想着依赖谁或者等待从警察或其他人那里获得罗莎的消息。

她知道她得靠自己。她要靠自己的力量找到罗莎。

布朗克斯区桑德维尔地区的一栋四层楼房画满了涂鸦，十分破败。这栋原本干净的楼房变得越来越破落，这场景仿佛是回到了远古时代，恐龙灭绝前，一只恐龙熬过了生命中最后的一段日子。

克莱尔犹犹豫豫地打开这栋楼房破败的大门，扑面而来的是一股令人难以忍受的尿骚味。陈腐之气冲入鼻中，闻得让人直作呕，逼得她只能用嘴呼吸。

她爬上腐朽的木台阶时，六号列车隆隆驶过从韦斯切斯特大街上架起的地铁高架桥。跑过半个街区后，和布朗克斯河公园大道另一头上班高峰期汽车的嘈杂声竞相惹人注意。克莱尔很好奇谁会住在这种地方，连动动脑子、小睡一会儿都难。她只希望火车的嘈杂声能掩盖住她所走的每一步发出的吱嘎声。

她到了二楼的楼梯平台上，找到了那间公寓，敲了敲那扇破旧的胶合板门。她听到了脚步声，紧接着是一个女人的声音：

"谁呀？"

"我找弗朗哥·罗德里格斯。"克莱尔说。

门开了，门上的安全铰链也拉直了。一个年轻的女人，皮肤黝黑，一头乌发，身穿淡紫色的胸罩和与之相配的底裤。她从门缝一看到克莱尔赶紧躲开了。克莱尔猜测，她也就不到二十岁。

"你是警察吗？"女人问道，大概是弗朗哥的女朋友吧。

"我想跟他谈谈……关于他老婆的事。"克莱尔答道，决意不回答她的问题，看看她做何反应。

那年轻的女人摇摇头，关上了门。克莱尔想，她可能走开了。但接下来，克莱尔听见铰链从门闩上拉开的声音，门又打开了。女人站在那儿，挡在门口，不想让克莱尔进屋，但又想不出什么好理由拒绝。

"弗朗哥，有警察过来问罗莎的事。"她喊道，然后就走进屋内不见了，大概是去卧室了吧。

女人话音一落，克莱尔喊道："多谢了。"环顾四周，这地方就是个垃圾堆。这间铁路边上的公寓对着另一栋楼，距离太近，一点儿自然光都照不进来。客厅铺着破旧的木质地板，里面的旧家具伤痕累累，看起来就像从大街上捡来的一样。楼下咖啡厅的谈话声、盘子的碰撞声都能听见，好像就在隔壁一样。

不止两辆列车从屋外隆隆驶过，轻微地摇晃着这栋小楼。克莱尔很纳闷，为什么弗朗哥愿意离开和罗莎还有孩子们住的那间舒适的公寓，来到这个肮脏的地方？

火车的隆隆声渐行渐远，克莱尔听见了门后那句西班牙语的怒骂。突然，怒喝的声音消失了，门打开了，弗朗哥·罗德里格斯一看见克莱尔,脸就拉了下来。

"她不是警察,"他冲着身后的门里喊道,然后怒气冲冲地"砰"一声把门关上了。

然后,他把怒气全撒在了克莱尔身上。"你为什么对我女朋友说谎?"说着,他把一件脏衬衫穿在身上。他身体很结实,双臂上红绿相间地文着圣母玛利亚和哈雷摩托。他那破烂的睡裤膝盖部位破了个大洞,好像连那个洞都在怒视着克莱尔。

"我没对她说谎。"克莱尔语气中带了些鄙视,"她问了,我只不过没回答。"

他们第一次见面时彼此就如同敌人。当时克莱尔和弗朗哥谈了谈他们孩子的抚养问题。她很快判定,弗朗哥具有情绪障碍。弗朗哥想让孩子们和他住在一起,而罗莎当然想让他们和妈妈住。最后罗莎赢了,在克莱尔的建议下,家庭法庭的法官强制弗朗哥支付孩子的抚养费给岳母(即将成为他前岳母),并且有多远就滚多远。

"你他妈想干什么?"弗朗哥问道。

"告诉我罗莎在哪里?"克莱尔要求道,和弗朗哥的语气一样强硬。弗朗哥听到后,咧着嘴笑了起来。

"哦,发生什么事了,小可爱?她利用完你,远走高飞了吧。"他讽刺道,开始自顾自地笑了起来。

克莱尔不打算对他说些什么,她假设弗朗哥与此事无关。

"告诉你,你就不该把一切赌注都押在她身上。"他斜睨了克莱尔一眼,"为什么跑过来问我?"

"因为……"克莱尔丝毫不退让,"如果她不见了,你可能知道她去了哪里。"

| 39

弗朗哥明白自己吓到克莱尔了,于是转向一边,从快要散架的桌上拿起半瓶可乐,喝了一大口。"为什么你认为我会知道呢?"

克莱尔看到了机会。"你和她结过婚。"语气强硬,但听起来没有想威胁这个男人的意思。

"那又如何?"弗朗哥反驳道。

"你还是一名父亲。"克莱尔反击道,"我只是认为,你会在乎某些东西。不管你是否想和罗莎在一起,她都是你孩子的母亲,比起你或者这里的一切,这些孩子更需要她。"语毕,她指了指这间满是垃圾的公寓。

不知为何,她的话居然感染到了弗朗哥,这让克莱尔很意外。他看了看克莱尔,然后看了看地板,克莱尔的话让他感到汗颜。接着,他又看着克莱尔,指了指那间关着的卧室。

"你有时也会犯错,懂我的意思吗?你也和其他男人一样,知道事情是从哪里开始不对头的。"

弗朗哥的自知几乎让克莱尔有点喜欢他了。这也为克莱尔进行下面的谈话敞开了大门。她努力装出一副同情的样子,用赞同的语气说道:"人无完人,弗朗哥。大人物也需要审视自己,并意识到这些。"

弗朗哥点点头。"我把事情搞砸了,医生,"他接着说,"相信我,我知道的。我想念我的孩子们。一个星期见孩子们两天根本不够。"

这是自克莱尔见到他以来第一次弗朗哥表现得像个人。克莱尔开始为这个男人感到遗憾。

"你当真不知道罗莎在哪儿吗?"她问弗朗哥。

"我发誓,"弗朗哥说道,"我不知道。但她绝不可能把孩子们丢下的。我打听一下,好吧?如果我接到任何消息,第一个就通知你。"

克莱尔相信了他。这是眼前这个男人最合作的一次,她不能什么都不说就这么离开。

"如果我有消息,弗朗哥,我也会给你打电话。"

弗朗哥点点头。他为她打开大门以示谢意。"你问问她妈妈吧,她一直很清楚罗莎的情况。"

"我的下一站就是那儿。"克莱尔一边向外走,一边保证道,"谢谢。"

她用最快的速度下了楼梯,一直憋着气,直到跑到外面,深深地吸了一口布朗克斯湿浊的空气。她抬头看了看天上绵软的白云,云底鼓出了一缕缕黑灰色的云,若隐若现。她暗骂自己,竟忘了带伞。她走向不远处的地铁站,希望雨下起来前能到那里。

克莱尔出了南大道地铁站,没一会儿就开始下雨了,今天的第二场雨下得非常猛。她沿着街向南跑,找了个大楼门口台阶上的雨棚躲雨。她想打车去罗莎母亲的住处,因为离那里还有七个街区的距离。然后,她记起自己所在的位置——布朗克斯。黄色的出租车想省钱,通常只去南布朗克斯区,因为在曼哈顿、皇后区或布鲁克林,有些钱是免不掉的。

她一边在保险代理公司前的百货商店雨棚下躲雨,一边寻找着出租车。但是一个都没找到。这种天气,这完全在情理之中。她又开始找可能有伞卖的店。这时,她看见一辆公交车,车牌上显示是去狩猎点的。克莱尔穿着高跟鞋在湿滑的大街上跑了起来,雨滴打湿了她的长袜,她几乎就在门关住的那一刻挤上了车。

幸运的是,到罗莎母亲和孩子们住的公寓只需再走一小段路,也不是特别难走。玛利亚·洛佩兹和她的女儿一样娇小,年近五十头发依然乌黑。她拥抱了一下克莱尔,好像这是她的另一个孩子。

"我很高兴你能来,"玛利亚对她说道,把她让进屋便关上了门。克莱尔看到了玛利亚和罗莎以及两个孩子的照片。一个四岁小男孩和一个三岁小女孩,他们都是黑眼睛,肤色也和父母的一样。客厅里的家具虽旧却保护得很好,古旧的长绒沙发也是这样,这些家具吸引着她。墙上挂着一个耶稣受难的十字架,桌上放着些罗莎母亲和孩子们的照片。最大的那张照片摆在了桌子中央:罗莎穿着白色圣礼服。

克莱尔坐在沙发的软垫上,不禁拿玛利亚干净又温暖的客厅和弗朗哥冰冷而令人作呕的"老鼠窝"做起了比较。

"见到你很高兴,玛利亚。"克莱尔真心实意地回道。罗莎的母亲是女儿受难时的支柱。玛利亚在一家熟食店做收银员,罗莎被捕时,她辞掉了工作,取出存款来照顾她的外孙、外孙女。弗朗哥离开时,罗莎没有向她求助,这让她有些伤心,即使如此,她还是尊重女儿,因为女儿总是很独立。玛利亚一直相信罗莎从来没有做过错事,即使司法机关判她有罪,还把她送入监狱。

克莱尔觉得,玛利亚和罗莎一样,等所有的事情都结束后,需要休息一段时间。

"你是来看孩子的吗?"玛利亚说道,"今早我把他们留在了日托所,因为我预约了一个医生。"

"不是孩子的事,今天你和罗莎联系了吗?"克莱尔小心翼翼地问道。

令克莱尔意外的是,玛利亚面露喜色,答道:"联系了,那不是很棒吗?"

克莱尔看起来有点困惑。

于是玛利亚问道:"罗莎没告诉你今天发生的事情吗?"

克莱尔知道,她说话得小心一些。"你也知道,我和罗莎的谈话不能拿出来讨论。"

"那么,她一定……"玛利亚说到一半停了下来,好像察觉到自己说错了话,便住嘴了。

"一定怎么了?玛利亚?"克莱尔追问道。

玛利亚犹豫了,看向放有女儿照片的桌子,说:"她……我不希望她惹上麻烦。"

"如果罗莎做错了什么事,"克莱尔同情地说道,"我需要知道这些,因为我可以帮助她,就算她犯了罪……"

"我女儿什么都没做错,"玛利亚打断了克莱尔,"她所做的一切只是让她和孩子们过得更好。"

"那她怎么可能惹上麻烦呢?"克莱尔问道,她的语气让玛利亚感到宽慰,消除了抵触感。她低下头,像是因为刚才大声说话而感到羞愧。然后,她深呼吸了一下,显然从实招来才是上策。

"她去了康涅狄格州。"玛利亚说道。克莱尔点了点头,脸上并无异样,只希望她说下去。但她明白玛利亚在害怕什么。不管事出何因,罗莎需要得到缓刑警官的许可后才能离开纽约州,但她显然没有。

但这只是罗莎的一个小麻烦。罗莎不在康涅狄格州。我今早看见她了,戴着手铐。这不对劲。等等!再想想!

克莱尔想再多问出些信息:"罗莎知道她得待在纽约。"

"但这只是为了找个工作!"玛利亚一脸沮丧地冲克莱尔喊道,"一个好工作!那个男人打来电话时,我特别激动……"

克莱尔内心的警钟响起,她坐到玛利亚旁边,试着让她恢复平静,问道："什么男人？玛利亚。"

"哈特福德一家清洁公司的人，"玛利亚说着，站起来走到了一架破旧的立式钢琴边，克莱尔觉得这架钢琴的声音估计和外观一样糟糕。"告诉我，那个男人跟你说什么了？"克莱尔紧接着问道。

玛利亚的话一发不可收拾，声音仍然有些激动。"他说，他们公司想让罗莎去做主管的工作，负责一家大型保险公司办公大楼的清洁。他打电话过来，让罗莎一定要赶上开往哈特福德的火车，参加面试。"

"玛利亚，今早罗莎离开前提过这件事吗？"

"没有，她说她要先去见你。后来那个男人打来电话时，我想到罗莎没有告诉我这事儿，所以就没抱什么希望，也没说不让她去。"

"这个人还对你说什么了？"

"他说他们今天会付给罗莎很多钱，足够让她在哈特福德买个房子定居在那里，我还能搬过去和她一起住，照看孩子们。"

克莱尔尽力抑制住心中翻涌的不安。

"你要求和罗莎说话了吗？"

"当然，"玛利亚说道，"但是那个男人说，她正忙着填写表格呢。他还说，他们会安排罗莎在康涅狄格州的一家旅馆过夜。"

"这个人告诉你他的名字了吗？"

"是的，我记下来了。托马斯·史密斯。"

"所以你的手机里有他的电话了？"

"没有，他用的罗莎的电话。他说他的电话没电了。"

这证实了克莱尔最坏的猜测。她知道罗莎现在非常危险，但仍然把这隐瞒了起来，因为那会让玛利亚比现在更担心。如果告诉她，不仅毫无用处，而且也是对她残忍的折磨。

克莱尔从沙发上站起来，轻轻地走向玛利亚，并瞥了一眼挨着墙的椭圆镜子，以确定脸上只有怜悯的表情。她把手放在玛利亚的肩膀上，尽管心中感觉不到一丝平静，还是冷静地说："玛利亚，你得为我做些重要的事情。罗莎会打电话问孩子的事情，对吧？"

"当然，"玛利亚答道，"还会对他们说'晚安'。"

"她打来电话的时候，一定要告诉她，让她给我打电话。立刻！她不愿打也得打。她给你打完电话或者没给你打，都要跟我说，好吧？"

"好，没问题，有什么事吗？"

克莱尔知道，这会儿她说话必须小心。她走到门口，拿起地上仍然湿漉漉的雨伞。"我希望她能告诉我她的去向。我需要从她口中了解她的一切，这样才能帮她脱离困境。"

"我明白，"玛利亚说道，"谢谢你。"

她满怀感激地张开双臂抱住了克莱尔，因为知道不只是自己在关心着女儿。"替我向孩子们问好，"克莱尔说着松开双臂，沿着走廊出了门。她听见身后的门关住了。

她停了下来，弯下腰，扶着墙，瞒了玛利亚这么多事情，让她感到很沉重。因为她知道罗莎不会给她母亲或者其他任何人再打电话，也知道罗莎不在康涅狄格州的哈特福德，不在任何司法机关的看守所里。

她不知道自己为什么知道这些，只是感觉是这样。事实上，罗莎那个所谓的"雇主"用罗莎的手机打来电话，就让克莱尔坚信自己的猜测是正确的。

罗莎被绑架了。我很担心她。

一声雷鸣让克莱尔从暂时的无力中清醒了过来。她走向台阶，扶着走廊新漆的墙让自己站稳，然后右手抓住残缺不全的栏杆。她打小就讨厌暴风雨。然而，在她的世界里，坏事貌似总是发生在暴风雨中。无疑，罗莎正在遭遇不测。

假设这些还没发生。集中注意力！集中！

她深吸一口气，慢慢呼出。思绪终于从原始的冲动过渡到能理性思考了，这正是她现在所需要的。

如果罗莎真的被某些冒充警察的人绑架，她——克莱尔便可能是唯一与此案有重大关系的证人。而她绝不可能单凭这个就走进警局，提起诉讼。

她回想起去年的事情。当时她也是在类似的处境中把麻烦揽到自己身上，然后看着一切是如何让她热爱生活的心死去的。

克莱尔大步流星地走上人行道，撑开伞。方才大雨倾盆，现在已是细雨如丝。天空中还有一片澄澈的暗夜蓝，此时，她脑中的计划也清晰起来。

她不得不承认，刚刚确实对此事思考得太投入。她需要帮助，就现在，而那个人是她最不愿意去求的。

但是她知道，她必须去。她和罗莎都别无选择。

第四章

　　克莱尔下了出租车就猛跑向一幢褐石建筑。头顶的报纸代替了雨伞。一阵狂风,报纸吹散了。此时,一个穿着雨衣的男人打开了大楼的门。他拉开门,冲着克莱尔笑笑。克莱尔满怀感激,不只是因为此人未询问她的身份,而且也没问她来此贵干。她不知道,是不是那个她要见的人已经暗中吩咐不要阻拦。

　　她悄悄地把湿报纸扔进门口附近的垃圾箱,然后甩了甩手上的水,迈着沉重的步伐上了两层楼。到第三层的楼梯平台时,她感受到内心强烈的冲动之情。3A室门前,她伸手去抓那黄铜门环,一瞬间,全力抑制住的情感如脱缰一般好似陷入了循环往复的噩梦中,动弹不得,身子僵在了那里。她之前来过这里,那段经历是她生命中最痛苦的一段回忆,去年她花了大量时间来忘记这个地方、这扇门后发生的一切。

　　这次没什么两样,只是境况有所不同。不是我,而是罗莎身处险境。而我,再也不会犯相同的错误了。

　　一阵狂暴的雷声隆隆响过,这大楼似乎随之震颤了一下,克莱尔想起了多年前那个无比黑暗的晚上。那时,还是个孩子的克莱尔目睹了她最好的朋友艾米在她的面前被绑架,艾米从此离开了她。那一刻,她的生活被定格在了噩梦之中。而这次克莱尔所感受到的恐惧和当时一模一样:她再也见不到罗莎了。

但是,这一次,她可以在事情无法挽回之前行动起来。

她抓住门环轻叩了两下,刚放开,就听见有脚步声由远及近。但这脚步声和她所预想的不一样,听起来更轻、更柔。

是个女人。

她听见猫眼的盖子滑开了,然后门后传来尖锐的吸气声。只听"咔嗒"一声,门猛的一下打开了。克莱尔以为会看到一个受惊吓的小女孩,去年她见过的。

然而,门打开时,克莱尔大吃一惊,站在面前的是个微笑着的漂亮小姑娘,约莫十几岁,看起来很像个年轻女子,如丝般顺滑的深棕色头发,略黑的皮肤,一双从父亲身上遗传的蓝眼睛水汪汪的,十分敏锐。她盯着克莱尔,好像克莱尔是她失散多年的亲人。

"克莱尔!"她喊道,声音明显有些激动,接着张开双臂抱住了她。

声音穿过闭着的门传到他的耳中。他慌忙从床上起来,只嫌自己太慢。他扭头看向床头柜上的大钟,但是没看清,这才意识到现在自己得更靠近一点。用不了多久就没这个必要了。去年,他视力中仅存的那条隧道又封上了更多,他知道,在那尽头的深渊之中,一点儿光都看不见。

然而,他的听力好得不能再好了。刚开始听见"克莱尔"这个名字时,他觉得自己在做梦。而接下来的谈话让他确信,他非常清醒,只是见不得人。

他尽可能快地从床上跳下来,冲向衣柜,穿上像样的衣服。这么些天来,这是第一次。

"我的天啊，吉尔，你都长成大人了。"克莱尔说着这句话，然后还以拥抱。她似乎在这一刻陶醉了，心中的慌乱也渐渐消失。

"上一次我见到你的时候，我们还在为生活四处奔波。"吉尔说着话，克莱尔觉得心中的不安正在被吸走，她从吉尔身上感受到了一股能量。克莱尔只能这么描述这种感觉。

她的童年也被偷走了，克莱尔心想，就和我一样。

"快进来，"吉尔说道，"狗要出去了。"

克莱尔走进屋里，环视四周。去年她来拜访的时候，既仓促又害怕，几乎只记得这个地方不脏不乱，就是有些不整齐。现在，她四下看去，墙上挂着家人照片，冰蓝色的漆是新刷的。客厅里的新棕皮沙发，或者叫活动躺椅，风格古朴，而对面的电视机，克莱尔目测至少是六十英寸的。

但是这里还是有女人的气息。屋里极为整洁。一个花瓶里放着一枝极其逼真的连翘，被摆放在那个樱桃木圆桌上。克莱尔稍费了些功夫才想明白，把屋子收拾成这样的女人既不是新来的家庭成员，也不是眼前站着的这个面带微笑的小姑娘。

"最近怎么样？"吉尔问道，"更确切地说，你去哪里了？"

克莱尔听到这个问题有些吃惊，并决定把真相告诉她。"我请了一阵子假，"她承认道，也想了解吉尔为什么这么问，"你联系过我？"

吉尔点点头。"联系过一次。大概是六个月前。我给医院打电话，但是他们说你已经不在那儿了。"

克莱尔心中一阵难过，后悔没在那儿接到吉尔的电话。"没事，真的！我只是有个问题想问你。"吉尔接着说道，好像看透了克莱尔的心思。

她正要开口,狗项圈上的铃铛响了,她的注意力被吸引到这只友好的德国牧羊犬身上。它向克莱尔走来,在她身上嗅来嗅去。

"我不记得你还养了一只狗。"克莱尔说道。

"它叫西斯科,"吉尔说,"老爸出去遛弯都是它带着的。"

克莱尔点点头。她害怕谈到的话题还是来了。"那,你父亲……"

"晚上的话,什么都看不见。"吉尔肯定道。

"那白天呢?"克莱尔问道。

"比晚上稍好点,"吉尔说,"但是也不太好。他还能看电视,谢天谢地,所以我们就买了这个巨型电视。"

"个儿还挺大的,"克莱尔赞许道,觉得吉尔言行都不像个十几岁的孩子,"凯蒂怎么样了?"她接着问吉尔妹妹的情况。

"好多了,她仍然对奶奶的死耿耿于怀……"吉尔说着就停了下来,看见克莱尔脸上闪过一丝惊讶,"你不知道吗?"

"什么时候的事?"克莱尔问道,这么久没联系,内心更加责备自己了。

"你不知道吗?"吉尔问道。这才了然,克莱尔和父亲好几个月没说过话了。

"我应该知道的,"克莱尔结结巴巴地说,"你父亲和我……有一阵子没说过话了。非常遗憾。"

"没关系。"吉尔说话很像个成年人,她本不应该这样,"大概是在那件事结束一个月后发生的。"她看着克莱尔的眼睛,两人都明白吉尔所说的去年愚蠢的行为。

"奶奶觉得肚子痛,然后就昏迷过去了。等老爸劝她去看医生的时候已经太晚了。她得了五级胰腺癌。"

"三周后,她就去世了。"走廊传来一个熟悉的男人的声音。尼克·罗勒走了出来,身穿一件宽松的牛仔裤和大都会棒球队的T恤,严肃的表情变得温和起来,他走上前握住了克莱尔的双手。

"罗勒探员,"克莱尔含笑说道。

"沃特斯医生,"他回道。看到克莱尔让他喜形于色。或者是因为罗勒还能看到我吧。"是什么风把您吹来了?"

直到克莱尔记起刚才说了什么,才察觉到自己在笑,于是换了副口气:"对于奶奶的去世,我感到非常遗憾。"

"谢谢,"尼克诚心诚意地说,"至少她没受多少苦。我们把她送到安养所,注射了吗啡。她不知不觉地就走了。"

"也好,"克莱尔说完稍感轻松,"如果不治之症都能这样,也都还好。"

说这话真是太傻了,克莱尔心想。她一路上反复在脑中想象这个场景,想不明白她在看到这个不仅救了她的命,还驱散了笼罩童年的恐怖回忆的男人时,心里是什么感觉。她欠尼克太多了,多得她都不好意思再和尼克联系了。她觉得尼克见到她时肯定会一脸漠然,因为当初她什么都没说就消失了。但是,当她站在尼克面前时,她却看到尼克的笑容,这让她出乎意料。他蓄着络腮胡子,估计有一星期没刮了吧。

哇!这胡子太适合他了。

尼克还是像她记忆中的那么帅气,只是那双敏锐的蓝眼睛神采不再,头发稍微染上了些银色。他身材精瘦,肌肉结实,现在也没什么变化。克莱尔想,他一定每天还泡健身房。

不过她赶紧关上了自己的心门。她以前从来没有让两人之间产生

| 51

过这种吸引。尼克好像察觉到她有些拘谨,便转向女儿,以打破他们之间尴尬的气氛。

"作业写完了吗?"他问道。

吉尔这会儿才表现得像个十几岁的孩子:"作业快写完了,爸。"语气中带着些"多管闲事"的味道,就像通常孩子和家长说话那样。但是吉尔明白父亲的意思。

"那你们聊聊吧,"她说着对克莱尔笑笑,"别让他把你领进麻烦窝里哦。"

"不会的。"克莱尔转向尼克,一直不想承认尼克的眼中也闪着和自己一样的光芒,不过克莱尔的心思在他面前无所遁形。

"你女儿长成大人了。"克莱尔打破了沉默。

"她们两个都长大了,比我预想的还快呢。"尼克说着把克莱尔领到客厅,然后自己坐在一把舒适的旧棕皮椅子上,它和旁边的新沙发很配。他的脸稍微偏向窗户。克莱尔觉得,他要看清落地窗上的雨滴还是有点费劲儿。

一阵沉默后,尼克开口了:"女儿们都很爱她们的奶奶,她把女儿们照顾得很好,然后就突然去世了,突然得几乎没时间告别。"

"她们努力生活,以填补心里的空缺,"克莱尔说道,"这和失去父亲或母亲是一样的。"

"如果她们的妈妈还在的话,就不用这样了。"他答道,还是盯着窗外。

他还在自责,克莱尔心里明白。

"她们很幸运,因为她们的爸爸很坚强。"克莱尔补充道,试图以此安慰一下他。

"一个瞎子爸爸。"尼克提醒道,"在这一点上,我真是给爸爸们丢脸。"

"你已经尽你所能了,"克莱尔压抑着挪到尼克旁边的冲动,语气也尽量不像心理医生一样,"她们母亲的死不是你的错。"

他的脸转了过来,表情苦乐参半。"吉尔成了新妈妈,照顾着凯蒂,还得伺候我,可悲呀。"

"那也不是你的错。"

"刚才你和吉尔谈话时,我想了很多关于你的事。"

克莱尔努力掩饰自己的惊诧,他居然会说出这种话。她忘了,这个男人可是煽情高手。

"吉尔说,她曾经给我打过电话,"这是她脑中唯一能想起的话,"对不起,我当时没在那儿,没能接她电话。其实,我很乐意帮助你们的。"

尼克点点头,示意没关系。"你有自己的事情要忙,我认为,我还处理得了自己的事情,不需要心理医生。"他自嘲道,强调着两人间的小玩笑。克莱尔也笑了,心中却为他感到惋惜,也后悔自己笑了出来,因为她知道现在微笑是最没用的。

他很消沉,失去了很多之后,他还会失去更多的。

"你现在还忙吗?"克莱尔问道。

"你信不信,我还工作着呢。"尼克答道。

"不当警……"克莱尔脱口而出,说到一半却又后悔了。一年前他们碰面的时候,尼克是纽约市警察局负责一宗谋杀案的探员。之后,他向克莱尔承认,而且只对她一个人说,他患有色素性视网膜炎,这是一种基因退化引发的基因功能紊乱且无法治愈的疾病,这病将最终使他失明。他不遗余力地隐瞒自己的病情，怕被强迫从自己热爱的工作上退休，然而，顽固又自尊心强的尼克不仅差点害死自己，也险些让克莱尔和他的女儿们丧命。

克莱尔虽然不信，却尽力抑制住，接着说："你还没对他们说过？"

"放松点，"尼克说，"我对上头说了。"

"所以，他们把你留下来了？"克莱尔问道。

"对呀，警长给了我这个所谓的'英雄警察'一些特权，"尼克说道，语气谦虚甚至有些不好意思，因为根本没有所谓的称谓，"他把我安排到'BB弹小队'了。"

"我有点儿不明白，"克莱尔说，"这是什么队？"

克莱尔的天真让尼克哈哈大笑。"是个根本不存在的警队，"他说道，"他们带着你的枪出去执勤的时候，你被分配到哪里，哪里就是'BB弹小队'。通常情况下，这很丢人。但像我这种情况，我还要继续工作，养家糊口。"

"他们把你安排到什么地方工作了？"克莱尔问道。

"凶杀案分析小组，"尼克点点头，"所有人员全天候工作。地点就在总部警长办公室，因为在那里，他能时刻照看我。"尼克说着眼睛眯了起来，戏谑地笑笑。

"是你的主意，还是警长的？"

"他的主意，"尼克承认道，"要拯救我于自责，也是他的话。这一切都是在暗示我，不要做任何真正的警员们做的工作。我整天在计算机的电子地图上添加标记。"他边说边沉思着，好像甘心屈从于命运。"这不是我最好的选择，但领着退休金，在警局随处坐坐，整天自悔自恨，这一切对我都是痛苦的折磨。"

他双目下垂而不自知,如同被羞辱了一样。但克莱尔很清楚他心中的感受。

"我的工作是警察中最好的——破获一宗又一宗谋杀案,"尼克说,"为逝者说话。要不是我眼睛不能用了,我就太适合干这个了。"

"不用眼睛的话,你也很棒的,"克莱尔提醒道,"要是你不行的话,我们也不会坐在这里了。因为我不知道我现在该做什么,这点我确定无疑。"

"不要低估自己,"尼克摇摇头,说道,"我记得,你很会用那把枪。"

"拜托,别跟我提那事了。"克莱尔恳求道。

他抬眼看看克莱尔,"你打算就站在那儿吗?我都开始有点自卑了,就像弗洛伊德本人在我脑袋上飞来飞去一样。"

"事实上你是对的。弗洛伊德也不会同意我这么做的。"她说着坐到了新沙发上,抱枕比她喜欢的那种稍微硬了些。克莱尔换了个位置,而她的不安显而易见,这让尼克想起来他一个问题都还没问克莱尔呢。"你还没跟我说你感觉怎么样呢?"他问道。

"好多了。"克莱尔答道。

"你看,第二次了。心理医生不会回避问题吧。"

一语中的啊,克莱尔想。"我拿着枪的那一刻……我想是我做噩梦时梦到最多的一个场景了。"

"你想过吗?"尼克两眉上挑,"那有什么含义吗?"

"关于噩梦具体的细节我记不太清了。"

她本不想说,但是不知为何,在尼克面前让她觉得很安心。这种感觉好几个月都不曾有了。克莱尔发现自己正倚在沙发的扶手上,开始感到放松,于是很纳闷,怎么在自己家这种感觉来得这么慢呢?

"你知道的，现在已经什么都不用怕了，是吧？"尼克试图说服她，直勾勾地看着她，好像审问犯人一般。

"但愿就这么简单。那种害怕的感觉一直存在，甚至醒了以后还是这样。"

"不过，现在不只是这些噩梦让你感到害怕。"他说着站了起来，仿佛能看透克莱尔的心思，心中有些得意。克莱尔又换了个姿势，原因就摆在那里，心中却不知怎么开始诉说。尼克能猜到她心中所想，也让她有些不爽。

"不管出于什么原因，你需要我帮助，就尽管说，别害怕。"尼克说道，"你就说吧。尽管问。"

他到底是怎么知道的？

克莱尔呆住了。"我不想利用……"克拉尔脑中只能搜刮出这几个词，这时，尼克打断了她的话。

"请说。"他命令道。

她顺从地点点头，有他的支持，她感到很安全，便从头到尾把那天早晨发生在罗莎·桑切斯身上的事情讲了出来。她说了十分钟，尼克只问了问当时的现场状况。克莱尔讲完后，他把情况总结了一下。

"你认为，那个铐住她的警察是假冒的。"他说道。

"我根据她的档案把每一个可能的地方都检查过了，给每一个我能想起来的人都打了电话，"克莱尔说着，心中的愤怒毫不掩饰，"如果她被逮捕了，现在应该已经出现了。那个人用罗莎的手机给她妈妈打电话，让我无从下手。"

"我也会这么考虑的。"尼克说着，大脑开始飞速运转。

"给失踪人口登记部门打电话管用吗？"克莱尔问道，焦急地想找到一个解决方案。

"问题是，他们是不会给一个成年人立案的，除非这个人失踪超过四十八小时。"尼克说，"尽管我不怎么和他们打交道，但他们每天接的都是这种电话，所以不会把失踪的人列入待办案件。以上只是我个人意见。"

"警察局中哪个部门负责处理绑架案件？"

"重案组。"尼克说，"但是他们需要确切的被绑架的证据，而这个你几乎没有。即使有，他们也只是把案子报告给警长。"

克莱尔觉得她的疑问已经消除了。"你刚才说，你在警长的办公室工作。"

"如果我带着这个案子去找他，或者让他知道我在查这个案子，他会像唐人街吊烤鸡一样把我吊起来。"

尽管克莱尔找罗莎心切，但也知道她不能拿尼克的工作做代价。

"追踪定位罗莎的手机怎么样？"克莱尔建议道，"至少，我们能看到她过去二十四小时中去过的地方。"

尼克看着天花板，若有所思，好像这也是个办法。"没有授权令的话，很难。"

克莱尔毫不退缩："但也不是不可能的吧。"

她说的只是诱饵，但是尼克并没理解。"这件事不像电视上看到的那样简单，"尼克严肃地说道。"请原谅我的自私，咱们在讨论的事和我也有关系。如果我不经罗莎允许做这件事，那就是违法的。我不仅会被开除，退休金也没了，可能还得坐牢。但我们的确得不到罗莎的许可，是吗？"

他从椅子上站起来，走了几步，看起来很生气。接着，克莱尔明白他为什么这么着急了。他想帮助克莱尔。他的意愿触发了克莱尔脑中的一些事情。"这个手机在某个人的名下,或者说此人持有该账户,有权许可吗?"

尼克停下步子,看着克莱尔,这一点他没想到。"打法律的擦边球?但是行得通。"尼克问道。

"我不太确定,但是我认识她母亲。我觉得,任何一家手机公司都不会相信一个有支空票前科的女人的。我敢说罗莎的妈妈名下有两个手机号,其中一个就是罗莎用的。而她妈妈会为我做一切事情。"

尼克眼神犀利地看着克莱尔。

"即使她妈妈同意,我们也要冒着被逮捕的风险。"

尽管尼克警告了她,但克莱尔只视之为免责声明。尼克很坚定地参与进来了,他很想知道答案,而且对于他渴望已久的猎物,已经迫不及待。

尼克想了想。他有段时间没冒过险了,如果克莱尔正确的话,有人正处于水深火热之中。

"我不承诺。如果有人发觉,我可能就得停手了。但是我会试试的,"他说道,"怎么样?"

克莱尔站了起来。她认识的尼克·罗勒是一个绝不会对答案说"不"的男人,他回来了!

"我本无权要求,"她回道,"谢谢。"

第五章

第二天，还没到七点，尼克·罗勒就从黑洞洞的地铁站里走了出来。他揉揉眼睛，努力让双眼在明媚的阳光下看得更清楚。空气湿度很大，压得人有点喘不上来气。然后，尼克就去了纽约警局的总部。

总部大楼看起来像个盒子，赫然矗立在他眼前。很多警察戏称其为"迷宫"，或者，更具贬损意味地称其为"瓷宫（大型公共厕所）"。对他来说，大楼看起来不像厕所，倒更像个砖窑，里面的气温好像高达几百度，炙烤着每一个进入大楼的人。大多数警察都会说，天最冷的时候，这里也是火烧火燎的。

尼克一踏进大楼，就感觉到第一波汗滴在了牛津纺礼服衬衫下面的T恤上。他的脖子已经挂上了警员证，警徽也别在腰带上，唯一没有的装备就是那把九毫米口径的格洛克。尼克只有在这里才会觉得没有配枪的自己就像个局外人。每个人都了解他们的配枪，也知道使用配枪的权力，这才是他们真正的警徽。能用配枪救人一命或者击毙歹徒，是他们和普通人之间的唯一区别。尤其是像尼克这样的神射手，没了枪，就像一个被阉割的男人一样。而没有配枪，还每天在这座大楼进进出出，让他时刻对自己的命运耿耿于怀。

另一个让他耿耿于怀的是，不管怎样都要在这里上班。两年前，尼

| 59

克的妻子在他们那间褐石公寓里，用尼克的配枪自杀了。了解尼克的人或者曾经在一起工作过的人都认为这绝对是自杀。但是，这里一些处理内部事务的蠢蛋们决定对一名功勋卓著的警察进行调查，想借此结识几个市政府的人。他们怀疑尼克谋杀了自己的妻子，并将此泄露给一些在总部二楼宣传办公室工作的混蛋，这些人只干些宣扬小道消息的活儿。最后，报纸头条和电视新闻报道纷纷指责警局掩盖事实。一位行政长官很了解尼克，知道这些指控都是扯淡，但出于政治原因，只好收缴了尼克的配枪和警徽，把他送交中心拘留所，调查结束后才可释放。

那段时间，尼克注意到，不仅晚上看不清，而且从暗处走到明处，眼睛的适应能力也有些问题。他没顾上这事，大约一个月后，病情加重，他做了任何人都不应该做的事：自诊。尼克在谷歌上搜索自己的症状，色素性视网膜炎一下就弹出来了。

若不是弗雷德舅舅得过这个病，他绝不敢相信。弗雷德在三十多岁的时候罹患此病，眼睛失明。尼克知道此病是遗传性疾病。联邦健康状况隐私法并不适用于警察。任何治疗（包括心理或精神疾病）都会影响一个老警官工作的能力，尤其是持枪警员。而警局发起的保险方案中，每个医疗部门提供的健康报告都是要强制上报警局医生的。

尼克明白，接下来在接受谋杀妻子调查的同时，医疗诊断就会立刻出具，使其失去恢复工作的资格。而一旦这个被媒体曝光，全世界都会把此事件曲解为：纽约警局找到了和谋杀案嫌疑人尼克·罗勒脱离关系的办法，而且不用承认任何错误。

尼克身处进退两难的境地。他得想想办法，而在三州交界的任何地方看医生，也要冒很大的危险。

所以他没冒险，而是在谷歌上找到了最好的色素性视网膜炎的专家（在波士顿），取出妻子死后留下的所有人寿保险的钱，付费给这位医生。但是，他欺骗不了所有人。谎言从刚开始就破绽百出，他说自己是个没有保险的推销员，这让医生一下就认定他的故事是胡编乱造的。

但尼克的钱也是钱，所以医生就同意给他做个检查。检查结果确认尼克自诊的结果正确无误，而且还证实了尼克最担心的情况：没有办法逆转退化，只能眼睁睁地看着病情恶化。

尼克乘车回了纽约。那夜是个绝望的夜。即使妻子自杀案调查能还他清白，但他一回来，不管警局分配给他什么工作，他也只能把病情和盘托出。他别无选择，只能决定回中央拘留所的拘禁室，静观其变（如果到时候还能看见的话）。

所以，他回去工作，得病的事也没告诉任何人，包括他的上司、女儿和母亲。

后来，一天晚上，命运再一次被改变。

过了不到一个多月，他和一群警察制服了一个狂暴的醉汉，然后救兵出现了，就是他的老上司布莱恩·维尔克斯。他告诉他们暂缓执行，说一名助理法医想起，这起怪异的科尼岛杀人案和另一宗一年前曼哈顿的凶杀案很相似。警长亲自命令维尔克斯带尼克到犯罪现场勘察，而现场在布鲁克林最偏远的地区。他把枪和警徽交还给尼克。于是，尼克·罗勒这个家伙，再一次幸运地成为凶杀案调查组的警探，并为惨死的市民伸张正义。

他也成了隐瞒失明病情的带枪警察。这张重回人生大戏的入场券，让他结识了克莱尔。克莱尔是第一个听到他承认自己即将失明的人。

后来，一次驾车追捕成为他命运的转折点。尼克驾驶着汽车，和克莱尔一起追捕一个连环杀手嫌犯。

因为尼克的视力不断下降,飙车不仅结束了他那年轻搭档的警察生涯,还差点要了那小伙子的命,更别说自己、克莱尔、女儿和母亲的性命了。尽管如此,此案若没有公之于众,也不可能以胜利告终。他和克莱尔都获得了政府的高度信任。他们能获得的奖励只有这些,若是他们说出了关于事情真相的半个字,就得进联邦监狱了。

但是,最后尼克还是迫不得已把自己的视力问题告诉了他的救星——维尔克斯。维尔克斯听说后十分震惊,但是被他的精神所感动。

所以他们商量了一下。尼克进警局工作二十年了,本可以退休,领着相当于上班时一半月薪的退休金,直到去世。

但尼克对这份工作非常热爱,所以,这个英雄警察只得妥协。他的健康状况对大多数人都是保密的。现在他在凶杀案分析小组,从早上八点工作至下午四点,推送一些文档,在电子地图上加标记。在这里,他跟踪精神测试结果,把犯罪数据汇总后交给警长。讽刺的是,这是当警察二十年来第一次准时下班。对大多数警察来说,这种工作时间表只会在梦里有。

他走过几扇门,走进了宽广的大厅,在读卡器上刷了一下他的警员卡,和平常一样默默地告诉自己:这份新工作是福也是祸。只要他还能看见,就能供养女儿们。如果病发的时间能坚持到退休后,他就能拿在职时工资的四分之三,后半辈子还能领医疗保险。或许他们还能让尼克带着西斯科工作。最后,尼克想,自己白天也需要西斯科。

他排起队等着下趟电梯,想象着如果有一天,人们看到他让西斯科带路来工作,都是什么反应。他想象着这个场面,好像和如今曼哈顿每座办公大楼里做这样事情的人一样:咖啡杯、公文包,包里装着杂乱的事物,为其他办公室或者格子间的人安排好明天、后天的工作。唯一的不同就是着装。每个人都带着工作证，把警局里的警察和雇来的平民区分开。枪上缴后，尼克觉得这些日子以来，自己更像一个平民了。

依旧摇摇晃晃的电梯已有四十多年的历史了，电梯门一开，他就决定向自己和每个人证明，自己还是个正常人。尼克说干就干。他知道（或者说一厢情愿地相信）克莱尔昨晚给他的消息为他开辟了自救之路。

他钻进满是刮痕的电梯里，看到所有的按钮都是亮的。这个"肉箱"每层都会停一下。要在平常，他觉得这根本就不是什么惊喜。今天他却面带微笑，想着这样能给他争取些时间，回想昨晚的事情。他想起很多克莱尔去年的事情，不过，看见她比想象中的情况还好些，心中就没有那么歉疚了。然后又逼着自己思考罗莎·桑切斯的案子和手头上的事情。

克莱尔离开尼克公寓前，给罗莎的母亲打过电话，告诉她，已经给罗莎的手机账户充了钱。玛利亚只能为他们追踪罗莎的手机祈祷，保证道，不管克莱尔拿来什么文件，她都会签名。

但是，这个交易并不需要签字，因为在法律上这是无效的。尼克也不打算把此案做书面记录。

克莱尔一走，尼克就给戴夫·班宁——一个在警局技术援助小组工作的警探打了电话。十年前，尼克帮他十八岁的侄子免去了牢狱之灾。这个孩子认识两个混混，他们说服他开车带他们去抢劫一家便利店，该店的收银员是一名锡克教徒，他拒绝打开收银机，因此两名暴徒开枪打爆了收银员裹着头巾的脑袋。这一切都被监控录了下来。整个过程中，那孩子只是坐在车里，听着重金属乐队Dethklok的歌，根本不清楚里面发生了什么，也不清楚他的朋友们做了什么。

尼克接了这个案子，迅速抓住了那两个人渣。他们暗指这名警探的侄子是幕后主使，导演着这一切。这个孩子遇到了人生第一个大麻烦。

班宁带着侄子找尼克自首。尼克在审讯室里和那孩子谈了十分钟后，不仅肯定这孩子是无辜的，还说服他证明他那两个"朋友"有罪。杀人犯最终被判死刑，不得假释，而班宁的侄子得以脱罪，也没在档案上留下不良记录。戴夫·班宁向尼克保证，将来有什么需要，绝对有求必应。

所以，十年后，尼克给他打了电话，第一次求他帮忙：追踪罗莎·桑切斯的手机。班宁向尼克保证，今早上班的时候，他一定会有尼克需要的信息，而且永远不会有人知道。

电梯门打开了，尼克走进一间用橡木装修的套间，那就是警长和他众多手下的办公室。他向六十岁的警长助理兼看门人帕特里克点头问好，此人在接待处办公，坐等退休。尼克走过第二道门，进了屋。屋内十分宽敞，里面有很多现代化的格子间，木质地板也是新铺的。每个探员占一间，他们身穿商务正装。单调的着装颜色和屋内时刻亮着的日光灯，倒让尼克觉得，如果这屋子的人不配枪的话，就和任何一家公司的办公室没什么两样。

但是，尼克看见这些穿着便装的警察总是分心，连他自己也不知道怎么回事。他感觉到了大家注视的目光，而且知道他们在背后是怎么议论他的：尼克·罗勒可真是厉害，他是怎么托关系安排到这个闲职上来的？

尼克默默地告诉自己，他没有托关系，是靠他自己的努力把自己调到这里的。他身材一直保持得很好，四十出头了，看起来就像三十岁的人。但是，他的眼科专家告诉他，什么样的生活方式都不会改变令人心痛的事实：他的视力正在逐渐下降，不管他做什么都无济于事。

事实上，没人知道尼克的情况，这要多亏多兰警长。他为尼克的病情保守了秘密。尼克曾经在众人面前证明了自己是个优秀的警察，为他的病情保密，至少可以让他继续做一个合格的警察，免遭羞辱。把尼克安排到这样一个职位，为的就是不让人发现他视力的问题。而尼克也对多兰警长发誓，他再也不会携带武器了。他把他所有的枪都交给了警长，锁在他私人办公室的保险箱里。更重要的是，他们达成一致：警长让尼克继续当职，但只能做办公室工作，禁止参与任何一线调查，以免让他受伤或者更糟——让别人受伤。

尼克的办公室是一间在角落里的大屋子。走进办公室，他看见桌子右角放着一个密封的大白信封，其贴条上只写着尼克的名字。他知道，这是班宁寄来的。尼克坐下，打开信封，心里很清楚，这么做首先就违反了和警长的约定，他也知道这么做辜负了他的信任，一经发现，很可能会丢掉饭碗。

尤其是，如果他和克莱尔关于罗莎的判断是错误的，罗莎就违反了假释规定，而克莱尔天生的直觉会让他们重蹈去年的覆辙。他发现，克莱尔很希望他的警察同事们都能拥有她的直觉，这样别人就不会质疑他们了。出事的时候，克莱尔总能感觉到。

尼克很快就打开信封看了起来，他再次发现克莱尔是对的。他有确凿的证据证明罗莎·桑切斯的失踪确系一起绑架案，而罗莎就是受害者。尼克需要帮助，而且只要能瞒住，就不能让警长知道。

接下来就是危险时刻了。尼克踏入电梯，六楼的按钮已经有人按了，这时，一只手突然伸到马上关闭的两门之间，把门扒开了。

"早啊,尼克。"这是警长蒂姆·多兰的声音。

"早啊,警长。"他简单回道。

他的上司身穿一件蓝色的花格呢子西装,戴着涡纹领带,都是庄士敦&墨菲牌的。多兰身高一百九十厘米,是警局里出了名的大块头。尽管他脑袋剃光了,但服装整洁,让他老早就有了"神探科杰克[1]"的绰号。多兰公开说不喜欢这个绰号,但是私下里却很受用。年近六旬的多兰从警已经三十九年了,差不多是最早在局里供职的四人之一。当时警长指挥的侦察员有五千人,仅次于联邦调查局的人数规模。反恐主义兴起后,在前几届领导的运作下,无论在哪一方面都远远超过了"联邦屎差局"。多兰几乎受到所有手下的尊敬,在办公室斗争中,对哪个犯罪现场有意见,从来都是有话直说。他被称为"警察中的警察",这种好局长大多数人认为已经绝种了。

多兰按了一下到停车场那层的按钮,也注意到了亮着的六楼按钮。

"你要去哪儿啊,尼克?"多兰知道六层是侦办案子的楼层,尼克在那边没活儿干,便问道。

"我去信息技术部,"尼克不紧不慢地说,"跟那边的人商量一下新订的软件。"他讨厌对警长说谎,但是更不能泄露真相。

多兰满面狐疑地看着他。"信息技术部在四层。"他说道。

尼克故作羞怯。"我的手指一定是滑了一下。"他龇着牙笑道。面板上,四楼的按钮正在六楼的下面。

多兰只是不耐烦地"哼"了一声,看起来倒挺高兴的,然后像个大忙人一样抬手看了看手表。"一切还好吗,长官?"尼克问道,又按了四楼的按钮。

---

1 20世纪70年代的警探电视剧主角。

"今天要和市长待一天，还不错。"警长说完，和尼克四目相对，"你的女儿们怎么样？"他一边关切地问道，一边调整着领带，好像戴着很难受。不是因为领带太紧了，而是多兰打心眼里为尼克担心。他知道，一年半以前尼克妻子自杀的案件并没有处理好。事件后来演变成公关危机，行政长官逼着多兰把尼克降为警员并关进中央拘留所。警长满怀歉意，对此尼克非常感激。而他更感激的是，电梯终于摇摇晃晃地停在了四楼，门正在打开。

"你的女儿们怎么样？"尼克也说了一遍，就咧嘴笑着走出了电梯。"我得给我的女儿们找个青少年矫正速成班。别让市长对你夸夸其谈。"他说完了，门也关住了，电梯里的多兰面带微笑。尼克长舒一口气，等着下趟上去的电梯。

上了六楼，尼克进入刑侦科大厅，没走几米就到了一扇门前，上面的金属牌上写着"重案组"。要不是尼克存在视力问题，他每天都得来这儿，想想真是讽刺。在这扇门后的是最受人尊重的工作，是警探所能得到的最好的工作。但是对于尼克来说，这个标牌也可以看作"请勿入内"，因为他发过誓，不再调查案件。

然而，此时他违背了当初的誓言，打开了那扇严禁自己再接触的门，毫无迟疑地走了进去。

离上班时间还早。刑侦科的金属桌子是标准配置，而大部分桌子的主人都还没来，只有两个例外，在那儿办公的两人就是尼克要找的。其中之一是托尼·萨瓦雷斯，尼克的老朋友。尼克还没关上门，他一下从椅子上跳了起来。

"尼克，你疯啦……"萨瓦雷斯一边低声训斥，一边抱住他。萨瓦雷斯和尼克认识有二十多年了，可他还穿着和当年一样的蓝色运动上衣，戴着红蓝相间的条纹领带。"你来这儿干什么？"

"我得和你还有头儿商量个事儿。"尼克说着也还以拥抱。

"他要是看见你，绝对得吓一大跳。"萨瓦雷斯低语未完，便陪着尼克去了重案组组长办公室。半路上，副警督布莱恩·维尔克斯把脑袋探到走廊。

"我听见有人说话了，你知道的，"维尔克斯用他那口标准的布鲁克林口音沙哑地说道，"我在这儿不可能听到他的声音。是不是有人不老实？"

维尔克斯一头火焰般的红发，雀斑点点的圆脸上满是狡黠的笑容，活像一个蔫了的万圣节南瓜灯。

"快给我进来，你这个家伙！"维尔克斯抱住了尼克，把他从门外拉进了办公室，挥手把萨瓦雷斯也招了进来。维尔克斯一直是个心直口快的人，虽然尼克违反约定在先，他还是觉得警长的话就是瞎扯。"你小子最近怎么样啊？你来这儿干什么？违反规定了啊！"

尼克扫视了一下办公室，家具是一样的，只不过比外面办公室的金属办公桌稍微新一些。沙发虽旧却很干净，就摆在窗下，临窗远眺，视野广阔，布鲁克林大桥和曼哈顿下城尽收眼底。一张保存完好的古旧实木办公桌对着门口，桌角上摆着一台电脑。桌后的墙边靠着一个很搭的书架，上面摆着一些奖状、奖杯和一些照片。其中一张照片是尼克和维尔克斯的合影，两人都面带微笑，事实上，两人的关系比表面上看还要好。

这会儿，维尔克斯伸手示意尼克坐到椅子上。将近一年的时间了，自从尼克调了岗，他们还是第一次坐在一起。

尼克又朝窗外瞥了一眼，对维尔克斯说："太棒了，比你的老办公室窗外的景色强多了。"

"是啊，我早就烦透了看你的怪样，"警督答道，"你现在怎么样？你来这儿干什么？难道是想背着警长过来刺激我一下？"

"我需要你帮助。"尼克把罗莎·桑切斯的事情详细说了一遍，讲到被狱警强奸的时候，维尔克斯把手举了起来。

"喔！喔！等一下，"维尔克斯打断道，他也想起这件案子了，"她也是那家伙的玩物吗？"

"对，"尼克答道，虽然媒体没报道过里克斯岛性侵受害者名单，但他对于维尔克斯知道杰克·斯托姆一案毫不奇怪。

"我好像看到哪里报道说，这些受害者全部被释放，还被送去曼哈顿做心理咨询。"

"是的，"尼克答道，在座位上换了个动作，知道接下来要讲高潮了。傻瓜维尔克斯还后知后觉呢。

"于是，那个疯狂的精神病医生沃特斯就去对你说了，"维尔克斯提到了克莱尔，"然后，你就为了她冒险来这儿？"

"最糟糕的是，我可能会被勒令提前退休，退休金也没了，是吧？"尼克说。

"啊，你可能会。"维尔克斯答道，坐回到椅子上，好像一切都听任命运的安排了。帮助尼克，毫无问题，两人心里都清楚。对维尔克斯来说，事情很简单，若不是尼克·罗勒，他是不会坐在这里的。

"我看，得去斯塔滕岛的玉米地里瞧瞧，"维尔克斯叹道，"最好能不虚此行。"

"你太他妈对了，值得去一趟。"尼克说话不禁有些粗鲁，把维尔克斯和萨瓦雷斯吓了一跳，"不管是谁把这个女人铐走了，他肯定是假扮警察,这样才能在大白天带她走——"

"行,行,尼克,你放松点儿,"维尔克斯打断道,双手高举,好像投降一样,"我们加入。咱都冷静一下,嗯?"

尼克深吸一口气,连自己都没想到一下子说了这么多。"对不起,长官,我最后还是破了规矩。"

"别想太多啦,"维尔克斯说道,"我知道,冒险来这儿对你还是有些益处的。你就告诉我,这不是那个善良的医生的凭空臆想吧?坐了这么长时间办公室,你也要参与进来吗?"

尼克把手探进西装上衣胸前的口袋,拿出了三张纸条,纸条是折着的,又被订书钉钉住。他递给维尔克斯和萨瓦雷斯每人一张,"完事后,就把这销毁。"

"这"是一连串地图,是前几天罗莎·桑切斯手机的定位图。这些地图是彩色打印的,图上的点是跟踪路径,每个点旁边还有数据,电脑把这些点连成了线。

尼克的好兄弟班宁顺利地拿到了定位图。

"这都是合法的。"尼克顺便一提。

但是,维尔克斯的脸变得僵硬起来,语气也变得很强烈,"我不管那什么最高法院的大法官有没有亲自签署授权令。你不应该做这种事,尼克。"

"没有授权令,"尼克说道,"我们只是把她当成受害者去寻找,而不是罪犯。"

维尔克斯的态度毫无动摇,"既然她是一个正在执行缓刑的罪犯,那她就是罪犯,在证明她清白前,她是有罪的!既然这样,我们就需要授权令。"维尔克斯连珠炮似的几乎一口气把话说了出来,知道尼克会捅大娄子。

"头儿,这看起来有点蹊跷,不是吗?"萨瓦雷斯翻了一页地图,说道,"一个男的抓了这个女人,然后悄悄地带着她转遍了每个区,这不很奇怪吗?"

维尔克斯看完地图,抬头看着尼克说:"我从来没说过他不对,你个笨蛋。告诉我,你没有让手机运营商给她手机发送请求指令吧?"

维尔克斯这么问是有充足理由的。发送请求指令就意味着,罗莎的手机通信服务公司主动发送开启全球定位系统的请求到其手机上。这也是警察追踪难民或其他人员的常规方法。一般这种方法使用前,会遭到通信服务公司的各种阻挠,因为他们不想卷入侵犯隐私诉讼中。

"不可能,"尼克说道,"因为她的电话已经关机了,这些地图是通过三角测量绘制的。"

三角测量是一种利用来电或去电时手机向所在区域信号塔弹回信号的强度变化来定位的一种服务。通常情况下,在市区,大部分手机至少可以给三个信号塔发送回弹信号。和发送定位服务申请技术不同的是,三角测量可以通过通话完毕后产生的数据来完成定位,但定位不太精准,只是可以提供手机大概的方位。

而罗莎的定位看起来像是在东河[1]。

维尔克斯努力寻找这杂乱信息里的规律以及这看似随机移动的轨迹背后的原因,他僵着的脸也恢复如初。"好,在上午十点四十分,他们正在通过威廉斯堡大桥,很可能进入了布鲁克林区,向北逃窜了。因为三十四分钟后,他们到达了阿斯托里亚的弗农大道和四十一大道。"

"就在三区大桥,"萨瓦雷斯说的是罗伯特·肯尼迪大桥的旧名,

---

[1] 美国纽约州东南部,位于曼哈顿岛与长岛之间的海峡。

该桥连通了纽约市五个区中的三个。改桥名是好几年前的事了,是为了纪念被暗杀的前美国参议员罗伯特·肯尼迪。

"嘿,"维尔克斯突然明白了什么,便插话,"给罗莎手机打来的电话都是一个号,这号是谁的?"

"克莱尔·沃特斯,"尼克答道,"她每几个小时就给罗莎打电话。"

"所以说,沃特斯医生一直打到下午一点二十分,"萨瓦雷斯注意到了,"罗莎的电话在南布朗克斯的莫特·海文,很可能在沃尔顿大街。"

维尔克斯摇摇头,"然后下午两点四十二分,在海洋大道,布鲁克林林肯路展望公园路段,三点五十六分在炮台公园……这他妈……"他翻到最后一页,突然住嘴了。

"这说不通啊,"最后的地点好像是斯塔滕岛南端的大公园,萨瓦雷斯说道,"下午六点三十三分在北洛雷塔山国家森林公园,怎么又跑那儿了?"

尼克看见维尔克斯脸上神情忧虑,便知道他已经被说服了。"我看,这情况凶多吉少啊,"他语气里又多了些信心,"一个男的绑架了一个女孩,正在找地方强奸或者杀死她,这家伙开着车转遍了五个区,最后找到了合适的地点。看地图,除了在威廉斯堡大桥的这个点以外,其他的每个定位点都在公园附近或者紧邻公园。"

"他可能觉得可以把尸体藏在炮台公园,真是个笨蛋。"维尔克斯小声嘟囔着,脑子飞转,眼睛始终盯着地图。

"除非他认为他能开车上斯塔滕岛的渡轮。如果真是这样,那他不是真傻就是乡巴佬,"尼克接着说。顺带一提,"9·11"恐怖袭击以后,渡轮就不对机动车辆开放了。维尔克斯指着最后一张地图,"你认为这是丢弃罗莎的地点吗?"

"如果他像我们猜测的那样傻，"尼克说道，"他把罗莎关进车里，然后忘了关掉她的手机。克莱尔说，她七点后再联系罗莎的时候，就转成了语音信箱，很可能是手机没电了。"

维尔克斯当警察太久了，立刻就把不合常理的地方指了出来。"如果一名警察合法逮捕了你女儿，那他应该带她去登记处，而不是拉着她满城乱跑。"

萨瓦雷斯指着最后一页地图，"可能得派一辆附近的警车去看看，头儿。"

"派警车？才不可能，"维尔克斯号叫道，"多兰要是问我为什么派巡逻车去斯塔滕岛最南边的森林，我怎么解释？唉，我知道了，最好的办法就是你、我和托尼，咱们办这事。亲自去。"

他站起来，摇摇头，好像要把这些信息都装进脑子里，然后看了看尼克。"一个字也不能说，明白吗？不要给我、托尼或办公室的任何人打电话，就当没这事儿。这件事弄清之前，我会用我的私人手机给你发短信，但这段时间一个电话都不能打。明白吗？"

尼克噘起嘴唇，点头以示赞同，但维尔克斯还没说完："还有一件事，你不要对沃特斯医生说任何事，不能给她打电话，甚至在我许可之前，都不要接她的电话。"

"明白，"尼克回道，维尔克斯没有一脚把他踢出办公室他已经很高兴了。只要能弄清罗莎发生了什么事，不管做什么，他都会去办。

"现在，我先放你和沃特斯医生一马，"维尔克斯说道，"我只是想包庇一下你这可怜虫，保证你我还能在一起共事，所以我才这么要求你的。明白吗？你这浑小子。"

"非常明白。"尼克答道。

第六章

克莱尔看完了这天的最后一名病人,还不到下午两点。她一把抓过包,掏出电话,看看尼克有没有在她开会时打来电话。

没打。

他不会有事吧?

她设想了几种可能,或许尼克哪儿也没去,或者他去了,但是被领导抓住了。

或者,他变卦了。

克莱尔后悔把尼克也卷了进来,但还有别的选择吗?她非常确信,即使罗莎没死或受重伤,她的处境也非常危险。

她盯着手机,好像这样尼克就会打来电话似的。随后她把手机塞进桌子旁边的包里,然后打开办公室门,打算走过静悄悄的大厅接杯水。

刚要关门,就听见一阵若有若无的铃声。

克莱尔匆匆忙忙赶到桌子旁,差点被绊倒,手忙脚乱地抓过包,翻出手机,摁了一下接听键,手机还没举到耳边,就急着说了一声"你好"。

"沃特斯医生?"电话那头是个女人的声音,听起来慌里慌张的,克莱尔一下就听出来是罗莎的母亲。

"玛利亚？一切还好吗？"

"不好，"玛利亚抽噎道，"罗莎电话打不通，昨天早上打来电话后，就再也没打过了。她不会忘了跟孩子们道晚安的……"她说不下去了，克莱尔知道现在玛利亚和自己看见罗莎被铐走时的心情一样。

"先冷静一下，玛利亚。"克莱尔劝道。

"你跟她通过话吗？"玛利亚问道，"有没有查到她的位置？"

克莱尔暗暗埋怨尼克到现在也没消息，让她没法对玛利亚交代。

"对不起，"她脑子里只能想起这句话，"我会问问给我帮忙的朋友。"

"拜托了，"玛利亚恳求道，"孩子们很想妈妈。"

"我要是有了什么消息，就给你回电话。"克莱尔说完便挂了电话。

她已经给尼克打了好几通电话，但是他都没接。克莱尔有些着急，本来不想老打扰他，可她太着急了。

她又拨了尼克的号码，等着那边接听。

尼克看着手机在桌子上振动，屏幕显示是克莱尔。她又打了一次。尼克内心焦躁不安，无法专心工作，但又不能怪克莱尔。他看看手表，都快两点了，早上和维尔克斯、萨瓦雷斯开完小会也有将近六个小时了。等他俩的消息让他直想抓狂。他想跟克莱尔说耐心点儿，他正在努力寻找罗莎，但是维尔克斯又命令他不能跟克莱尔说话。尼克被逼无奈，只好让克莱尔发送语音邮件。

尼克很纳闷，到底他妈什么事，能费这么长时间？维尔克斯说得很明白，他和托尼·萨瓦雷斯会在早上十点以后离开总部去斯塔滕岛，这样就能避开上班高峰期。但是都过了四个小时，去斯塔滕岛打个来回都够了，况且天气又晴朗。维尔克斯那辆福特维多利亚皇冠警车和别的警车一样，他一般都是让萨瓦雷斯开车，碰上堵车，就让他开着警灯，鸣着警笛，所以他们最晚也会在中午到那儿。

尼克此时更加心烦意乱，从椅子上站起来，伸伸腰，很想知道维尔克斯和萨瓦雷斯到底有没有去。他瞟了一眼铺着地毯的屋子，里面都是格子间，都是些时髦的家具。以前警局办公区相对来说比较脏，甚至重案组也不例外，办公设施看起来和20世纪70年代电影里的一样。现在变成这样，真是一个跃进。

纽约警局的警衔制度确实有一定优势，最近警长办公室的翻修就是额外的好处之一。但尼克还是把自己当作一个真正的警察，而不是只坐办公室。在这里，他穿着另一套衣服，待在一间安静、肃穆、乏味的办公室。一个真正的警察的办公室在大街上，或者在重案组。虽然没从维尔克斯或者萨瓦雷斯那儿亲耳听说，但他知道，给他安排闲职的真正原因是因为这个工作本身。现在，尼克能做的就是尽量不看手机，还有等待。

他往咖啡机走去，和一个便装警探同事擦肩而过，他也是这个办公室的。办公室里的大多数人都很闲，期待着从总警长那儿领个任务，从此就能前景光明。但尼克知道，对他来说，这是他警察生涯的末路了。每天都待在同一个地方，他感觉内心的那个自我不复存在。

他觉得，我就是个办公室的家具。就和刚走过的文件柜没什么两样。

他知道，留在这里的理由很充分：让女儿们生活得更好一些，为她们将来上大学存些积蓄。但代价是什么？把剩下还能工作的日子花在这个枯燥乏味的工作上,值不值?

不值!

他倒了一杯咖啡,朝自己的办公室走去,开始为以后做打算。他还有六个月就得把材料交上去,拿着全薪过离职前的休假。他和女儿们能靠着退休金过上好日子,而且还能帮她们拉一拉助学金。

办公室座机突然响了,将尼克拉回现实。维尔克斯和萨瓦雷斯不会打他办公室的电话联系他。

尼克看了看来电号码,是调查警司帕特里克·杨的,就是刚刚接咖啡回来路上碰见的那个人。他是总警长的前台接待和看门人,他的桌子和尼克的隔了不到二十米。尼克拿起电话。

"怎么了,警司?"尼克虚伪地逢迎道。

"说什么屁话,把警司给我去了!"杨吼道,"拿上你的外套,去楼顶上见个人。快点。"

尼克惊呆了。去楼顶只有一个原因:一架警用直升机要在楼顶的停机坪降落。

"到底去哪儿啊?"尼克抄起上衣问道。

"我怎么知道?"杨反问道,"你的忠诚度比我还高呢。"

扬声器放出的电子乐分散着克莱尔对跑步机传送带的注意力。她正在第三十三大街东段一间健身房里的跑步机上全力奔跑着,好像要从关于罗莎的思绪中逃离出来。但是,跑得越快,各种惨状在脑中闪过得越快。此时,她脑中浮现出一个画面:一个暗室里,地上放着一个床垫,罗莎在里面尖叫着求救。克莱尔眼睛一眨,画面闪过,看到罗莎被囚禁在一个黑色的大箱子里——是个棺材,但她还活着。她摇摇头，试图把这些想法都抛之脑后，然而，眼前却又浮现出罗莎被埋在一个浅浅的墓坑里，一锹一锹的土不断往她身上扔着，她喘不上气，得有人救她……

克莱尔喘了口气，速度慢了下来。她还没有意识到自己刚才奔跑速度极快，就好像有人在追她，和梦里的被追着跑一样。

她关掉了跑步机，然后一把抓过运动包，从包里拿出了手机。只有父亲打来的一个电话，她打开父亲发来的语音邮件，得知父亲正在赶回罗切斯特，但是下周就回来。然后克莱尔又给尼克打电话，但是这次直接提示留言到语音邮箱。

到底是怎么回事？为什么尼克关掉了手机？

这下克莱尔只感到更加不安。她走进衣帽间，冲了个澡，但愿能把心中的恐惧遏制住。

尼克走上楼顶的直升机停机坪，一架奥古斯塔A–119直升机正悬停在那里。他顾不上欣赏曼哈顿的壮丽景色，顶着直升机螺旋桨扇出的大风，艰难地向直升机打开的后门走去。他现在根本没有时间赏景。他像是被邀请去参加一个宴会。这个宴会，他觉得再也不可能参加第二次了。

他登机后，发现多兰警长已经绑好安全带，戴着耳机，在里面坐着了。尼克关上门，坐在警长身边，开始系安全带。"尼克。"警长在直升机的轰鸣声中扔过来一个耳机。之后多兰就脸朝着正前，没再扭脸看过尼克。

"警长，"尼克回道，故作镇定，想问问他到底犯了多大的事，"能不能告诉我，咱们这是要去哪儿啊？"

"我想，你知道的。"他面无表情地说道。

突然，尼克意识到警长摸清他的底牌了。他猜想，当天早晨在维尔克斯办公室讨论的事情让多兰知道了。想到这儿，尼克对自己处境的恐惧转为兴奋。警长不会无故坐着纳税人的直升机去斯塔滕岛或者其他地方，当然更不会为了这个半瞎的警探就动用直升机，除非他找到金矿了。

他出现在这里，肯定是维尔克斯和萨瓦雷斯有了什么发现。维尔克斯还没升职，为求自保，肯定会做一件事：联系领导，先把副局长叫过来。

直升机从停机坪上起飞时，尼克不太确定是因为他对罗莎绑架案的行动是正确的，还是警长因为他的违约行为而惩罚他，才让他也同行去斯塔滕岛。但当尼克看向直升机窗外时，他忽然发觉自己在咧着嘴笑。不一会儿，他便明白了，这是为了感谢他。他看看将近完工的自由塔[1]的外墙在阳光下闪闪发光，就像灯塔一样。这是纽约市从历史上最黑暗的那天走向复兴的标志。

或许这是个好兆头，尼克想。就算是暂时的，也是对尼克无法左右的命运的延缓，是对自己职业生涯裁决的暂停执行。

他们从屋顶起飞，向西南飞去，掠过布鲁克林大桥，而这段路上，警长一言不发。

"第一次吗？"多兰问道。他还是目视前方，但语气中并无责难的意思，就是闲聊。

"坐奥古斯塔还是第一次，"尼克答道，"第一次海湾战争的时候，我开过'眼镜蛇'直升机执行侦察任务。"

---

[1] 世贸中心旧称。

"军用的?"

"是的,长官。特种部队的。"

虽然尼克很清楚多兰对他的军队履历非常了解,但警长还是点点头,好像第一次听说的样子。突然警长对飞机前部的飞行员和空中观察员说:"伙计们,我们得谈点私事儿。"

"是!"观察员答道,按了一个开关,让他和尼克私聊了起来。

"我们说好的。"警长说道,语气中却没有一丝恶意和怒气,平稳的语调比大喊大叫更让尼克感觉不安。

尼克只能答道:"我知道,长官。"

"我拿声誉保你,你却违背我的命令。"

"是,长官。"尼克无力地答道。如果警长打算严厉斥责自己,为什么不让前面那俩人听到?不想让自己尴尬?尼克很纳闷。

"我真该把你从飞机上踹下去。"多兰回道。

尼克听到这句话,松了多半口气,说道:"悉听尊便,头儿,"便准备接受惩罚,"但是不论如何,我认为值得这么做,我做了我应该做的。"

飞机此时飞到了曼哈顿下城的最南端,不远处就是海港,警长盯着窗外的炮台公园。尼克戴上耳机,不用看多兰的嘴唇猜他想说的话了。这还不错,因为尼克看不清他的嘴唇。

"至于这件事,你的判断最好是正确的。"警长说。

"我知道。"尼克答道。

他已经完成了任务。他长舒一口气,走进他的地下室公寓。很完美!每个细节都是按照计划进行的。他感到一阵宁静,很久没有感到这么宁静了,脑中回想着那些胜利时刻,细细地品味。

他打开刀具背包,把刀都泡进盛着漂白剂的水桶里,不锈钢刀面发出森森寒光。得磨磨刀了,他想。

十分钟后,直升机在一所高中空闲的停车场着陆了,现在正值暑假,学校没什么人。南面树木丛生的地方便是罗莎手机最后定位的地点。尼克看见两个身着西装的人站在两辆无警方标识的警车旁,他很好奇,别的警察都到哪里去了?因为显然眼前的任务需要更多的人手,彻底搜查需要大量人力。

他们走下直升机,其中一个穿着西装的男人热情地上来打招呼。迈克·菲茨西蒙斯副队长是当地警局侦缉组队长,他和多兰警长简单聊了两句,接着领他们来到一辆较新的车旁,是辆深棕色的福特金牛座。菲茨西蒙斯把车钥匙给了尼克。

"这车上周才保养过。"菲茨西蒙斯说。

尼克把车钥匙又给了多兰,很感激上司没有让他暴露。在警局里,多兰这种高职位的警官是不用自己开车的,但找谁开也不会找一个快要瞎了的人。

菲茨西蒙斯问多兰:"你知道去哪儿吗,警长?"此时,尼克坐到副驾驶座,扣上了安全带。

"嗯,别担心,迈克,在你地盘上,我不会越俎代庖的。"

警长升起车窗玻璃,挂上挡,驶出了停车场,上了海兰大道。"只有五个人知道这是怎么回事,"多兰说,"你、我、维尔克斯、萨瓦雷斯和一位犯罪现场组的警探,明白?"

"是的,长官,"尼克兴奋地答道,他的猜测得到证实。维尔克斯致电犯罪现场组,就说明他们有所发现。

车向南开,他们注意到一辆巡逻车停在角落,车顶的警灯还在闪,一名身着警服的警察挥手示意右转。

他们慢慢驶入一个居民区的街道,两旁都是蓝领家庭的房子,弄得很整洁,大多数都是小户型错层式的。偶尔也能看见大房子,草坪修得很整齐。尼克看见了警局配给维尔克斯的福特车和一辆犯罪现场调查组的奔驰厢式车。两辆车都停在了森林的边缘。

离森林最近的居民都走了出来。在这种静谧而没有纷争的郊区,一辆犯罪现场调查车就像头粉色大象一样十分惹眼。从布告牌可以看出,不只有警察在这里,而且像是要有什么大事发生。尼克很好奇,为什么现场调查车要横在马路中间,而左面是迎面而来的车辆。民用汽车开到这里停了下来,角落里的巡逻车开到后面,停到现场调查车前面几英尺的地方。尼克和多兰从车上下来,多兰走到巡逻车驾驶员车门处。

"禁止任何人走过这辆车,你们两个也是。"他对警车里的警察说道,"不管什么警衔的都要拦住,不得入内,我现在授予你们权力,就算分局长亲临,也不得入内。告诉他们,这是纽约市警局副局长的命令。"

"是,长官!"尼克听到驾驶员座位上的那个警察服服帖帖地对多兰答道,又向尼克敬了个礼。尼克他俩就大步流星地朝森林走去。维尔克斯、萨瓦雷斯和那位现场调查组的警探特里·艾特肯在此等候他们。尼克认识艾特肯,他身材精瘦,大概三十出头,一头金发留成海军陆战队人员那种圆寸。去年他们合作过一小段时间。他调查犯罪现场的时候,每块石头都要翻一遍,尼克很佩服他这一点。

尼克走近艾特肯握手的时候,才明白为什么他要把调查车停在那儿——就是为了挡住附近居民的视线,以免看见绑在两棵树之间的黄色犯罪现场隔离带,并拦住进入土路的人员及车辆。土路从平整的街道一直延伸到森林里。

"尼克,你知不知道你有多讨厌?"维尔克斯嘲讽道,"好在你判断对了。如果我大老远从市里跑到这鬼地方又一无所获的话,我早就亲自把你屁股踢烂了。"

维尔克斯式的恭维话中满是讽刺挖苦,尼克很纳闷自己究竟做对什么了。

"你们找到什么了?"多兰警长问道。

"轮胎印,"萨瓦雷斯答道,引着一行人走到土路的边上,"不过已经不清楚了,因为昨晚下了雨,这条泥泞路上的痕迹几乎没有了。"

艾特肯跪在车辙印旁,把领带收到皱巴巴的白衬衫里。"我把这些都照了下来,输到数据库里了,"他对警长说,"轮胎印是邓禄普235-55 HR 17s型轮胎留下的。"

"这些轮胎只供给某个型号的汽车吗?"维尔克斯问道。

"是的,长官,"艾特肯站起来,对着警督那辆无警方标识的"维多利亚皇冠"点头道,"这是给福特'维多利亚皇冠'警用拦截车辆用的高性能轮胎。"

萨瓦雷斯注视着维尔克斯的车,神秘地说:"我们有一大堆这车,不是吗?"

尼克知道,他不想这会儿插进来说出他们都担心的事:是一名警察绑架了罗莎·桑切斯,并把她带到这里,做出不为人知的事情。

维尔克斯却插了一句:"上世纪90年代末以后,三州交界地区的警局都是这种车。如果一个警察绑架了她,他肯定不是我们的人。"

"或者根本不是警察,"尼克同意道,"他可能是伪装的,用'皇冠'

警车更容易成功。这名罪犯可能在哪里都能买到。"

"这个女人出什么事了,我们了解了吗?"多兰警长问道。

"嗯,"维尔克斯说着指向了森林,"但是得去那里面查看一下,我们得花很长时间才能证实。"

克莱尔坐在病人们常坐的沙发上,想集中精神看一本《人物》杂志,那是别人留在健身房的,而她又碰巧鬼使神差地装进了自己的包。但还是做不到,她的脑子还在胡思乱想。她看看窗外曼哈顿的街景,很想知道尼克到底在哪儿。有没有找到罗莎呢?

她又逼着自己想别的事情,以逃避之前在脑中不断闪现的罗莎那恐怖遭遇的画面。克莱尔开始尽情联想着这闷热的天气,想起了太阳,孩子们总是给太阳画个笑脸。但是,她做不到,因为她小时候画的太阳总是满脸怒容。现在,她想起太阳,还是把它看成一个燃烧着的大火球,炙烤着城市。她很好奇,太阳烧完了会怎样?到时人们怎么做?世人会存活下来吗?

尼克一行人在树旁走来走去,一边把犯罪现场隔离带顺着土路绑起来,一边小心翼翼地避开车辙印和其他的潜在证据。从大街到一片小的开阔地,他们走了将近一百码。这片开阔地周围是一些高大的红枫和橡树,树冠遮住了阳光。艾特肯提醒他们,到一片干树叶的地方就停下,这些树叶好像是去年落下的,还没人动过。

"调查组的人来处理这段路之前,我们就走这么远吧。"艾特肯提议道。

他举手示意,前面有四个黑色的大金属盆,放在一个烤架上,下面用大原木在四周支着,原木已经烧得焦黑。烤架下面是一堆营火烧完留下的灰烬。

"看起来,有人还做了点吃的。"多兰警长见状说道。

萨瓦雷斯又补充说:"就是忘了把他的盆子带回家了。"

"挨着我的,有没有闻到漂白剂?"尼克嗅到了一种气味,据他所知,这种东西是不会自然形成的。

维尔克斯摇摇头:"我就闻到了烧焦的木头味。"

"不,尼克没错,我也闻到了,"艾特肯说,"我们走近点,就肯定能找到那家伙用它刷锅的痕迹。"

多兰警长本能地意识到他们都在猜测的事情。"用漂白剂清洗只有一个原因——就是要把残留的人类DNA痕迹清除掉。"

"他不只是清洗了一下,"艾特肯说着指向空地和轮胎印停止的地方,"看看轮胎印尽头的地面,都是人为铺出的标准正方形。"

"他肯定在地上铺了塑料布。"萨瓦雷斯指出。

"还是一大块,"艾特肯同意道,"这样的话,把尸体剁碎就不会留下任何证据了。"

尼克也认为确实是这样。这里就像消过毒一样,整齐得和树林的杂乱格格不入。

"真不明白,这家伙怎么碎尸才能不流得哪儿都是血?"维尔克斯说。

"要我猜,他肯定在别的地方放了血。"艾特肯答道。

"所以,我们猜想这个疯子铐着受害者,弄死她,然后从市里带到这里,进行烹尸。"多兰警长沉思道,"为什么?"

"为了让她'骨肉分离'。"尼克在他身后几码的地方,倚着一棵离森林较远的树说道。没人注意到尼克已经走了出去。

"尼克,你还好吧?"萨瓦雷斯说着朝尼克走去,尼克好像完全靠树支撑着自己。

"你知道把鸡扔进锅里炖鸡汤是什么情景吗?汤煮好后,肉就会脱骨。我们的嫌疑人在这里做的就是'炖汤'。"尼克说。萨瓦雷斯已经走到他身边。

"你认为这个混蛋疯子把这个女人大卸八块,把尸体煮到脱骨,然后美餐一顿?"萨瓦雷斯问道。

"不,他不是把肉扔进火里就是丢弃到其他地方了……"

"尼克?"维尔克斯说着和艾特肯、多兰一起走上前来。

"第一杀人现场在离这里只有几英里的地方,"尼克已难以抑制话语中即将爆发的愤怒。他所说的地方就是斯塔滕岛西岸有名的垃圾填埋场。"但是他不能把火升到两千度的高温来焚烧骨头……"

萨瓦雷斯把手放在尼克的肩上,尼克转向大家,脸色苍白。"天啊,尼克,怎么了?你看起来跟个鬼一样!"萨瓦雷斯嚷道。

"我,"尼克声音颤抖地回答说,"我父亲……"

"你什么意思?"维尔克斯说,"你父亲跟这有什么关系?"

"他曾经办过一个类似的案子,"尼克接着说,"我十岁的时候,他把这件事告诉我,那时已经案发很久了。一个王八蛋杀了几个女人,然后把她们都煮了。让我做了好几年的噩梦。"他看着萨瓦雷斯,此时对方已经把手拿了下来。"我没事,托尼。"

"我们下面要做的就是把区队长卢默叫来,"警长说的人是艾特肯的上司,"告诉他,能调多少警察就调多少,我要用。如果有必要,还要让他们加班。"

他转向维尔克斯："尽管我很不想说，但我想尼克说得没错。所以，推测结果是：不管这个疯子是谁，他在街上绑架了罗莎·桑切斯，并将其杀死，在某个地方放了血，最后很可能在这里肢解了她。我们按照推测继续调查。尽快给这些地方拍照，把证物都收拾回去，拉到实验室里化验，就算通宵也得把这事儿办完。但是我们得低调行事。如果媒体听到风吹草动，这儿就会站满记者，围着我们没完没了地问问题。犯下此案的神经病肯定也会知道我们正在调查他，这是我们最不想看到的。"

维尔克斯坦言道："恕我直言，警长，我们调来一大队犯罪现场调查车辆停在这儿。这件事恐怕掩盖不了很久。"

多兰拿出他的智能手机，查起了地图。"看起来，这条土路从北边一直延伸到安波伊大道。北边没有太多民房，所以让全体人员从那边过来。托尼，你负责监督现场处理工作。"他扭头对萨瓦雷斯说道。

"我马上照办，警长。"这位调查警司答道。

"我们干什么呢？"维尔克斯问道。

"我们飞回总部，"多兰对尼克说，"我们一到，你就给我们讲讲你父亲到底对你讲了些什么。"

第七章

一小时后，直升机回到了总部。一路上大家都心神不宁，谁也没说话。大家来到多兰私人办公室旁边的会议厅，里面装着橡木嵌板，甚是华丽。尼克、维尔克斯和多兰坐在一张完好无损的樱桃木桌旁。这间会议厅是为了纪念它的"前辈"——位于中央大街240号的老会议室，历史上著名的前总部大楼。只有他们三人，回去的路上没什么话说，也没什么大惊小怪。斯塔滕岛森林中发生的事情和接下来要讨论的事情对他们来说，从来只是耳闻。尼克默默地深吸一口气，便开始道：

"在1977年，我父亲当时在69分局。"尼克所说的69分局是管理布鲁克林卡纳西地区的警局。他接着说："他正要开始日间巡逻，中心派他去东八十大街的一座房子看看，不是什么紧急的事情。他到那里的时候，房子的主人给他看了看草坪上的一个小土堆。有人夜里在那儿挖了个洞，在里面埋了点东西。"

尼克停了下来，好像在等谁回应一下。多兰和维尔克斯都没吭声，从他们脸上可以看出，他们只想知道更多。

"所以呢，"尼克继续道，"我父亲看了一眼，告诉那人说，好像不知道是谁在里面埋了点东西，并询问能不能挖开。那人说没问题，他就开挖了，但他没有铁锹，于是叫队长从警局拿了两把。我父亲和他的搭档挖了大概只有一英尺深，就挖到了硬硬的东西。他们把土清理到一边，就看见一个麻袋口。他把手伸了进去，紧接着他就知道手摸到的是一个人的头盖骨，上面还有个弹孔。后来，他走到大街上，把早饭都呕了出来，他的搭档和队长呼叫援助。跟着，法医和验尸官就来了，把麻袋从坑里拎了出来，往里一看，满满的全是人骨。"

尼克的目光落在了维尔克斯和多兰的身上，很明显，他们全神贯注地听尼克讲着。维尔克斯的脸扭曲得很古怪，看起来有些搞笑，好像他正在绞尽脑汁想象着这从来没见过的场面。"我怎么就没想起来呢？"多兰大声地说道，"我当时参与过这个案子。"

"因为这事儿发生在8月1日，"尼克平静地答道，"就是大卫·伯科维茨在巴斯海滩开枪射杀他最后两名受害者的第二天。我父亲后来告诉我，那袋骨头从来没有写成文件报上去，因为大家只顾着抓'山姆之子'"。

"天啊！"多兰说着，脸上浮现出痛苦的表情。尼克从来没见过多兰这样。

"你没事吧，警长？"

多兰只说了句："接着讲。"

"好，"尼克说道，"后来，验尸官检查了那些骨头，告诉我父亲，依据骨盆的尺寸，可以断定受害者是名女性。然后，第二天晚上，相同的案子又发生在离那里两个街区远的地方。一袋女性的尸骨埋在了另一个倒霉蛋家的前院草坪里。我永远忘不了父亲回到家喝得酩酊大醉的情形。他喊叫着，说那个罪犯是'屠夫'。他不明白是什么样的怪兽能杀了人，肢解完，然后煮熟，再把他们的肉从骨头上剥离下来……"

"等一下,"维尔克斯打断道,"验尸官知道尸体被煮过?"

"嗯,两具都是,我也不知道他是怎么知道的,"尼克快速答道,"我们得找到那些文件,如果还能找到的话。市里每个警察都在寻找大卫·伯科维茨,所以那些骨头的案件就先放了放。这些受害者一直没有确认身份,也没抓住凶手。据我父亲所知,这件事就再也没发生过。"

多兰警长还是刚才的表情。这会儿他往后一靠,很累的样子。好像他把事情一件件推理完后,又牵扯了更多的事儿。

"他没错,"警长沉重地说道,"没有再发生过。但是之前发生过。"

尼克和维尔克斯对视一会儿,都想安慰一下警长。"呃,警长,"维尔克斯说,"你介意告诉我们你说的案子吗?什么时候发生的?"

"大概就在罗勒说的那个时候,前一个月,"警长说着站了起来,心情明显有些波动,"我当时刚刚进入森林山121警局。有条狗在法拉盛草原公园扒出了一捆骨头。天下着雨,他们让我加班站岗,看守犯罪现场。我甚至不知道有没有警探调查这件事。在我们那个辖区,伯科维茨前所未有地干了两票,因此没人关心其他的事情。"

"确认受害者身份了吗?"尼克问道。

"我想没有,当时还是菜鸟的我知道这事最好别问。"多兰答道。考虑到他现在的职位,说出这种话听起来十分讽刺。"我不记得是不是有人知道布鲁克林'人骨案'。"

"唉,可能有人记得吧。"维尔克斯说。

警长的手机突然响起,打断了谈话。

"等一下,萨瓦雷斯的电话,"多兰说完便接通电话,"托尼,我和维尔克斯、罗勒在一起,我在用扬声器听。那边进展怎么样了?"

"没什么好消息,"模糊不清的扬声器里传来了萨瓦雷斯的声音,

"艾特肯说，这些铁盆里没有一点死者的痕迹，附近也没有。"

"他怎么这么快就得出结论了？"维尔克斯低声道。

"因为尸体散发的尸胺会招来一大群苍蝇和其他动物，但没有任何痕迹或者其他证据说明这儿来过苍蝇和动物。我们会继续寻找，但是如果留下的这些东西确实用来煮过尸体，他的清理工作真是干得太棒了。"

"如果情况有变，通知我们。"多兰说完便挂掉电话，低头看着桌子。

"好吧，兄弟们，现在怎么办？"他问道，"如果在森林里烹尸，而且还没发现一丝痕迹，那她是不是真的遇害了？"警长设问。他们都认为罗莎·桑切斯是该谋杀案的受害者。

"确认死者的唯一方法就是要找到骨头。"尼克说道。

"那我们到底怎么找？"维尔克斯问道。

"假设此人和三十五年前的罪犯是同一个人，"尼克揣测，"我们应该了解一下他之前的抛尸地点。"

多兰看了尼克一眼，好像脑中一片混乱。"如果是同一个人，你就不能把他想象得那么笨。"

但是尼克继续说："他没关掉罗莎的手机，已经非常愚蠢。那并不意味着他傻。他想让我们找到他的营地。这也是他想让我们找到骨头的原因。我觉得值得一试。"

他们决定逆向侦查，驱车横跨布鲁克林，去三十多年前发现最后一具尸骨的维拉扎诺海峡大桥下查看。他们花费了一个小时搜寻草丛，最终确信弃尸地仍然完整，没被破坏。

他们接下来直奔东北方向贝尔公园大道卡纳西地区。多兰警长在车里打电话，维尔克斯和尼克则穿过四个街区，跑到第八十大街东路，寻找刚刚挖开的坑。很明显，没有尸体埋在附近。他们看见一辆69分局的巡逻车停在下个街区的路边，警察坐在里面好像正在写文件。

"这太惊险了，"维尔克斯对尼克说，并示意他趁警察还没看见他们赶紧转身，"要是有人看见警长跑到这儿来，他们就知道出大事了。"维尔克斯说着，两人匆匆忙忙地回到车里。

"我们去下一个地方。"尼克提议道。

"靠！"维尔克斯脱掉西服外套，枪套里的九毫米口径格洛克露了出来，他却毫不在意，"我得建议警长派一辆巡逻车去法拉盛草原公园的弃尸地，查看是不是有人在那儿挖了坑。而且我们不用跟他们说原因……"

多兰警长的配车雪佛兰响起了警笛，声音急促而响亮，打断了维尔克斯的话。维尔克斯和尼克一起跑到了雪佛兰停靠的地方。

"怎么了，警长？"维尔克斯爬上汽车，上气不接下气。

但多兰警长正忙着对无线电喊话，没理维尔克斯："总部，让巡逻车把那条街戒严，等我们过去。我到以前，禁止任何人出入。"

"收到。"接线员答道。

"我们去哪儿？"尼克问道，还没坐稳，维尔克斯便挂上挡，一脚油门踩到底。

"布朗克斯南区，"警长在警笛声中大喊道，"几个清洁工人在街角倒垃圾桶的时候，把一大袋骨头倒进了垃圾车里。"

第八章

从卡纳西到洋基体育场没有好走的路。维尔克斯选择走地面街道，以避开贝尔公园大道上常年占道的建筑材料。他驾驶着雪佛兰北上宾夕法尼亚大道，穿过布朗斯维尔地区和纽约东部，纽约市两个犯罪率最高的地区，而且还是纽约市最不重视的地区，街面坑坑洼洼。车在大街上颠簸行驶，刺耳的警笛声在耳边作响，破旧的建筑从两侧飞逝，尼克感到头痛欲裂，几乎有些晕车。车子在拥挤的交通中停停走走，也没缓解尼克的痛楚。打从很久以前，布鲁克林的司机就很少给有紧急任务的警车或者消防车让道。再加上很多司机将车窗紧闭，车内音乐开到最大，和着空调声，根本听不见警笛声，除非警车停到跟前。不过，就算听见，看见了，他们也不会让道的。

最后，他们终于上了杰基·罗本森公园大道。人行道和机动车道都很通畅，拥挤的交通到这儿散开了。维尔克斯加大油门，上了中央公园大道，车速表显示已经开到八十迈，法拉盛草原公园、花旗球场、拉瓜迪亚机场，一一从窗外划过。开到三区大桥时，一场车祸堵死了整条路。一辆倒霉的出租车变道时撞上了一辆丰田凯美瑞。维尔克斯咒骂着，但尼克的头痛并没缓解。他怀疑等他们到达时，现场可能已经被破坏。

过了将近一个小时，他们才开上纽约市最北区的迪根高速公路。洋基体育场进入视野时，说明他们已经快要到达目的地了，此时，尼克脑袋中绞痛的感觉才开始慢慢平息下来。维尔克斯开着车加速向南，进入沃尔顿大街，路过布朗克斯市政府，在几辆巡逻车前停了下来。车子横七竖八地停着，完全堵住了公路。

尼克和维尔克斯、多兰一起跳下车，尼克之前的担心现在开始慢慢消散，因为眼前的情景让他略为平静：没有验尸车和犯罪现场调查车。现场的警察执行了多兰警长的命令。只有垃圾车停在那儿，两个受到惊吓的清洁工人和四个身穿制服的警官站在一起。这四个警官的职责是确保没有人进出。

除了街道封锁，好像并没有过路人关心这些。当有人问这里在干吗时，警官们便按照多兰告诉他们的说："检查供水管道，没有危险。"

尼克掏出系在链子上的警徽戴在脖子上。将近一年了，他是第一次来到犯罪现场。尽管情况严重，他还是压抑不住激动，露出一丝微笑。来到大街上，一场游戏开始了。他跟着多兰警长和维尔克斯，一起赶到垃圾车后面，向车斗里面望去。

在他们眼前的是一个大粗麻袋放在一小堆垃圾上。人骨从侧面扯开的洞里伸了出来，散发着臭味，尼克不太在意。他从警这些年，闻过许多肢解尸体的味道，对他来说，腐臭的垃圾不算什么。

多兰警长面无表情地转向巡警们，他们还很年轻，警衔也很低，直面多兰这个局级的大领导，可能还稍微有点紧张。

"谁是第一时间到达现场的？"警长问道。

两个警察举起手，多兰便把他们叫了过来，问道："你看见车里有什么了吗？"

"是！长官！"其中一个答道,他的警牌上写着"辛格"。

"还有别人吗？除了那两个清洁工。"

"没有了,警长！"另一个叫"哈蒙德"的警察回答道,"命令是不让任何人接近,连队长也没看到。"

"你们填好61号表了吗？"多兰提到的是一张标准的警察报告表的编号。

"还没有。我们得到命令要等您过来。"辛格警官说。

多兰满意地点点头,这两人所做的正是他心里想的。他说:"清洁工报告说他们看到的情况,你们用无线通话器汇报,到了这里亲自查看了一下,你们也不太确定所见到的东西,就扣押了车辆。然后从我这儿接到警察局会来接管现场的命令。情况是这样的吗？"

"是的,警长。"哈蒙德警官回答说,显然被警察局局长的威风吓着了。多兰从口袋中抽出笔记本,"我记一下你们的名字和警号,"边说边写,"按照我的指示,此事不得宣扬。我会亲自派人关照一下你们的。"

两位警官都明白警长的意思:只要他们按照警长的话做,警长就会提拔他们到侦缉组。"现在,"多兰说,"我们需要把卡车拖到停车场,两个清洁工带到我办公室。告诉你们队长,我要求你们亲自来做这两件事。如果他有什么问题,可以直接跟我谈。"

"队长是女的,长官,我们会给她传达的。"辛格警官答道。两位警官遵命示意两名清洁工跟着他们走出大街,上巡逻车。等多兰确定他们听不见他俩的谈话时,便转向维尔克斯,说道:"我们得叫现场侦查组开无标志的侦察车过来,把垃圾桶处理一下,然后再让他们带着验尸官来停车场,处理一下垃圾车。"

尼克一边上下看,一边听着多兰说话。他反常地挪来挪去,脑袋也不停地调整角度,将一切尽收眼底。他心底的不安迅速蔓延到全身:"不明白。"

"不明白什么?"维尔克斯问道。

"他本可以让这些骨头散落在斯塔滕岛的森林里。我们地毯式搜索森林的话,得花几个星期才能找到。他却没这样做,而是在大白天把骨头扔进垃圾桶。这条大街离洋基体育场只有三个街区,而且这附近摄像头很多,还有整车整车的日本游客。"

多兰立刻转过头来,开始寻找尼克说的摄像头,一下就看见三个。"不管这个神经病是谁,他这下麻烦了。让验尸官快速检验DNA。"

"他们处理之前,得从骨头里提取DNA,"维尔克斯满腹忧郁地答道,"一个月内我们是确认不了身份了。"

"我们没有一个月的时间,"多兰回道,"我们要赶在有人泄露这是罗莎·桑切斯的尸骨之前。否则人们就会想起1977年的案子,媒体也不会放过这个新闻,三十多年前没被抓获的连环杀手现在重操旧业,会引起市民极大的恐慌。"

他转向尼克:"我们确认罗莎·桑切斯身份之前,一个字都不要对你那个沃特斯医生说。明白吗?"

"是,长官。"尼克服从道。

"好,"多兰说,语气中有些轻蔑,"你真是帮了大忙了。你也陪那俩清洁工坐着巡逻车回市区吧。到了那儿就去重案组。你不用问他们任何问题,维尔克斯警督会接管这些事情的。"

"就这样?"尼克问道,心中对自己的失望无法抑制,突然意识到他又被拒之门外了。

但是多兰对尼克说完便扭头对维尔克斯说:"重案组会把此案当作绑架谋杀案处理,挑五个信得过的探员,给他们腾出一个办公室,让托尼·萨瓦雷斯负责。我们得尽量把这件事压下来。"

多兰突然又想起尼克还在这儿,他已经老了。

"我也给你下了命令,"警长说道,"现在你应该服从命令。我希望我回到办公室的时候,能看见你坐在你的办公桌旁。"

尼克怕说出什么过激的话便走开了。他摘下挂在脖子上的警徽,钻进了巡逻车。两名清洁工已经坐在后排座椅上了。他不明白为什么多兰当着维尔克斯的面叫他如此难堪。他知道自己已经被毫不客气地排除在外了。多兰权衡了每个人的忠诚度,信任所有的人,除了尼克。这就是他打破和警长之间约定的代价吧。

然而,还有一个问题,尼克·罗勒从来不是一个半途而废的人。不知怎的,他对刺耳的警笛声充耳不闻,只是盯着挡风玻璃,看着车子穿梭在车流中。他对自己发誓,他绝不会罢休。

他将又一次违背警长亲自给他下的命令。

克莱尔坐在切尔西餐厅里的一张桌子旁,心情烦躁地喝着她的黑咖啡。餐厅是用不锈钢包裹式装修的,看起来就像一个老式的餐车。滚烫的咖啡烫到克莱尔的舌头,她便立刻缩了回来,暗骂自己不小心。她盯着窗外的第十一大道,现在是晚上十一点,路上几乎没什么车。她心中纳闷,为什么尼克整个下午都不接电话。尼克三个小时前回了电话,说他不能透露在什么地方,但准备和克莱尔一起吃个晚餐。过了好几个小时都没有信儿,这让克莱尔对罗莎的安危十分担心。

克莱尔吃饭时,餐厅几乎没人了,餐厅女服务员给盐瓶加满盐,又把番茄酱的瓶子加满,为明天的生意做准备。她想起上一次和尼克在这里一起吃饭的情形。克莱尔很庆幸,至少现在不是自己身处险境,但仍然免不了害怕罗莎有个三长两短。

她正伸手去掏手机时,听见门"吱呀"一声开了,抬头一看,尼克走了进来,脸上表情低落,看来今天特别辛苦。这还不算糟糕,她又看见夜间导盲犬西斯科正牵着皮带那头的尼克。突然,克莱尔对这个男人感到一阵怜悯,他为她付出了这么多。尼克妻子自杀之后发生了一系列事情,但他都熬过来了。此事结束后,他们又一起经历了很多事,并且两人都幸免于难。现在他又成了一个受害者,一个自身遗传基因的受害者。

"在这儿呢!"克莱尔喊道。

尼克转了过来,眼睛对这突然的光明还有些不适应。西斯科朝着克莱尔走了过来,认出了她的气味。它尾巴摇来摇去,高高兴兴地走了过来。

"不好意思,我来晚了。"尼克疲惫地说完,便一屁股坐到克莱尔对面的位子上。他看见桌上放着一杯黑咖啡,那是克莱尔至少十分钟前让服务员给他倒的,棕色的瓷咖啡杯上有个豁口。

"你可能需要打起精神。"克莱尔说。

尼克端起杯子,呷了一口说:"没事。不过,没能接你电话,我感到非常抱歉。上司严格要求,今天发生的事,一个字都不能对你说。"

克莱尔坐回座位,有些崩溃。就说这么一句?

但尼克还没说完:"别紧张,上面这么命令,并不是说我就得服从。"

这才是我认识的尼克,克莱尔这么想着,心中的焦急稍稍减轻,但仍然想知道真相。"发生什么事了？"

"事情进展得没那么快。之前违背了和警长的约定，我日子已经很难过了，他要是再发现我不守信，我恐怕就会被赶到大街上了。"

"你告诉我的事情，我对谁也不会说的。"

尼克深吸一口气："你得做好准备，因为事情没那么乐观。"

克莱尔早已准备好接受最坏的结果。"罗莎死了。"说着她眼中掉下了一滴泪水。

"没错。"尼克把今天所发生的事情从头到尾讲了一遍，却没提三十年前发生过类似的案件。克莱尔尽量把尼克所说的事情科学地分析了一下，但听到罗莎的尸骨被扔进垃圾桶，她的眼泪落得更快了。

"那能不能对她的家人说？"克莱尔问道，努力地克制自己，"她的妈妈需要知道。"

尼克摇摇头："现在她不能知道。你不能把这事告诉她或者其他任何人，否则我就惨了。我甚至会被禁止参与这件案子。"

"所以你就让罗莎的母亲等着，期盼着她的女儿还在人世？"克莱尔说道，"那太惨无人道了。"

"我们目前只发现了一些骨头，克莱尔，"尼克说话声音虽小，但语气很重，"你知道这些，是因为你认识我。在其他案子中，在确认死者身份之前，是不会告知家人的。一旦确认了，维尔克斯警督会通知的。"

"你需要她家人的DNA做样本。"

这时，一群二十多岁的男女喝高了，一路打打闹闹、嘻嘻哈哈、吵吵嚷嚷地闯进店里，在离两人很近的座位坐了下来。他们几乎都听不见对方说话了，这让尼克很不舒服，于是他有些生气。西斯科本来在尼克脚下卧着，这时也突然站了起来，准备保护他的主人。

"我不能问罗莎的妈妈要样本，"尼克提醒道，端起杯子，又抿了一口温热的咖啡，"我现在被正式地排除在这个圈子之外。提取并化验DNA需要一个月的时间。就警局而言，在化验结果出来之前，官方是不承认它的存在的。"

克莱尔知道尼克在强忍怒气，而她也被尼克的话激怒了。

"你说什么？"她控制住自己的脾气，质问道。

尼克用眼睛扫扫四周，克莱尔也跟着看了看，看清了周围这些就餐的顾客，突然明白他的意思。

他想告诉我，这儿人太多了。

"去外面。"尼克说道。

他们出了门，顺着大街向南走去。清凉的微风从哈得逊河吹来，白天潮湿的空气给人带来的沉闷感也减轻了。尼克确认附近没有人后，接着说道：

"我要告诉你的事，知道的人不超过十个，而且还会继续保密。"说完他便把1977年的两宗谋杀案娓娓道来。案子讲完后，克莱尔看着他惊呆了："你认为是同一个杀手杀害了罗莎吗？"

"为什么不这么认为呢？"尼克反问道，"他一直逍遥法外，受害者身份也从来没被确认。"

"嗯，"克莱尔的脑子全速运转，"如果是同一名杀手，他现在可能已经非常老了。一个连环杀手，间隔将近四十年没有作案，会这样吗？"

"但这也不是不可能的，"尼克也快速地思考着说，"他可能因为一个别的案子进了监狱，最近获得了假释。那些获得假释的罪犯得查查。

或者他可能只是模仿三十五年前的杀手。"

克莱尔表示怀疑："效仿者通常都是模仿一个为人熟知的罪犯，因为他们想和他们有一样的'成就'，或者超越前辈。而你们连最初犯案的人都不知道是谁。"

"说得好，"尼克虽然失望，但不得不承认道，"如果多年前最初的两名受害女性的尸骨没有埋在波特家前院，我相信我们的人现在还在证据储藏室瞎忙活。如果他们能找到这两人的尸骨并提取DNA，或许我们一下就能确认这两名受害者的身份。除此之外，"他说着，脑中突然闪现一个想法，"谁敢说只有这两个受害者被埋在三州交界处的浅坑里？问题是，当时这两宗悬案发生在'山姆之子'的案子之后，几乎就没有怎么调查。我们……我是说，"尼克更正道，"他们，甚至不知道从何查起。"

两人正在第二十三大街转角等红绿灯时，克莱尔说："他们可以从罗莎·桑切斯的案子查起，然后逆向追查。但是，好像他们现在想做的就是把这件案子掩盖起来，这样就没人知道他们是怎么把三十多年前的案子糊弄过去的。"

灯绿了，克莱尔抬脚走过街道，西斯科也拉着尼克下了马路牙子。尼克踩空了，险些摔倒，便抓住了克莱尔的胳膊。

"对不起。"尼克说着赶紧站好。

"没事。"克莱尔答道。尼克刚才一抓，好像有一股电流走遍她的全身，那种感觉并没有让她不舒服。

"这和政治没什么关系，"尼克说道，"他们并没有试图掩盖什么，只是不想让市民太过恐慌，这不怪他们。但是，顶多只能瞒到确定身份的时候。他们还有一个月的时间。"

"如果我能帮上忙的话，或许不到一个月。"克莱尔说。

"你是什么意思？"尼克问道，生怕克莱尔走漏了消息。

"我的意思是，我能更快地确认死者身份。"

尼克吓了一跳。"你本不应该知道她已死亡的消息的，别把我扔到一边，让我后悔给你说这些。"

克莱尔知道尼克没错，也很感激他冒这么大风险告诉她这么多。

"怎么说呢，"她说，这时，一辆敞篷的观光巴士从他们旁边经过，车上的游客冲他们挥手致意，"如果我能更快地确认死者就是罗莎的话，你觉得怎么样？"

"犯法吗？"

"真的要我说吗？"

他们的谈话才刚刚进入正题。尼克笑了。

"当然不用说，"他答道。尼克的语气很明白，他个人已经准许克莱尔去做。"如果有人问，我会说咱俩今天根本没谈过话。"

克莱尔也露齿而笑："什么谈话？"

第九章

克莱尔快步走过门厅，进入办公室，但是没引起那位临时看门人的注意，他正在拖地。已经过了午夜，医院侧面建筑有一边是医生的办公室。克莱尔的运动鞋走路声音虽然小，但还是不时地发出"吱吱"声。走在刺眼的天花板灯下，让她觉得好像有人在暗处伺机而动。她的任务是确认死者就是罗莎，然后告知她的家人。后半夜来做这件事决非事出偶然。正常上班时间，大楼里哪儿都是病人和医生。她之所以挑没人的时候来做这件事，是因为她知道，此事一旦被发现，是要吊销她的医师资格证的。克莱尔曾经为获得这个证书付出过不懈的努力。更严重的是，她和医院都要承担巨大的法律责任。

走到办公室门口，她停了下来，轻轻地打开门锁，特意黑着灯，闪进办公室后，便立刻关上了门。置身黑暗之中，克莱尔一边往办公桌摸索，一边暗骂自己白天走的时候不该关着遮光帘。她一下撞到了那张老式沙发的一条腿上。那张沙发坐着很舒服，腿也包得厚厚的，但克莱尔的腿还是很疼。忽然，她想起了尼克。很快他就要完全生活在黑暗中了。

她凭着感觉走到办公桌旁，打开台灯。台灯和头顶上的日光灯不一样，不会从办公室门下的缝隙透出太多光。她又暗骂自己，不该提心吊胆怕人看见，因为医生要找一个工作很晚的理由很简单。不过没撞见最好，因为借口还要留到下一步用。接下来，就是今晚任务最危险的一步了，而且这个任务全程都可能会被人发现。

但只要她判断正确就好。

克莱尔打开办公桌抽屉上的锁，开锁的"咔嚓"声回荡在办公室，好像在提醒她，这是回头的最后机会了。但对罗莎的记忆让她执念太强，一直推动着她做下去。拉开底层左侧的抽屉，拿出一个厚厚的文件夹，快速地翻阅着，以找到她想查看的部分，确定她的记忆没错。克莱尔记了些笔记，从文件夹上扯了下来，塞进钱包里。为了不再发生这种不幸的事情，她相信自己所做的事情是正确的，然后关上灯，朝门走去。

她知道，不论成败，此事必做。

尼克进入第一大街的一座旧楼，那里是验尸官的办公室。他很享受，空调的冷气一下子就让他凉快了下来。尽管才早上八点，但空气又变得湿热起来，很沉闷。像这种热得要死的天，尼克非常想坐在以前开的雪佛兰因帕拉里，享受空调吹出的阵阵凉风。

他伸手去兜里掏警徽和警证，给桌旁的保安人员看。但还没等他打开钱包，门便响了。他抬头一看，是莱斯特，一个谢了顶的老警员，脑袋四周白发丛生。他站在窗户后冲尼克摆手，让他进来。在凶杀案分析组工作了那么些年，尼克在这儿很少有不认识的人，医生和警察们都是他的老朋友。

他对着莱斯特挥挥手，推开了沉重的金属门，像往常一样，朝通往地下室的台阶走去，那就是验尸房所在地。但是，今天有所不同。

他本不应该去那儿，因为尸体冷藏箱里没有一具"属于"他。

只是，他们吃完晚饭一个多小时后，克莱尔打来了一个电话，让他不顾多兰警长的警告，还是来到了这里。他们的对话很简短，克莱尔告诉了尼克她需要什么，正要说原因时，尼克打断了她。

"我不需要知道原因，"他说，心想既然克莱尔说要，肯定理由很充分，"我明天就给你弄来。"

然后他就挂断了电话。

尼克现在的问题是，他不知道找谁能弄到克莱尔要的东西。

他走进地下室，顺着一条铺着地砖的走廊走下去，走廊上的灯很亮，旁边摆着一排空轮床。他不禁觉得晚上在验尸房待着一定会觉得度日如年；若是在繁忙的夜晚，这些空轮床都会放满尸袋，里面盛着纽约市刚刚死去的人。但是尼克要找的那个人不是凶杀案的受害者，而是一个特殊的验尸官助手，名叫帕姆。她有一副魔鬼身材，还明确暗示尼克，只要他想，随时能和她上床。但是，帕姆没什么姿色，尽管她这么主动，尼克也没找过她。此时，尼克正要再拐个弯，走过一段走廊，身后突然传来一个男性声音：

"什么？你不喜欢我们了吗？"

尼克不用看便知道是谁。

"谁说我喜欢过你们。"尼克说道，转过身面朝里奇·罗斯医生。他一头暗红色的头发，很浓密，五官尖而细长，总是让尼克联想到狐狸。罗斯是验尸官的助手。他们刚才的对话只是两人之间的玩笑，但尽管已经离开这里数年，尼克对这个人的喜爱却不曾消减。此时，尼克让罗斯给他职业生涯中最重大的案子提供线索，可真是欠了人家一个大人情。

105

罗斯走了过来，两人拥抱在一起。罗斯说："但我们从来没见你回过这儿。"

"你们不会看见我回这儿的，"尼克答道，"我是认真的。"罗斯却一脸挖苦的表情。"'迷宫[1]'的人要是发现我来过这儿，我就得被大卸八块了。"

"所以，我们的警界金童又开始冒险了。"罗斯揶揄道，却又不失亲切。

尼克摇摇头，"好了，我得请你帮个忙。"

"哦，你也想拉我冒险。"一番戏谑后，罗斯搞清楚了尼克是想让帕姆医生帮忙。但如果尼克直接找她的话，她很可能又要跟他上床。

然后，罗斯低声说："只要和那袋尸骨没关系就行，而且昨天那袋尸骨也没送到这里。"

尼克茫然地盯着罗斯，仿佛在告诉他，事情正好相反。

"我真怕你说的不是这个。"罗斯继续低声嘲讽着。

"我看见那鬼东西被扔进了垃圾车的车斗里。"尼克说。

"你不在那个有必要知道此事的三人名单里。"

"你的名单？他们把这案子交给你了？"尼克问道，对这突如其来的好运难以置信。

"是啊，我很走运吧，哈？"

"受害者的名字在骨头上吗？"尼克又问。

"没有，"罗斯声音小到近乎耳语，就像在密谋什么事情，"这些尸骨登记的时候，写的是无名氏。"

"还有什么秘密吗？"

---

1 俚语，指警局。

"除了这些,我还没查出来什么。我只记得昨晚尸骨送来的时候已经很晚了,然后上司就把这事留给我办了。还提醒我,这事完了得好好谢谢他。"罗斯冲尼克笑笑,又说了最后一个消息,"噢,骨头上一点肉都没了。"

这正是尼克想听的。"能不能给我弄些X光照片?"

罗斯哈哈大笑,依旧满是挖苦:"你也知道,尼克,就算这个工作没把我弄死,我也非常确定,你把我卷进的麻烦会要了我的命。你想让我在把这些骨头送去提取DNA之前或之后,把骨头的影像发给你?"

"就算拿到这些X光照片,也提取不出任何东西啊。"

"该死,你知道她是谁,是吗?"

"是啊,你那个名单上的那三个家伙也知道啊。但是我不能说,如果你说漏了嘴,他们就知道你是听谁说的了。"

"噢,那这个屁话这么保密,都是为了我好呗?"罗斯摇摇头,"好吧,没问题,管它呢。违反一两条联邦法也不是什么大事,是吧?"

"加入我们的俱乐部吧,"尼克说道,"我们有制服。"

"制服?我的天啊,你意思是说那些联邦犯人穿的漂亮的橙色连体服吗?"

尼克只是咧着嘴笑却不回答,因此罗斯有些生气。

"如果你没东西来比对,你要X光照片有什么用呢?"罗斯问道。

"你怎么会认为我没有呢?"

"你这浑小子,让我看看!"罗斯说道。

"我没有。"尼克答道。

"你刚才说你有的。"

"我说的是,我有和X光照片比对的东西哦。"

"好了,别吊我胃口了,把你手里的东西拿来,我来做比对,给这名女性确定身份。"罗斯已经厌烦了尼克的搪塞。

"我不能。"尼克说道。

"为什么?"罗斯问道。

"因为我获得这个材料的途径不一般。"

"噢,你刚说'加入俱乐部'就是这个意思啊。咱俩都得进联邦监狱的俱乐部吗?"

"如果你不说的话,没人会进监狱的。"

罗斯回想了一下,有些怀疑,于是,尼克语重心长地游说道:"我们为死人说话,是吗?好,这个女人值得我们为她说话,她的家人应该知道她身在何方,那个把她肢解并烹尸的混蛋是谁。这家伙应该在光天化日之下被碎尸万段。但是我会让他终身监禁。这些都结束之后呢?"

看罗斯脸上的表情,尼克知道,刚才说的消息他还不知道。

"不好意思,你刚才说'烹尸',没错吧?"

尼克说:"我没骗你,我们越快确定这个女人的身份,就能在他再度犯案之前,尽早将他绳之以法。"

"你怎么知道还会犯案?"罗斯问道。

"因为他三十五年前就作过案,"尼克说道,"我敢保证,我们在这儿说话的时候,这个办公室的某些人已经在找那两副尸骨了。"

尼克知道,罗斯这家伙无话可说的时候就是被说服了。

"你知道亚历山大生命科学中心那边的玻璃屋咖啡厅吧?就挨着贝列佛大楼的那个,"罗斯说,"去那儿喝一杯吧,给我一个小时,我会亲自把那些该死的影像给你带过去的。"

维尔克斯警督站在他办公室门口,漫无目地看着那边重案组的办公室,十几个探员,有的在他们的办公桌旁坐着,有的四处走动,都在忙着自己的事。维尔克斯像其他人一样,一本正经地板着个脸,却冲着路过的一个手下笑笑。这一天怎么这么快就过去了,想到这儿,他心里有些嗔怒。早上八点半的时候,第一件事就是接了警长一个电话。警长问他,知不知道尼克·罗勒早上迟到而且还没打电话请假。维尔克斯本想说,要不是你这混蛋那样对他,让他对这案子袖手旁观,他早就准时来了。维尔克斯很信任尼克,他不仅带着大家去斯塔滕岛上看案发现场,还把1977年的类似案件翻了出来。这是维尔克斯第二次在尼克身上下赌注,他两次破案,却两次遭到打压。

但是,维尔克斯肯定忍住不对上司说,只是安慰警长说,他们昨天一起在布朗克斯的时候,警长的话尼克已经听进去了。这恰好也是事实,多兰听了放心多了,也就任由尼克去了。

而维尔克斯此时手上有件更加棘手的事情。半个小时前,也就是十一点半多的时候,验尸官助手里奇·罗斯给他打了电话,说有件极其重大的事情,最好和他私下商量。维尔克斯还没抱怨在市里开车往北走有多糟心,罗斯就说他中午到警察广场,不等维尔克斯回话,罗斯就挂了。

维尔克斯知道罗斯和尼克的关系,所以,当罗斯拿着一个大牛皮纸信封,迈着大步进入重案组办公室朝他走来时,维尔克斯不禁觉得,不管尼克的这个好帮手葫芦里卖的什么药,总之要让他先试试,但愿别再是什么爆炸性新闻了。

维尔克斯笑着说:"罗斯医生。"这个家伙知道自己要被宰了,还帮人家磨刀。

"很感谢您来见我，警督。"罗斯说着，两人握了握手。维尔克斯把他领进办公室，关上了门。"对不起，我给您打电话很唐突，但我想尽快和您见个面。"

"你是来这儿做展示介绍的吧，"维尔克斯指着放在桌上的牛皮纸信封，接着道，"我想，这玩意儿是关于布朗克斯尸骨的。"

"是的，如果您不介意的话，我想把百叶窗关上再说，"罗斯说的是那边窗户上挂的软百叶窗，它能把维尔克斯的办公室和组员办公室隔开。

"当然，医生，"维尔克斯说着放下了百叶窗，然后便开始了秘密谈话，"我怎么着都没事，还有什么要求吗？"

"我们能打开你桌上的台灯吗？"罗斯又问。

"随意用，"维尔克斯说着坐在办公桌另一边。

罗斯也坐下，打开台灯，抽出一张X光片。"您知道什么是隐性骨折吗，警督？"

"不好意思，我在医学院时没听那节课。"维尔克斯说着脸上挤出一丝微笑。

罗斯没理他，接着说："这是一种骨内骨折，只有通过医学影像才能发现。我今早才收到您送来的骨头，首先就用X光扫了几块大骨头，有颅骨、盆骨以及四肢的骨头。每块都没什么问题，但是胫骨上发现了一些隐性骨折。"

罗斯把一张腿骨X光片上的标记指给维尔克斯看，维尔克斯点点头。"你是要等着我问呢，还是等着我来回答这是怎么回事呢？"警督大人低吼道，他的耐心一点点被罗斯消磨着。

维尔克斯之前一直很礼貌，但此时咄咄逼人的态度让罗斯有些不爽。他瞥了维尔克斯一眼，回道："对不起，"便从信封抽出第二张X光片，指给维尔克斯看，"第二张上的骨折和第一张一模一样，"说着又把第一张放在第二张上，"这两张X光片上的骨折完全吻合，丝毫不差。"

"我看出来了，医生，"维尔克斯又吼道，"然后你会告诉我，照这两张光片的时间不一样，是吧？"

罗斯都有点佩服他了，因为这家伙比他表面上看起来聪明多了。"没错！警督。第二张片子是二月的时候在里克斯岛监狱医务室照的。当时，一名犯人在遭受性侵的过程中受了伤。"

维尔克斯已经不耐烦了："那这个犯人的名字是？"

"是刑满释放的犯人，"罗斯迅速纠正道，把两张X光片又放回信封，"而她的名字是……准确地说……就是罗莎·桑切斯。"

维尔克斯听了这句话一下呆若木鸡。"所以，你的意思是，通过这点小标记，你可以确定受害者身份就是罗莎·桑切斯？"

"保险起见，我还给瓦格纳医生看了看。"罗斯所说的人是纽约市验尸处的总长官，"她已经签了字，所以答案是肯定的。是她派我过来亲自对您说的。"

此刻，维尔克斯知道这不只是一个重大发现。他被骗了。

"好了，医生，"他尽力控制情绪，"正是如此，我知道这完全正确。你给我说说，你是怎么奇迹般地从里克斯岛把X光片拿到手的？"

"好，警督，那我告诉你，我开始假设这些尸骨属于一个无家可归的人，可能有短时间在监狱待过。于是，我把我的X光片发到了里克斯医务室，医生认出了X光片里的人，找到了一个匹配的X光片，而这正是桑切斯女士的。"

"那我给瓦格纳医生打电话,希望她能支持你的说法。"维尔克斯说道。

"好的,长官,她会的。"罗斯回道。

警督一笑,心想罗斯的演技太差了,但是他很明白怎么自圆其说。

"我把这个交给你了,医生,你这个胡编滥造的小故事是我听过的最烂的瞎话。"

维尔克斯往前探着身子,都快挨着罗斯的脸了,罗斯吓得往后挪了挪椅子。"但是,你我都心知肚明这件事是怎么回事,是吧?事实上,你那个混球伙计尼克·罗勒从那个碍事的精神病医生朋友那儿,弄到了那张X光片,她就是克莱尔·沃特斯。尼克说服你给这些骨头照X光,一旦两个光片吻合,你和他就合编了这个蹩脚的谎话。"

罗斯虽然没回答,但维尔克斯知道他没猜错。突然,他有点佩服罗斯,因为他在保护尼克,而维尔克斯也想这么做。罗斯这下又给了他一张"牌"可打。维尔克斯放松了下来,朝桌子后面走去。

"唉,过来,"维尔克斯轻松地坐在椅子上,语气友好了很多,好像在叫罗斯过来密谋什么事情,"我比你更不喜欢这样。不过这里政治斗争的屁话下面掩盖的是紧密交织的利益关系。相信我,在这个职位上,我听得已经够多了。"

罗斯看不出维尔克斯是不是认真的,便说:"你不是在探我口风吧?"

"听着,"维尔克斯接过话来,"我可能不喜欢他办这件事的手段,但他没放弃,而且你过来传话帮了我一个大忙。"

"我……我们帮了你的忙?"

"就是这样,你们已经给了我足够的证据来交给我上司,而且还没把尼克暴露出来。"

罗斯已经不再紧张了，因为他不用再装了，他脱口而出："尼克想要的就是给这个可怜的女人伸张正义，但是他很怕你们那位警长因为他私自行动而让你受到责罚。是，他把沃特斯医生那儿的X光片拿给了我，给里克斯那边打电话，让我上司签上字，但是呢？那都是我……"

维尔克斯不等他说完便拿起电话开始拨号："是，我是维尔克斯警督。告诉警长，我得见见他。现在就见。"接着又回道，"好的，我马上上去。"他放下话筒，抬头看看罗斯，"谢谢你，医生，你已经帮了大忙了。"

罗斯心里还是很害怕，但是依旧问道："你要对你们警长说什么啊？"

维尔克斯抓过X光片，朝门走去。"我昨天本该告诉他的事儿。"说完便出了办公室。罗斯期盼着，别因为自己而把尼克逼上绝路。

多兰的办公室里，耀眼的阳光透过满是灰尘的窗户照了进来。维尔克斯坐在多兰对面，被阳光晃得什么也看不见；多兰则一直盯着那两张X光片，不停地调转方向。"我们能确定吗？"他抬头看着维尔克斯问道。

"DNA会证实的，但是那位验尸官说，这已经足够证明死者就是罗莎·桑切斯了，"维尔克斯把罗斯的话转述了一遍，"他们会给咱们出一个正式通知的。"

多兰把X光片放在桌上。"我们先不要轻举妄动，"警长一副政治家的语气，让维尔克斯对他有些敬畏，"我们再等四十八小时，看你的人能不能查出一些有关这个凶手的消息。谁来做你比较放心呢？"

话说到这儿，维尔克斯可得小心："警长，我相信我手下所有人，但是如果你想暗地里调查，而且被发现后还能否认，那就只能交给尼克·罗勒来办了。"

多兰从椅子上站起来，好像有些不适。他看着窗外，声音刻板地说："根据法律严格来讲，尼克·罗勒已经不是警察了。"

维尔克斯又道："用他，更多的原因是，这件案子不用他在市里跑来跑去地去挖掘线索。"

多兰没有回应，维尔克斯也从椅子上站起来，和上司一起站到窗边，这样他就不能躲避问题了。"我知道，他是你的人，"多兰对维尔克斯说，"但是罗勒越来越不听指挥。"

"你也知道的，警长，我昨天把话咽回去了，但我现在还得说出来，"维尔克斯脱口而出，不考虑什么后果，"我们对这件案子什么都不了解，但尼克不是。他不听指挥是因为他是最出色的，而他不走运，正在慢慢成为边缘人物。一旦你给他个机会，他就能成功。现在，再给他一个机会，对我们大家都有好处。"

多兰还是看着窗外，说："如果外面的人发现蛛丝马迹，咱们就完蛋了。"

"这才是问题的核心，"维尔克斯强调说，"知道的人越多，走漏消息的可能性就越大。所以我们得把这件案子放在一个小圈子里来办，这样消息就能保密了。尼克从内部调查，让托尼·萨瓦雷斯做实地调查的工作。如果还需要一个人的话，我就亲自上阵。而且，我不用向你保证，尼克会守口如瓶的。"

多兰看看维尔克斯，觉得他话没说完，便问道："还有呢？或者我该问，还要谁？"

维尔克斯知道接下来的话有些冒险,任何话都可能点燃警长的怒火。但是,他已是箭在弦上,不得不发。"在这之前,我们有两天的时间来准备。两件三十多年的陈年旧案鲜为人知,犯罪手法和罗莎·桑切斯的谋杀案一模一样。我们得假设这些案子的凶手是同一个人,得抢在他之前出手,阻止他再次杀害其他女性。"

多兰知道维尔克斯接下来要说什么。"你想找人来分析这个罪犯,我猜那个人就是克莱尔·沃特斯医生吧。"

维尔克斯很佩服,因为多兰对他的想法了如指掌。"警长,这话居然从我嘴里说出来,真是难以置信。但是,沃特斯医生去年把我们从火坑里拉出来,而且她和尼克合作得很好,她不会把这事写成书或者上电视宣传的。"维尔克斯接着说,"如果我们让FBI来办这件案子,他们肯定会走漏风声,而这是咱俩谁也不想看到的。"

多兰知道维尔克斯没错。警局局长和FBI的人就像油和水。不管让FBI来帮什么忙,实际上在纽约警局都是不允许的。虽然不喜欢维尔克斯的主意,但他觉得自己也想不出什么更好的了。

"就这样吧。"多兰说道。

第十章

维尔克斯坐在克莱尔办公室的长绒沙发上，尽力克制心中的敌意，或者让自己觉得脑子没病。因为他对医生的厌恶超过了对医院的憎恨。他那种不适的感觉就像离开水的鱼。他换了个座位，试图找到一块舒适的地方。尼克挪了一英尺，坐到沙发那头；克莱尔坐在高靠背椅子上，面朝维尔克斯，等着他说话。维尔克斯多想在自己的办公室来开这个会，但这是根本不可能的。

"首先，医生，"他开口道，"咱们在这屋里说的话，你得保证就咱们知道。"

"我是个精神病医生，警督，"克莱尔答道，"我知道怎么保密。"

"好，"维尔克斯还是用他一贯那种标志性的讽刺语气道，"是这样的。医生，你不能涉足警察总部内部事务。尼克，咱们完事前，你不能再来这家医院了。而且，你们两个不能一块出现在公共场合。"

"为什么？"尼克问道。

"因为你去年的案子被所有媒体全面报道了一番。因为市里到处都是大嘴巴。如果有记者看见你们俩在大街上走，他们就会妄加猜测。然后，这件事就有可能成为纽约报纸的头版头条新闻。目前为止，我们尽力没让媒体听到风吹草动。而且，我们得一直这样，明白吗？"

"是，长官，"克莱尔心悦诚服地答道。不管尼克还是克莱尔，都不喜欢被警局限制手脚，但是既然能得到警局的明确许可，也只好答应他们的要求。

"然后呢？"尼克问道。

"我们给你俩找了个大本营，"维尔克斯接着说，"当然不能在这里，医生，也不能在警局。"

"我们在我家办公，"尼克打断，克莱尔听后吓了一跳，"我家有房间，白天也很安静，所以我们不会被打扰。而且，自私一点来讲，我女儿放学后，我还能在家看着她们。"

"这不是自私，"克莱尔安慰道，"我觉得也挺合适的。"

"我也是，"维尔克斯也同意，这事简单得有点令人难以置信了，"尼克，准你假的借口很简单，你要去度两个星期的假，而且不会扣钱。我会让托尼·萨瓦雷斯把罗莎·桑切斯和1977年你家附近的两宗无名氏案件的资料给你拿来。不管你需要什么，他都会给你弄来。任何实地调查的工作他都会替你做。但是，你们两个绝对不能去调查、跟踪或者进行任何街头工作。还有一件事，不能使用电子通信设备，邮件、短信都不能用。如果这件事曝光了，我们不想留下什么对我们不利的电子追踪报告。明白吗？"

"是，长官，"尼克答道，"但是让托尼给我们当跑腿的，他不会有什么意见吧？我们在验尸官办公室已经有罗斯帮忙了。"

维尔克斯考虑了一下，说："我不想让罗斯和我们办公室联系太多，如果有人来查，这会成为疑点。托尼很听话，他是一个好兵，知道利害关系，最重要的是，他是我们的人。跟他说什么，他就做什么，并且到死也不会吐露半个字。我们的好兄弟就是这样。"

语毕，维尔克斯直直地看着克莱尔，问她愿不愿意入伙，但是这次他更把她当成一名同事。"该说说你了，医生。不是我给你压力，但是这次把你拉进来，我是冒了很大风险的。你不是为我工作，但是如果我们有什么事情要做的话，我需要你全力配合，并完全服从命令。我不是无缘无故地给你提出这些要求。我也给你打了保票，而且这些命令是警长直接下达的。我们不会要求你做任何可能被撤职、吊销医师资格证或者让你站在曼哈顿的法院面临起诉的事情。你同意吗？"

克莱尔太佩服了。这不是她一直以来知道的那个维尔克斯。克莱尔本来觉得这个方案危险重重，但维尔克斯的话给她多少添了一点儿安全感。"是，警督，"她很乐意地答道，"多谢您为我考虑这么多。"

"先别谢我，医生，"维尔克斯回道，带着惯常的耸人听闻的语气，"因为从现在开始，我会让你做些比较紧张的事情。我们需要一份资料，你得像昨天那样尽快给我们。如果杀害罗莎·桑切斯的人和70年代那两宗案件的凶手是同一个人，我们料定，罗莎不会是最后一名受害者。所以，第一件事，我会拜托托尼·萨瓦雷斯去查阅一下监狱的记录。我们要找的是过去三十五年间被关进监狱的一个人，很可能是专门针对罗莎这种女性作案的连环强奸犯。"

"我们需要罗莎的照片。"尼克说。

"我会派托尼去她母亲家里一趟。"维尔克斯答道。

但克莱尔不同意："你不能这样做。"

维尔克斯有些傻眼，这个精神病医生不是同意了他所有的条件吗？"医生，"他和气地开口说道，"我不能冒险……"

"罗莎的母亲应该知道她的女儿发生了什么事，"克莱尔打断道，"你可能觉得保密工作要紧，但是我不能让这个可怜的女人再次遭受本不应该承受的打击。"

"通知她并不明智，医生。"维尔克斯说。

但是克莱尔还是坚持自己的观点，"我很了解她，不论我叫她做什么，她都会照做，包括对这件事守口如瓶。我可以保证。"

维尔克斯知道拗不过她，"我命令你不要这么做，但是我感觉，不论我说什么，你都不会听的。"

"这件事，我是不会听你的，"克莱尔肯定道，"开完会我就马上去。我还会叫上尼克跟我一块去。"

维尔克斯瞟了尼克一眼，眼神十分尖利。克莱尔说："别怪他，警督，我之前没跟他商量过。这是我的主意，不是他出的。我想让罗莎的妈妈知道警察正在调查此事。尼克去了，更能说服她不乱说这件事。"

把克莱尔拉入伙，维尔克斯真想骂死自己，但是他知道后悔已经来不及了。他也没有时间另找一个信得过的精神病医生暗地里完成任务。更让他困扰的是，他真的很相信克莱尔。就这次投入带来的回报来讲，这只是个小风险。

"要是这样的话，我就不和你吵了，医生。"维尔克斯站起来说。

克莱尔为了让他放心，说道："我们一定尽快完成任务，警督。"

维尔克斯向屋门走去，尼克跟着他出了屋，走到了大厅。周围是熙熙攘攘的人群，他们只好低声说话。

"她不好搞定啊，尼克。"维尔克斯有点恼火但又无能为力。

"是啊，确实很麻烦，"尼克答道，"但她不会把事情搞砸的。"

这一点维尔克斯也知道，或者说，他也是一厢情愿地这么认为。"今天下午我就让托尼把那些文件送到你家。"维尔克斯说。

"谢了，头儿。"尼克回道。这是维尔克斯第三次让他恢复工作。

"多谢你又把我弄回去。"

"先别谢我,"维尔克斯按了电梯按钮,说道,"尼克,我们用你,是因为这事儿要保密,而你现在又不显眼。希望这第三次能大放异彩。"

话说完了,电梯门也打开了,维尔克斯走了进去。"你要控制住她。"

"我会的,"尼克说完,电梯门也关住了,守护神走了。

公寓的大门一打开,玛利亚·洛佩兹便出现了,不过和克莱尔两天前来拜访的时候有些不同,没有那么喜气洋洋了。玛利亚的眼下有黑眼圈,她估计哭了好几个小时,眼睛红红的。她先看了一眼克莱尔,又看了看尼克,立刻便明白肯定没什么好事。尼克不知道是不是玛利亚认出他就是去年媒体竞相报道的案子的主角,还是因为玛利亚知道他的出现意味着什么。

"玛利亚,"克莱尔说着拉住她的手,"孩子们在家吗?"

"没有,他们在日托所呢。"玛利亚努力控制情绪,但两人都看在眼里,"请进。"

他们走进屋里,玛利亚便把门关住了,转身对尼克说:"你是警察,对吗?"

"是的,女士,"尼克轻声答道,"我是罗勒警探。"

玛利亚看向克莱尔,克莱尔双眸后隐藏的忧伤证实了她最担心的事情。"噢,不,"她转头看向尼克,哭喊着,"是意外吗?"她甚至都不想说出那个字。

"恐怕不是,"他同情地答道,"但是我们在尽力查找凶手……"

听见玛利亚的抽泣声,尼克的声音软了下来。怕她瘫倒在地,尼克用力搂着她。克莱尔也过来帮忙,两人把她送到了客厅的沙发上。尼克把沙发上的玩具垃圾车和毛绒熊拨到一边,好让克莱尔和她坐在一块儿。克莱尔扶着悲痛的玛利亚,轻抚着她的头发,眼前的老人就像一个伤心的小女孩。

"没事,哭出来吧。"克莱尔安慰道。尼克也在旁边的椅子坐下。他在警察生涯中给很多家庭送过讣告,对玛利亚这样的悲恸已经习以为常了。尼克调查过数百起谋杀案,但罗莎·桑切斯的案子里有些事情让他很受震动,只不过无法用言语形容。

玛利亚的抽泣声渐渐小了,过了几分钟,她镇静下来,有些尴尬。

"请原谅我。"她抽噎道。

"没必要道歉,"尼克说道,"我们对您失去至亲表示非常遗憾。"

玛利亚点点头。"殡仪员该去哪里给我的孩子收尸?"

克莱尔开口:"罗莎的骸骨在验尸官的办公室,但是你还不能派人去给她殓尸……"

"我想知道你说'骸骨'是什么意思。"玛利亚语气坚定,知道克莱尔试图避免谈到细节,但她还不知道发生了什么。

"我现在还不知道该不该对你说。"克莱尔尽量不逃避玛利亚的目光,答道。

但是悲伤的玛利亚坚定地说:"不,现在就得说。我必须知道。"

克莱尔点头道:"我知道了。"她决定尽量把事情简单叙述一下,"那天罗莎离开我办公室后,我们认为她被绑架了。你允许我追踪她的手机后,我们追踪到了斯塔滕岛上的森林,并找到其被杀害的证据。我们所有人出动,寻回了罗莎的尸骨。"

在布朗克斯区找到罗莎尸骨这段,克莱尔和尼克来之前商量了一下,并没有讲。因为这些细节知道的人越少越好。

很幸运,玛利亚也没有问这些,只是问:"只有骨头吗?"她的声音听起来有点上不来气,"没别的了?"

"没有了,"克莱尔答道,多么希望她也能帮玛利亚分担一下她的痛苦。玛利亚坐在那里,眼神呆滞。克莱尔不知道玛利亚脑中浮现出的女儿被害的情景有多么恐怖。过了一分钟,玛利亚眨了一下眼,好像从恍惚中回过神来。"如果只有骨头的话,你怎么确定是罗莎的呢?"她问道。

克莱尔又向玛利亚解释了一下他们是怎样把罗莎在监狱里形成的骨折的X光片和尸骨的进行了对比。

玛利亚听着可能找出凶手的一切信息,脸也变得僵硬。

她已经抛弃了一切情感,我可是这方面的专家,克莱尔想着。

克莱尔讲完了,玛利亚低下了头,但并没有哭,而是思考着这些骇人的细节。想完了,她抬头看着克莱尔和尼克:"你说我还不能安葬我的孩子,我想知道为什么。"

尼克抢在克莱尔前面说道:"我知道您很难接受。越少人知道罗莎遇害,抓住凶手的可能性就越大。"

"犯下如此骇人案件的这个家伙绝不是人,他是魔头。"玛利亚愤恨地说道。克莱尔和尼克从没听过她用这种语气说话。

"一点儿没错,"尼克同意道,"这就是为什么我们需要您把听到的消息保密。您甚至不能告诉您的孙子、孙女。我现在告诉您为什么您还不能安葬罗莎。"他简单讲述了1977年的两起凶杀案,"我们要在下一名女性被杀害之前抓住这个魔头。如果得知我们在调查此事,他可能就会离开这个地区。"

玛利亚擦了擦刚流下的眼泪。

"是的，我理解，你们怎么说我就怎么做，只要你们能替我和我的家庭为罗莎伸张正义。"

克莱尔站了起来。她和玛利亚拥抱了一下，"您有我电话，如果有用得着的地方，就算是给您一个哭泣时倚靠的肩膀，也要给我打电话，我会马上过来的。"

玛利亚点头说道："谢谢你们，谢谢你们找到了我的女儿。"

"好了，西斯科！"关在尼克卧室里的西斯科汪汪直叫，吉尔·罗勒一边冲着西斯科喊，一边赶紧往公寓门口走去，很好奇克莱尔来这么早干吗。一个小时之前，她父亲接了个电话就走了，说他要去见个人，还说克莱尔来之前的几个小时内就回来。但是不知怎么他还没回来，吉尔和妹妹凯蒂就不等他吃晚饭了。

所以，吉尔更惊讶的是打开门时发现克莱尔拿着几包蔬菜。"买这些干吗？"狗叫声很大，所以她大声问着，帮克莱尔拿了一包菜。

"晚饭啊。"克莱尔答道，笨手笨脚地抱紧双臂揽着的蔬菜，把自己逗笑了。

吉尔也笑了起来，把她领到船舱备餐间大小的厨房。这间公寓和大多数出租房一样，从20世纪60年代起就没怎么翻修过，所以新厨房家电在这儿还用不了。不过厨房虽小，但也能施展开。胶板台面急需更换，而那个实木橱子至少刷过两次漆，看得出来，是为了省下买新橱柜的钱或者翻新的费用。在墙角有张小桌子，四个人吃饭够用。虽然去年大多数时间是三个人在这张桌子上吃饭，不过今晚吃饭用它倒也方便。

"老爸说你晚饭以后才来。"吉尔说。

"他不在吗?"

"他走了一小会儿了。"

克莱尔朝狗叫的地方看了一眼,"没带狗去?"

"他接了电话就走了,说太阳下山前回来。"

克莱尔满心疑惑,不知道尼克匆匆忙忙地去了什么地方,便假装不再担心,"那他一定会回来吃顿好饭的。"

她们把几包菜放到桌子上。"你没必要做这些,你知道的,"吉尔成熟的一面又展现出来,"我会做。"

克莱尔知道她会拒绝,所以早已做好了准备。"我知道你会做,但是今晚你可以休息一下啊。而且,我也好长时间没给别人做过饭了。"

吉尔刚要回答,十一岁的凯蒂兴奋地跑了进来。她穿着运动裤和黄色T恤,红棕色的头发乱糟糟的。"这是什么呀?"

"沃特斯医生要给我们做饭。"吉尔的语气听起来更像一位妈妈,而不是姐姐。

"你们俩请叫我克莱尔。"

"我爸可能不希望我们这么称呼你,他说,我们见到成年人要叫先生或女士。或者叫医生,我想也可以。"

"我会跟你爸说可以这么称呼我,而且我听起来更舒服。"

凯蒂看见了拿出来的菜,便问:"都买了什么呀?"

"喜欢吃鸡肉吗?"克莱尔问道。

"黑黑的肉看起来有点恶心,我喜欢白白的肉。"

"噢,那太好了,因为我只买了白白的肉。我打算在芥末和蒜酱里把肉煎一下。你们知道'四季豆'是什么吗?"

"爸爸说，给绿色的豆子起这个名字很傻气。"

"这可是法语名字，"克莱尔咯咯地笑了起来，"我还要做脆皮土豆和沙拉。怎么样？"

"听起来比吉尔给我们做的好多了，"凯蒂说着，转身看看姐姐，但吉尔并没什么反应。凯蒂又回过身来说："我能帮上忙吗？"

"你还有作业呢。"吉尔说。

"你也有作业呢。"凯蒂学着姐姐的语气说道。

"听着，"克莱尔开口说，"凯蒂，你去写作业，吉尔会给我打下手。等你写完了作业呢，吉尔就可以去写她的作业了，然后，你就过来帮我做饭。知道了吗？"

克莱尔温柔但坚定的话很有权威，两个女孩都朝她看过来。"这个计划听起来不错。"凯蒂的语气相对于她的年龄来说略显成熟。自从奶奶去世以后，克莱尔是进入她们生活的第一位成年女性，凯蒂很想取悦她。小女孩飞一般地跑出厨房，惹得克莱尔和吉尔哈哈大笑。

"你管凯蒂还真有一手。"吉尔说。

"她太可爱了。"克莱尔答道。

"不，我是说，不管我对她说什么，她从来没有这么听话过。"吉尔悲伤地说道。

克莱尔觉得心里一痛，说："凯蒂能有你这样的姐姐，真幸运。"因为她也想有一个像吉尔这样的姐姐，那样她就可以向姐姐求助。

吉尔可能也察觉到了这点，但她没说。"我来洗干净这些鸡胸肉。"

"太好了，那我就削土豆。"克莱尔主动提出。说着，她一边把土豆从袋里拿出来，一边从眼角偷偷看着吉尔撕开鸡肉的包装，熟练地洗了起来。显然妈妈和奶奶去世后，她已经洗过很多次肉了。克莱尔又看向别处，心里像打翻了五味瓶，有种为她失去的童年而哀伤的感觉。

厨房安静了下来，吉尔问道："你没事吧？"

克莱尔才意识到自己手里拿了个土豆，在那儿干站着。"对不起，我刚才在想我要做的事情呢。"说着，她挪到水池边上，和吉尔站在一块儿，开始擦洗土豆。

"上次别人给你们做饭是什么时候？"克莱尔说，"我从来没给谁做过饭。让我做一回。你把作业写完，就可以玩了。"

但是吉尔好像很喜欢两个人一起做饭，便说："我可以晚点做作业。"克莱尔感觉到她非常渴望能找个人聊天，便撤了两步，给吉尔留够地方可以转来转去，那样她们就不用脸对脸说话了。

"我想，你经历完这些事情，成长了不少吧。"克莱尔说道，尽量用朋友的语气，她知道吉尔很需要一个朋友，"我还知道，你想照顾你爸爸和妹妹。但你也要照顾好自己啊。"

吉尔手中的鸡肉滑掉了，但还面朝水池低着头，她再也控制不住被压抑的情感。她已经憋得太久了。吉尔低声地哭泣着，肩膀上下抽动着，又怕克莱尔看出来，又想让她给些安慰。克莱尔看得出来，她内心的痛苦正在摧残着她的身躯，现在一股脑地爆发了出来。

克莱尔满心愧疚，走上前去，站在她背后，把右手放在她的肩上，左手落在左肩上。吉尔伸手抓住了克莱尔的双手，环抱着她的腰。

"对不起，"吉尔抽噎地说。

"没事，"克莱尔安慰道，"你可以哭，尽情地哭吧。"

"我只是感觉……"吉尔说不下去了。

"感觉很孤单吧？"克莱尔在耳边私语。

"嗯，"吉尔说着，隐藏在内心的那个小女孩终于表现了出来，转过身，面向克莱尔，靠着她的肩膀。

"没有人知道你要面对的是什么样的难题，"克莱尔觉得这么做有点儿过分，于是有些不知所措，继续道，"你不想拖累别人，尤其是你爸爸和妹妹。你想为他们而变得强大，就像你的奶奶一样，你的妈妈却没有做到。你也不知道内心的那个吉尔去哪里了，发生了什么事，她是谁。"

吉尔点点头，问道："你怎么知道的？"然后又摇摇头，破涕为笑，"我太笨了，你是精神病医生。"

"这不是笨，"克莱尔握着吉尔的手，安慰道，"我知道，是因为我也经历过。我看到你，就像看到了我自己。我经历的痛苦比你们这些十四岁的孩子多得多。假装不在乎，只会更糟。"

"你也经历过痛苦啊。老爸跟我说过你小时候经历的事情，就是你最好的朋友被绑架的事。"

这让克莱尔有些出乎意料，但是她并不打算制止吉尔。"是的，我经历过一阵艰难的日子，但是你的年龄比我小一半还多，所以我可以处理得更好。"克莱尔口是心非地说着，不管真假，只要能帮到吉尔就行，"我想让你接受我的帮助。"

"你的意思是像精神病医生那样吗？"吉尔问道。

克莱尔大笑，"不，像朋友一样，今晚离开前，我会把电话号码给你。你感觉要承受不了的时候，或者只是想聊聊天，乐一乐，哭一场，都可以给我打电话。"

"好的，"吉尔不想拒绝她的好意。克莱尔觉得还不够，她觉得吉尔还没有从心底里被说服。"我只是想让你明白，这不是命令。如果我做得过了，你可以告诉我。事实上，你什么事情都可以告诉我，我谁都不说。"

"连我爸也不说?"吉尔问道。

"连你爸也不说,"克莱尔安慰她说。

"难怪我耳朵这么烫。"厨房门外传来了尼克的声音。克莱尔和吉尔太专注于谈话了,居然没听到他进门。尼克看见鸡胸肉、土豆和其他蔬菜摆了满满一桌,便说道:"你们这是要做大餐啊!"

"嗨,老爸。"吉尔走过去抱住了尼克。他看见女儿的眼睛红了。

尼克亲了一下女儿的额头,问道:"没事吧?宝贝儿。"

"嗯,我没事。"吉尔被尼克拥在怀中,很享受地答道。这场景让克莱尔想起她的父亲。父亲为她新找的住处给她的安全感,她这辈子不曾体会过,甚至现在也比不上。

"你没把咱家的家事说出去吧,有没有?"尼克打趣道,但也很想知道她们都说了些什么。

克莱尔笑道:"就是小女孩的心事,"说话间,她和吉尔交换了个眼神。这时,凯蒂也跑了进来,大喊:"作业写完了!"也抱住了尼克。

尼克哈哈大笑,问道:"大家怎么都这么高兴?"

凯蒂回答说:"克莱尔和我约好了,我写完作业就能过来给她帮忙了。"

尼克扬起了双眉:"你是说'沃特斯医生'吧,是吗?"

克莱尔怕尼克训斥,替凯蒂答道:"我告诉她可以这么叫。"又对凯蒂说:"来吧,我们把饭做好了,端上桌。"

克莱尔之前答应帮凯蒂辅导作业,作业辅导完又过了一个半小时。现在,孩子们都到她们房间准备睡觉了,所以屋里只有空调的嗡嗡声。

西斯科卧在尼克的脚边陪着他,克莱尔则在小屋里认真地阅读着1977年那两宗谋杀案以及从玛利亚那边获悉的资料。

夕阳的余晖透过城市污浊的空气照在窗户上,要不是尼克打开手术照明灯,都不知道外面要天黑了。

"我得戴上太阳镜了。"克莱尔半开玩笑地说道。

尼克回答说:"对不起,晚上西斯科的确帮了我很多忙,但是读书显然它干不了。"

"你说没有多少资料,还真不是开玩笑。那时候的警探甚至都没尝试确定两名无名尸的身份。我昨晚也在网上搜了一下,两件案子没有一个上报纸。"克莱尔说着有些沮丧。

"我知道,"尼克把玛利亚的医疗档案从桌上拿了下来,"你没找到,是因为当时你还没出生,而当时报道的全是'山姆之子'。我当时才八岁,但我永远不会忘记,整个三州交界地区都被伯科维茨吓得要死。没人知道何时何地这个疯子还会再作案。纽约市在恐怖的气氛中生活了一年。布鲁克林发现尸骨的时候,正是他最后一次作案的第三天。所以这两件案子就放下了,最后无果而终。"

克莱尔读了验尸官对在卡纳西发现的尸骨的检验报告,说:"我知道为什么了。'没有目击证人,没有上报失踪的女性,除尸骨外未发现有其他证据。'当时没有太多的证据,警探无从调查。"她把两件案子的文档放在了椅子边的地板上,"报告中唯一有用的一条信息就是,将这些女人分尸的人知道一些解剖学的技巧。"

"你的意思是,可能是屠夫或者外科医生之类的吗?"

"对,而且当时他还不厌其烦地将骨头上的所有肌肉和软骨剔了下来。"

"可能是因为他并不担心警方会通过DNA技术来识别死者身份。"尼克说道,他大腿上放着的薄文件夹里装着关于罗莎谋杀案的一点珍贵的资料。

克莱尔瞥见那个文件夹,说:"把你看的文件给我。"

"我已经看过了。"尼克说着把文件夹递了过去。

"不错啊,比我进入状态的速度快啊。"

她打开那个红色文件夹,里面是一些在斯塔滕岛的森林里拍的照片和证据收集单据。克莱尔刚打算看一个警察的报告,尼克对她摆摆手说:"别浪费时间了,就是讲的两个清洁工把垃圾桶倒进卡车的时候,发现了尸骨。"

但是克莱尔突然眼睛睁得溜圆,好像发现了什么,大喘一口气道:"噢,我的老天爷!"

"怎么啦?"尼克好奇地问道,不知道自己漏掉了什么。

克莱尔指着报告,站起来问道:"你绝对不知道。你和这个人说过话吗?"说着她把报告递给了尼克,指着报告里的名字,"或者你跟他说过这副尸骨可能是谁的吗?"

尼克耸耸肩,回答说:"我和这两个清洁工都没说过话,是巡警给他们做的笔录,这家伙有什么问题吗?"

克莱尔内心受到很大震动:"弗朗哥·罗德里格斯是罗莎·桑切斯的前夫。"

尼克有些怀疑:"你知道市里和他同名的人有多少吗?"

"我打赌,在环卫局工作的人叫这个名的不多。"克莱尔答道,"他长什么样?"

尼克简单描述了一下。"肯定是他,"克莱尔又确定道。

尼克把报告放在面前满是划痕的红木咖啡桌上，一脸惊异地看着克莱尔："要是在其他的案子里，我第一反应就是他是嫌疑犯。"

"但是你知道，他不可能的。"克莱尔和尼克看着同一页，又说道，"因为弗朗哥既没必要在上班前把罗莎的尸骨丢进垃圾桶，也不用把尸骨藏在卡车上，等他把骨头扔到车斗的时候，让他的搭档也发现。"

"而且，如果弗朗哥杀害了罗莎，再设计让自己发现他死去妻子的遗骨，不是愚蠢之极吗？费了这么大劲儿，就为了确定没留下什么证据？"

他俩面面相觑，都想到唯一合理的情况。

"这不可能是个巧合吧。"克莱尔说。

"对了，"尼克喊道。他知道这件事是怎么操作的了，虽然接触了这么多年的谋杀案，还是有些震惊。"不管这个完美杀手是谁，他想让罗莎的前夫发现她的尸骨。"

克莱尔简直不敢相信。"你是说，他暗中调查过弗朗哥，所以很清楚要把骨头扔在哪个垃圾桶里。"

克莱尔"扑通"一声坐到沙发上，伸手从罗莎的档案里拿出一大摞照片，浏览了一遍，百思不得其解。"这也就解释了为什么那个混蛋大老远地从斯塔滕岛跑到布朗克斯区来弃尸。"尼克补充道。克莱尔盯着这套垃圾桶碎尸的照片出神，尼克的话让她豁然开朗。"我只是不明白为什么就扔在那个垃圾桶里了？弗朗哥工作的路径上，肯定还有很多更隐蔽的地方。这个家伙反而选了一个'行人成千上万又有纽约警局监控摄像头覆盖的地方'。"

"这是什么？"克莱尔话锋一转，把一张丢在地上的香蕉皮照片拿给他看。

尼克第一次笑了出来。"现场调查组对垃圾桶里的东西关心得过头了吧。还给环卫车里可能成为证据的垃圾都拍了照片做了记录。你听见我的话了吗？"

"清清楚楚，"克莱尔应和着，又看了一遍照片，"我们能弄到这些摄像头的录像吗？"

"托尼·萨瓦雷斯正在弄，他会给咱们拷贝一份。"尼克安慰着克莱尔，又补充说，"但很不走运的是，附近没有一个摄像头冲着垃圾桶的方向。"

尼克看见克莱尔正浏览这些照片，问道："你怎么不厌其烦地又看一遍啊？"

"因为手上就这些了，除了这些，我们无事可做。"

"那你给我一沓，咱们一块看完，就不用熬夜了。"

克莱尔把下面的半摞照片递了过去，又接着看了起来。"现场调查组肯定花了一整晚的时间把这些狗屁玩意儿照了下来。"

尼克听见她爆粗口，便抬头看看她，说："医生，你和我们这些粗俗的警察在一起待的时间太长了。"

"我累了，饶了我吧。"

尼克看见一张一个空烟盒的照片，嘴角轻扬，露出一丝微笑。"我以前经常为了寻找证据仔细筛查人们倾倒的垃圾，在死尸旁边站岗，我觉得这是警察最恶心的工作。"

"但你一定找到了有趣的东西。"克莱尔说。

"有时会，大多数时候就像这个一样扯淡了。"尼克答道。他拿起一张空牛奶盒的照片，又拿起下一张，上面是一张平展的收据。"还有这个。"他说。

克莱尔向前探身,努力地分辨着收据上的字。

"是某家酒吧开的。"尼克说。

"还有人在顶上写了些字。"

尼克看了看那些手写的字,念了出来:"'移民到(emigrant hasta)'?"

"什么意思?"克莱尔眯着眼问道。

"谁操那心啊?"尼克答道,又翻了好几张照片。"这就是浪费时间,"他嘟囔着说,"明天我得催萨瓦雷斯给我们把监控视频弄来。或许还能走运看见扔垃圾的人。"

"让我再看看那张照片。"克莱尔突然冷冷地说。冷得尼克从照片上挪开视线,只见克莱尔呆坐在那里,盯着手中的一张照片。

"哪张?"

"收据。"她答道。

"等等,你现在在看什么?"

克莱尔把手中的照片递给了尼克,其他的则放在桌上,又拿起罗莎的资料。尼克眯着眼努力地检查照片,身后的灯光能让他看得稍微清楚一些。他看见了一只纸咖啡杯,杯子前面印着"第一家熟食餐厅",地址是布朗克斯区杰罗姆大街。

"怎么了?"

"罗莎不是随机受害者,凶手事先暗中跟踪过她。"克莱尔答道。

"从一个咖啡杯就能看出来?"尼克疑惑地问道。

"她必须向缓刑部门通报她的工作,她在那家店做过兼职。我记得店主应该是她的一个叔叔,而那张收据就是那家店开的。"

她把这两张照片给了尼克,尼克看着它们,就像中了彩票一样。"不管是谁,这家伙可够粗心的。开始是忘了关掉罗莎的手机,让我们追踪到斯塔滕岛，后来把骨头扔在布朗克斯最繁华的一个地区附近，让她的清洁工前夫发现尸骨。这还不算，他还留下证明受害者身份的证据。"

"如果我们还没确定她的身份，"克莱尔说，"这一切都不算失误。"

"你怎么知道的？"尼克问。

"因为犯罪手法这么细致的人不太可能失误。杀害罗莎的人留下这些证据是有原因的。"

"我不明白，"尼克坦白道，"为什么他不嫌麻烦地把尸体弄得面目全非，然后又留下一堆线索让我们去确认尸体身份呢？"

"那就是他想要的，"克莱尔说，"我不知道为什么，但是我能感觉到。"

她举起熟食店收据的照片，指着顶头手写的字，说："等我们能弄明白'移民到（emigrant hasta）'的意思，我非常肯定，到时我们就会知道罗莎谋杀案的原委。"

第十一章

第二天早晨，维尔克斯警督走进办公室，把昨晚清洁工弄乱的东西随便收拾了一下，然后便坐在办公桌边盯着电话。

在布朗克斯区找到罗莎·桑切斯的尸骨已经两天了。尼克深夜两点给他打了电话，却没缓解他一直以来的失眠。尼克想把在发现罗莎尸骨的垃圾桶里找到的咖啡杯和收据送到验尸官办公室检测DNA，所以向他打电话请求许可。维尔克斯那会儿累得要死，没问原因就同意了，挂了电话翻个身就睡了。

等他连续运转的脑子缓过劲来，便为接下来四个小时的工作做好了准备。他给尼克打电话，但三次都直接转到语音信箱，让他十分沮丧。

早上六点，维尔克斯叫醒了托尼·萨瓦雷斯，命令他开车去一趟罪证实验室取回证物，交给验尸官助手罗斯。实验室在皇后区牙买加地区，而他家在长岛，相距约有四十英里。

在咖啡杯上找到嘴唇上的细胞并进行化验，需要验尸实验室忙几个小时。最好的情况是，托尼走出验尸房时，已经确认了用过此杯的人的身份。

托尼一定会很幸运，维尔克斯一边擦拭着墙上用相框裱起来的照片，一边这样想着。萨瓦雷斯还没打来电话，现在他又想好好问问尼克证物的事，希望他推荐的人可别犯傻。他最担心的就是参加调查的人与日俱增，那样走漏消息的可能性就会变大。警督对尼克和克莱尔这么快就有所发现真是感激之至，心里还希望他俩别出什么乱子。维尔克斯知道，如果这件事有人说出一个字，媒体就会疯狂地报道，而他就是第一个要被问责的人。

维尔克斯一直都是个政治动物，每走一步都会向多兰警长报告，包括这条最新的消息。警长今早已经要求报告最新进展，还问了DNA化验结果有没有拿回来，还说如果出了什么意外，尼克和克莱尔暴露了怎么办。但这都解决不了维尔克斯头疼的事。和警长通电话的时候，他大着胆子"建议"警长，从长远来看，让那个二人组远离警察总部的决定很扯淡。

毕竟尼克在总部大楼工作过，沃特斯医生出现在那里也有一大堆理由来搪塞好事的记者。警长同意了，维尔克斯便立刻联系尼克，让他和克莱尔今早来总部。

所以，他才一边收拾着上世纪90年代的破旧薄荷绿沙发前的咖啡桌，一边盯着电话看。他们到底去哪儿了？

维尔克斯和重案组办公室之间有隔窗，他正要给尼克打电话，隔窗那边的动静引起了他的注意。二人组和托尼·萨瓦雷斯走了进来。他们的表情十分严肃。

"我以为你们不是直接从家里来的呢。"尼克和克莱尔一进屋，维尔克斯便对他俩说，而萨瓦雷斯在后面关门。

"我们在验尸官办公室遇到了托尼。"尼克答道。

"没有我授权你们就去了？"维尔克斯没有生气，却更加疲惫，说着便坐到办公椅上。

尼克靠着窗台，后面是布鲁克林大桥。"你授权我可以和罗斯沟通，我以为就能去验尸处了。"

维尔克斯知道这事不打紧，遂不再追问。"给我说说杯子上的DNA吧。"

"确实有，老大，"萨瓦雷斯答道，"但是有个问题。"

克莱尔站在尼克对面，还不等维尔克斯说话，就抢道："没有足够的样本去和数据库里的做完全比对。"

"妈的，"维尔克斯闭着眼睛嘘了一口气，"那现在怎么办？"

"我们让实验室拿着样本和一部分做比对，"克莱尔继续道，"所以我们可以把数据库里比较接近的分类整理，再看他的档案是否符合。"

"那得有几千人啊！"维尔克斯说。

"三。"尼克回道。

"三千？"

"三个人，"尼克咧嘴笑着说。维尔克斯冲他板着脸，好像告诉他"不要逗我"，尼克脸上的笑容消失了。"其中一个因为谋杀被判终身监禁，在丹尼莫拉服刑，"尼克接着说，"另一个两年前获得假释，身患多发性硬化症，只能坐轮椅活动。但是，第三个可能性很大。"

萨瓦雷斯把拿来的文件夹递给了维尔克斯。"他叫乔纳·韦尔奇，"萨瓦雷斯答道，"在格林海文干过一票入室行窃，在羊头湾用枪威胁当地一名妇女与之发生关系后，狠狠地打了她一顿。"

"什么时候？"维尔克斯追问道。

"1977年9月，"尼克回答说，"就是第一次发现两具尸骨的一个多月以后。"

维尔克斯仔细看着韦尔奇的存档照片，照片上的男人很帅气，深色的头发,二十多岁的样子。"这家伙什么时候获得假释的?"

"1997年。"尼克说。

"那他已经出狱七年了。"维尔克斯对克莱尔说,"哦,医生,他为什么等了这么长时间才杀害罗莎·桑切斯呢?"

"有先例,"克莱尔提醒说,"加利福尼亚的'残酷睡客'每宗谋杀案间隔时间也很长。如果韦尔奇是嫌犯,他可能在监狱平静了下来,但最近发生的什么事又让他重燃杀戮欲望。"

"一日精神病,终身精神病啊。"维尔克斯同意道。

尼克往维尔克斯桌前探着身子,从文件夹中掏出一个定格照片。"这张照片是罗莎失踪两天前她打工的那家熟食店监控摄像头拍下的。我们已确认她和她叔叔,也就是这家店的店主正在收银时,这家伙走了进来。"

照片放大,提高画质后,看得出来是个年龄稍大的人,头发花白。"韦尔奇现在也五十几岁了,"萨瓦雷斯说道。

维尔克斯把存档照片放在监控照片旁边。"嗯,他看起来就像一坨狗屎,但是二十年的监狱生活也会让你变成这样的。他们就是一个人。"

尼克说:"在他杀害另一个妇女之前,我们得把他抓起来。"

"我们哪儿也不去。"维尔克斯答道。

"头儿……"

"别喊我头儿,尼克。你不要明知故问。我们这么做才对:批准逮捕令,应急部队给我们支援,夜里两点,等这混蛋一出来,他就死定了。而你什么都他妈看不见。就算我们大中午抓捕他,我也不会疯狂到派一个手无寸铁的人去,即使参加过战争也不行。"

"我认为你说得没道理。"尼克自作聪明地反驳道,暗示维尔克斯,他不会就这个问题再争辩什么。

"好了,这家伙住哪儿?"维尔克斯问道。

"瑞奇湾。"尼克回答说。

维尔克斯向萨瓦雷斯命令道:"叫上西姆斯、弗罗斯特和林奇,从缉毒科弄几辆监控车,开到他在布鲁克林的住处。我想在晚上抓他,但是在这之前,他要离开的话,要想尽一切办法抓住他。"

"明白,老大,"萨瓦雷斯说完就出了办公室。尼克和克莱尔刚要跟着他一起走,维尔克斯叫住了他俩。"我和你俩还没说完呢。"

"您需要我们做别的事情吗,警督?"克莱尔问道。

"我就是这个意思。"维尔克斯和尼克对视着,想象着这位曾经的优秀警探现在什么心境,"我不是要把你俩从此次行动中剔除,尼克。行动组把这个人渣带来后,你还要做审问的工作。"

"非常感谢,头儿。"他说道,心中很是感激维尔克斯让他继续承担这个任务。

"医生,你也要参加,"警督站起来对克莱尔说道,"你们两个看看韦尔奇的档案,给尼克制定一个审问策略。"

维尔克斯在桌旁走来走去,双手在袖口不停搓着,头上流下几道汗。尼克不禁感觉到一定发生了什么事。

"我们手上的证物只有熟食店的监控照片、一个部分吻合的DNA比对结果,"维尔克斯接着说,"这样的话,地方检察署办公室肯定会说我们没有可靠的证据。所以,除非你可以让他自己承认,否则可能会释放他。"

尼克突然觉得有些可疑,便问道:"多兰允许我做这件事吗?"

"他没明说。"维尔克斯说着转向一边。

尼克现在明白是谁出的馊主意了。"他想要个替死鬼,而一个瞎子警察正好可以用一下。"

维尔克斯烦躁地转来转去。"我说实话吧。我不只利用你做这件事,"他脱口而出,"虽然事出谬因,但仍是正确之举。如果有人能让这狗娘养的吐露真言,那人就是你。"

是不是谬因,尼克并不关心。就算这是参与破案游戏的代价,他也甘愿背这黑锅。

"别担心,"尼克说,"我会照做的。"

克莱尔一边埋头看着那张纸,一边抱怨说:"我就不明白了。"此时已是午夜,只有他们二人坐在重案组的会议室里。会议室没窗户,装修也不豪华,但很实用,他俩坐在难看的铁椅子上,尼克不禁认为,这肯定是从出价最低的投标商那儿买来的。与之搭配的办公桌也不怎么样,上面凌乱地扔着些文件盒、纸盘子和咖啡杯,旁边放着些文件和红色文件夹。尼克坐在桌头处,克莱尔挨着他坐在右边,再也忍不住满腹的牢骚。

"不明白什么?"尼克说着把一个文件夹放回了纸盒里。

"你为他们做了那么多,他们怎么能这样对你?为什么你还不着急?"

尼克在劣质的椅子上起身伸个懒腰,因为他坐的时间太长了。"与其干他们安排的其他工作,我还是更愿意在这里。况且,做别的工作,我还得从头开始,也不一定能做好。"

"可他们让你上刀山下油锅。"克莱尔说道。

"那我下的也是个大油锅，"尼克说着又坐了回去，匆匆翻阅着文件，意在结束和克莱尔的对话，"至少这样，发生了什么事都还在我控制之中。"

"你怎么知道？"

"我能让韦尔奇招供。"

一个泛黄的DD-5文件吸引了克莱尔的注意。这是纽约警察用来记录每一步调查结果的文件。"这个报告说，1977年的时候，乔纳·韦尔奇没有回答任何警探的任何问题。"

"那是因为他们让他失去热情了，"尼克答道，"不只是受害者愿意作证，他们还拿出了法医牙科医生提供的受害者左胸上的齿痕和韦尔奇牙齿的吻合图。后来，他的血型和受害者体内找到的精子也吻合。在DNA取证技术产生之前，这是指控强奸犯的铁证。"

但是，克莱尔的表情告诉他，她还有些事不明白。"你不信我能让这个家伙招供？"尼克问道。

"不是这个，"克莱尔不知道从何说起，"1977年布鲁克林发现那两副尸骨时，韦尔奇才十九岁。他到1982年才初犯强奸案。"

"这并不是说没有报案的强奸案就没有他的份儿。"

"他出狱十年了，"克莱尔答道，"期间发生的任何一宗强奸案他都没有嫌疑，也没有被警察问过话。而且他被保释后，也没有女性突然失踪。"

"你是说，他和肢解多名女性并烹尸的这家伙不相符，是吗？"尼克问道。

"我不知道，"克莱尔把双臂摊在桌上的文件堆里，"这些文件也没有显示这个性变态的家伙有碎尸的行为，和假释官的谈话也是每次都到，没有离开过纽约州，甚至一周还打两份工，他已经五十九岁了。"

"两份工作？"尼克问道，"你从哪儿看见的？"

"在他最近一次的登记表上。他填了南面金融区一家餐厅的'洗碗工'，和一家报社的'卡车司机'。"

"卡车司机？"尼克问，"运送报纸是夜班啊。"

"这就是说，你们抓人的时候，他可能不在公寓。"

"也可能刚下班回家，看见我们的人在等候抓捕，跑得无影无踪，我们再也看不到他了。"说到这儿，尼克掏出手机，但是突然想起来了什么，没有拨号。

"怎么啦？"克莱尔问道。

"他们的手机都关了，而且无线电也调成了特殊频道以便行动。"

"你能用无线电呼叫他们吗？"

"可以，但是我不能这么做。有人会打开无线对讲机，我一呼叫，恰好韦尔奇走到那个地方，我就把行动搞砸了。或者更糟，他在公寓门厅听见警察无线对讲机的声音……"

"但我们得跟他们说一声，"克莱尔说。

"是的，我们得这么做，"尼克说着站了起来，"拿上你的东西。"

两辆无警方标识的厢式车下了林肯路，缓缓地拐过弯，不约而同地熄了大灯。展望公园曾是布鲁克林最豪华的公园之一，其东侧附近在20世纪90年代后期毒品交易和犯罪活动猖獗，阻碍了这一地区的发展，而现在此地平民住房也开始装修得很高档，大有席卷整个布鲁克林区并扭转局面之势。

两辆面包车停在展望公园地铁站的对面。地铁站在一个天桥上，此时一列 Q 线地铁从地下蹿出，向着南方的科尼岛开去。火车的隆隆声回荡在这个两侧都是地铁轨道的旧公寓里。在这一边，靠近弗莱布许大道的地方，停着一辆无警方标识的道奇战马，维尔克斯在车里面带微笑，拿着枪，就像音乐大师在指挥着面包车的引擎声和地铁的刺耳声，仿佛是在谱写一曲大都市的交响乐乐章。萨瓦雷斯坐在后排，看着维尔克斯，不知他最终获得了伤残抚恤金的资格没有。驾驶座上是一位年轻帅气的黑人警探，名叫比利·西姆斯。他嘴角微扬，露齿而笑，就等下达命令了。

"老大，你要把红海分开[1]吗？"萨瓦雷斯问道。

"让我再享受一下这难忘的一刻，你这蠢货，"维尔克斯脱口而出，"我忘了地铁到这儿就跑到地上了。"

"那又怎么了？"

"火车正好跑过韦尔奇住的大楼旁边，"维尔克斯接着说，"下辆火车来的时候，每个人都就位，到时他就什么也不会听见了。"

萨瓦雷斯看看手表，说："一点五十八。"

"内应准备好没？"维尔克斯问道。

"应该在大厅等着放我们进去。他把大楼西侧的电梯也关掉了。"

维尔克斯打开车门，"开始行动。"

一辆老旧的红色吉普切诺基顺着弗莱布许大道向南开去，汽车的减震不好使，对坑坑洼洼的路面起不到什么缓冲作用。

克莱尔开车像警察一样，油门踩到底。尼克对克莱尔说："放

---

1 《圣经》里《出埃及记》中的故事，摩西带领犹太人逃避古埃及统治者的追杀，逃到红海边缘时，举起权杖，凭借耶稣的力量，分开了红海。

松点。"

"我们时间不多了。"克莱尔说着,躲过了路上的一个坑。

"咱们轧到什么东西了,我的屁股啊!"尼克抱怨着。

他视力下降的事只有一少部分人知道,只好小心翼翼地把车从修理厂开出来,瞒过了一个巡警和警卫亭,而且没有引起任何怀疑。但是,离总部有一段距离后,他便把车停到一边,和克莱尔换了位置,让她来开。要不是两人匆匆忙忙,这个场面还真是滑稽可笑。

如果让人看见一个平民开着警车在大街上,还开得这么快,尼克轻则停职,重则立刻开除,而开除的可能性最大。

他们正朝南飞驰在大军团广场和展望公园这段弗莱布许大道的直道上,快速驶向海洋大街的十字路口。

"到十字路口怎么走?"克莱尔喊道。

尼克只能分辨出前面亮着绿灯。"标志牌上怎么写的?"

"公园东路。"

"右拐!"尼克及时喊道。克莱尔扭转方向盘,破烂的车子也转了向。她没想到紧接着左拐的弯道这么死,为了不碰到停靠在右边的车辆,又向左猛打方向盘。

"哇哦!"她喘着大气,把方向盘往回打。

"开慢点,"尼克指挥着,"过了下个红绿灯就是林肯路。"

"我看见了。"克莱尔看到前面交通灯正在变黄。

尼克也看见了,警告说:"别闯过去!变绿了,向左转,停下来。"

车停到十字路口,后面跟着另一辆车,也等着左转。向前再走,林肯路映入克莱尔眼帘。

"我们太迟了。"克莱尔说道。

"你看见什么了？"尼克问。

"你们应急部队正从面包车上往下跑，顺着街往北走了。"

尼克说："咱们无能为力了。"

"要把车掉头吗？"克莱尔问。

"好，哪儿空停哪儿吧。"尼克说。

克莱尔掉过头，说："北面有个消防栓，离咱们大概有四个车长的距离。"

"那就够了，我们哪儿也不去。"尼克说。

克莱尔笨手笨脚地把车停到泊车位，把车停正。

"出去？"克莱尔问道。

"这是布鲁克林区，没人会注意到的，关掉引擎。"

"现在怎么办？"

"等，"尼克接着说，"等到看见他们把韦尔奇带出来。如果他在的话。"

这座公寓大楼建于20世纪20年代，是座巨大的砖砌建筑。破旧的大楼铁门依稀能看见往日的豪华。荷枪实弹的警察进入铁门时，身穿防弹背心的维尔克斯示意后面的警察跟上。高级警司一打开里面的安全门，扑鼻而来的臭味让他们措手不及。

"这些人在这里又抽烟又撒尿，"他喃喃地说道，"天哪。"

他们都进入了空旷的大厅。大理石的柱子和地板曾经把这里装饰得跟宫殿一样，现在墙上粘的是红白相间的瓷砖，不仅装修技术拙劣，而且瓷砖又丑又脏。他前面是西姆斯、萨瓦雷斯和六个应急警察，他们也穿着防护装备，手持AR-15突击步枪。警司拿枪指着右边。

维尔克斯来过很多类似的地方,知道这座大楼是两座独立的楼构成的,很可能每座有一个小型电梯,但他的人不用乘电梯。今晚只用楼梯。

他跟着小组向右转,上了几级台阶又向左转,顺着走廊往前走,过了电梯后,在楼梯井汇合。楼梯入口没有门,楼梯直通楼顶,往下只有一层地下室。应急行动队的队长坦纳举起手,握拳示意全部停止前进。维尔克斯见机便绕过前面的警察,到了行动队的最前面。

"我们等下辆火车。"他轻声对坦纳队长说。

"都十分钟了还没来呢,"坦纳回道,不免有些着急,"我们在这里蹲点时间越长,越有可能被失眠的房客或者嫌犯扔垃圾时看见。地铁已经过了运营高峰时段了。"

维尔克斯正要重新考虑,却听见了低沉的隆隆声。这声音他期盼已久了,便摆头示意坦纳。火车的声音越来越大,队长示意队员们开始行动。

队员们悄悄地蹿过四段楼梯,不到一分钟便上了五楼。时间刚刚好,此时火车的噪声也达到顶点。队员们呈一列纵队前进了最后的五十英尺,走到了5H号公寓门口。紧接着,其中一名行动队员抡起大锤,砸向门锁的位置,此时,坦纳也准备了声光弹。

"警察!"队长大喊一声,把声光弹丢进屋里,关上了门。一秒钟后,爆炸了,维尔克斯听见了其他公寓门后的脚步声、拉动门锁和安全链声。

"警察!"他大喝一声,手中的格洛克举在一边,"待在你们的公寓里!"他做个手势,示意萨瓦雷斯和西姆斯把居民拦在各自屋里,然后就听见了韦尔奇公寓里歇斯底里的叫声:

"趴在地上！"

"脸朝地面，快！"

"举起手来！"

"不，不！"一个带着西班牙口音的女性大喊，"不要开枪！"

维尔克斯知道这不是乔纳·韦尔奇的声音，大喝一声："妈的！"

"趴下！"坦纳喊道。这时维尔克斯走了进来，看见队员们枪口朝下，正把一对年轻夫妇扶起来。那个男人抱着一个小男孩，约莫有四岁。小男孩眼睛含着泪水，惊恐地和警督对视了一眼。警督不怎么信教，但此时还是感谢上帝，没有让这家人倒在血泊中死去，因为一个警察的枪走火了。

尽管维尔克斯知道不管自己说什么，也挡不住接下来媒体铺天盖地的指责声，但还是对这家人说了一句："你们没有招惹麻烦。我想问一下，乔纳·韦尔奇住这儿吗？"

"不，先生，"那个男人说，"我们在这儿住了三年了。"

维尔克斯转向萨瓦雷斯和西姆斯："你们确定地址？"

萨瓦雷斯也吓了一跳，怕被上司责骂还是主要的原因。"林肯路42号，5H公寓，"他答道，"填写逮捕令申请时，我亲自在电脑上检查了很多遍。"

"把内应叫上来，给他看看韦尔奇的照片，看这婊子养的是不是在这楼里住。"维尔克斯命令道，"希望他说'不在'，他要是听见我们冲进来，早跑得远远的了。我们被耍了。"

克莱尔和尼克看见71分局的巡逻车从他们车旁飞驰而过，向那幢公寓驶去，他们心里更加焦急。肯定是声光弹的爆炸声引起了大楼居民恐慌，才打了911。他们听见声光弹爆炸声到现在才三分钟。克莱尔拿尼克带来的双筒望远镜看着，希望一会儿警察铐着乔纳·韦尔奇从楼里出来。

"还没动静吗？"尼克问。

"你觉得我会不跟你说吗？"她回道，"这群家伙用的时间太长了。"

"他们可能正在稳定局面呢，"尼克回答说，声音听起来比他心情更加平静，"再等一分钟，我肯定他们会把他带出来的。"

"这——他——"克莱尔结结巴巴地说。

"你看见什么了？"尼克问道。

"只有维尔克斯和萨瓦雷斯、西姆斯警探出来。"

"韦尔奇呢？"

"没有，好像你上司正在整编部队呢。我们或许没错，韦尔奇不在那儿住。"

尼克想了一下，对克莱尔说："维尔克斯估计会为这事对手下们大喊大叫。但是，要有人把地址搞错了就不好说了。"

"唯一搞错的地方可能是，韦尔奇给性侵登记处提供了假地址。"

"这也不是新鲜事，"尼克沉思道，他心里的失落感远胜愤怒，"我们最好趁老大还不知道我们来了这儿先回总部。掉头，原路返回。"

克莱尔坐着没动，仍然目视前方。

"你没事吧？"尼克问道。

"我想看到韦尔奇戴手铐出来，"克莱尔回答说，拧了下车钥匙，把雪佛兰打着火。她正要打开前大灯，忽然看见一个人影从那边人行道蹿出来，迈着大步朝他俩这边走来，但是走得有点儿太快。

尼克感觉到她有点犹豫。"怎么了？"

"有人从大楼的地下室跑了出来。"

"往哪儿走？"

"他正要从咱们车子这边经过。"

"只能看见影子，"尼克说，"这家伙是不是猫着腰？"

克莱尔现在看得十分清楚，此人头戴棒球帽，低着头。她打了一个寒战。

"是韦尔奇。"她对尼克说。

"确定？"尼克问道。

"我认出他的脸才说的。"

"拿手机，打911，"尼克说。

克莱尔已经准备打开车门，这时尼克拉住了她的胳膊。"你别想了。"

"我必须这么做。"她说完，突然意识到说话声音太大，因为韦尔奇摇头晃脑地朝她走来了。

他直接站在了街灯温和的灯光下，克莱尔可以看出来，那人确确实实是乔纳·韦尔奇。他也一动没动，也许在辨别克莱尔是不是警察，或者她是不是认出来他了，抑或这辆破烂不堪的雪佛兰是不是无警方标识的警车。突然，他开始飞速奔跑。

"他要跑了！"克莱尔大喊道，发动引擎，加大油门，掉转车头。

"他要往哪儿跑？"尼克问道，心里多么希望自己眼睛看得清楚些，能开车就好了。

"往拐角地方跑了。"克莱尔说着就向左打方向盘。车子转向太急，右侧的轮胎都要离开地面了。

"你怎么开的车！"尼克大叫，"你再这么转个弯，车就翻了。"

很幸运，韦尔奇上气不接下气，在海洋大街路靠近公园的地方慢慢停了下来。克莱尔驾车从他身边呼啸而过。

"我来截住他!"克莱尔说着,等车减到一定速度,突然向右急转弯,停在了人行道上的两轿车之间。汽车停了下来,尼克看到一个阴影向他们跑来,知道那肯定是韦尔奇。他跳向车外,韦尔奇打算绕过尼克。即使尼克视力不佳,但还能看清他。尼克扑向他,把他按到地上。

"别碰我!"韦尔奇大叫。

"乔纳·韦尔奇,你被捕了。"尼克制服了韦尔奇,把他铐了起来。

"为他妈什么呀?"

"在强奸犯登记处填报虚假住址。"尼克拖着韦尔奇的双脚,把他按到车子引擎盖上开始搜身。此时,维尔克斯坐着无警方标识的道奇也赶了上来。

"尼克。"克莱尔示意尼克,维尔克斯警督从车上下来了。

"我看见了,"尼克说着,但并不在意,感觉自己又像一个真正的警察了。维尔克斯本来可以站在那儿,毫无歉疚地直接向尼克开枪,不过最后,他虽然已怒不可遏,但还是压住怒火。

"你们在这里干什么?"维尔克斯问道。

"我们抓住他了。"尼克说着把韦尔奇推到面前,好像这是送给上司的礼物。

尼克·罗勒,一个夜盲的警探,凭着半瞎的视力抓到了一个嫌犯,还给他戴上手铐。这太荒唐了,而且这种事之前就发生过。维尔克斯很无语。

维尔克斯脸上划过一丝微笑,把尼克吓了一跳,便问道:"怎么了,老大?"

"没事,"维尔克斯答道,"干得漂亮,尼克。"

第十二章

乔纳·韦尔奇被连着铁桌子的手铐铐着,坐在政府配发的铁椅子上,扭动着身体,试图换个舒服点的姿势。但是,在封闭的、米黄色煤渣砖砌成的审讯室里,根本毫无舒服可言。他感觉自己已经被关了很长时间了。于是,韦尔奇双手握拳,连着手铐,开始捶桌子,声音在屋内回响着,通过麦克风传到旁边的观察室。克莱尔和尼克看着监控屏幕,韦尔奇表现得十分沮丧。

"他快要疯了,"克莱尔说。

"我们就想让他这样,"尼克把音量调低,接着说,"一般,我们把嫌犯关在里面一段时间。等我们准备好问话的时候,他们就要呼呼大睡了。"

"你确定你想让他睡着?"克莱尔问道。

"是啊,"尼克说。现在刚过凌晨四点,从他睡醒到现在已经将近二十四小时了。另外,抓捕是警察首先要干的体力活。但是不知怎么,这次抓捕行动,尼克觉得上气不接下气,这感觉从来没有这么强烈过。"我没事。"

她牙齿微露,笑道:"那就是情绪谈话吧。"

"我们就期盼着这种情绪能持续下去。"尼克轻拍着左手的文件夹,走向了韦尔奇所在的审讯室。

"祝你好运,"克莱尔说。

"谢谢。"他答道。

尼克打开门走了出去。克莱尔回头看着显示器,把音量调高,正巧看到尼克关上了审讯室的门。

韦尔奇抬头,声音低沉地问道:"几点了?好,你能给我解释一下弄我来这里干什么吗?"

尼克把韦尔奇面前的铁椅子向后拉,坐了下来,把文件夹放在桌上。"我说过了。你在强奸犯登记处填报虚假住址。"

"放屁。那也没必要派警察拿机枪来抓我啊。"

"嫌犯档案里有前科的时候,我们的确会这样做。"

"那已经是三十五年前的事了。从那以后,我一支枪都没碰过。如果我碰巧写错了地址,那又怎么样?"

"这不是碰巧,乔纳。"尼克回道,"这么做的人,说明警察来抓他的时候,他提供的假地址可以为他争取逃脱时间。"

韦尔奇的脸上闪过一丝苦笑。"你们想知道到底怎么回事吗?好,我这么做和我的住处根本狗屁关系都没有。"

"你没错。把奥尔巴尼市的立法人员耍得团团转,是吧?你驾驶的那辆'福特维多利亚皇冠'哪里去了?"

"这关你屁事啊?"

"乔纳,如果你真如你声称的那么清白的话,你——"

韦尔奇突然从座位上站起来,愤怒地说道:"这是在美利坚合众国。我有隐私权。"

"陪审团认为你因强奸那个女孩而获罪时,你已经放弃了你的权利。"

"我已经弥补了我的过错,在监狱也没找过麻烦。出狱这十年来,我从没有游手好闲,也从没有耽误过和假释官谈话。我一直在做一个好人。你知道为什么吗?因为我他妈二十四岁时犯过一个极其愚蠢的错误,为此付出了二十年牢狱生活的代价。我发誓,在监狱的头十年,已经戒掉了可能犯的错误,成了一个单纯的好人。岁月在我身上的积淀让我变成了一个高尚的人。因为我再也不想回去了。"

尼克又坐到椅子上,喘了口气,好像被韦尔奇假仁假义的演讲给打动了。他突然双脚跺地,鼓起掌来,大叫道:"呜呼!太精彩啦!"

当然,此举吓了韦尔奇一跳,也让尼克摆脱了刚才那番演讲的魔力。"停下来!别他妈叫了!"韦尔奇恳求道。

"不,真的很精彩。"尼克仍然拍着手说道,"你参加过监狱戏剧社?"

这是一个完美的开局。尼克从文件夹中拿出一沓照片,"乓、乓、乓"在桌上敲着。

"你了解所有的酷刑,是吧?"尼克说得跟真的似的。

韦尔奇看着这些照片:三幅骸骨平放在验尸官的铁停尸台上。他向后靠靠,好像这场景让他心生厌恶。"这他妈是什么?"

"你不只知道这是什么,你还知道她们是谁。"尼克威胁道,"你要是不说实话,咱们谁也别离开这间屋子。"

"我不知道你在说什么。"韦尔奇说着身体不由自主地抖了起来。

"这就对了,乔纳,要怕的东西多得是,"尼克步步紧逼,"你杀害的人,她们迟早会找上你。"

"我发誓,在我这悲惨的一生中,从没有杀害过任何人。"韦尔奇结结巴巴地说道。

"那我帮你想想,"尼克说着,用手指用力敲着前两张照片,"你在1977年谋杀了这两人,用沸水煮熟尸体,把肉从骨头上扒下来,然后埋了起来。一个埋在卡纳西某家的草坪里,另一个埋在维拉萨诺大桥布鲁克林这边的桥头处。"

"你说我、我煮……你疯了吗?"韦尔奇大叫。

"1982年,若不是强奸过程中有人妨碍,恐怕她就是第三名受害者。而且,我确信十年前你出狱时仍然怀恨在心。"尼克又敲敲罗莎尸骨的照片,"当你看见她,你知道她就是第四个。"

"你疯了吧!"韦尔奇尖叫着,"我甚至不知道怎么完成刚才你说我干过的那些事儿。"

尼克一下子从椅子上站了起来,主要是为了吓吓韦尔奇。结果韦尔奇也吓得突然后仰,差点摔倒。"别打我。"他呜咽着说。

屋里有一个监控显示器,装在一个移动吊臂上,可以拉到审问桌前。"那太好办了,"尼克说着便伸手把墙上的显示器拉了过来,"我不打你。我来给你演示一下怎么说。"

尼克从靠墙的桌子上拿起遥控,打开了显示器,上面显示出静止的视频画面。"看起来很熟悉吧?"

"这他妈什么玩意儿?"韦尔奇问道。

"接着看,"尼克按了一下"开始"按钮。这是从布朗克斯那家拉美熟食店里调来的监控视频。视频一开始,韦尔奇便看见自己从正门走进店里,一下从椅子上蹦了起来。

"我想你想起来了吧。"

"这和别的事情有必要的联系吗?"韦尔奇歇斯底里地大叫。

屏幕上,罗莎正上前招待他,尼克指着屏幕,说:"这个女孩就是你最后的受害者,你这个恶心的混蛋。"

"就因为我走进了一家熟食店?"

尼克大笑:"伙计,你以为我们只有这点证据吗?"尼克假装很兴奋,接着说,"你还没看见最好的那段呢。"

当看到罗莎给了他一杯咖啡和收据时,韦尔奇不由自主地发起火来,尼克暂停了视频,"看见那个杯子没?"

"那又怎么了?"

"我们在装着她尸骨的袋子里找到了这个,还有你的DNA在上面。"

韦尔奇几近暴怒,"不可能!"他大喊道,眼中还含着泪水,"我把咖啡喝完后就扔到外面了。"

"你确实扔到了外面,"尼克说着又移步桌旁,从文件夹中掏出了另一张照片,"你把杯子和罗莎·桑切斯的骨头扔到了一个麻袋里。"

尼克又按了一下开始键,这个视频是个俯拍镜头,视野广阔,地点是罗莎尸骨被发现的那条大街。"但是把罗莎的残骸随意丢弃,还觉得不够。"尼克指着屏幕上的人影说道。此人背对监控,走向街角的一个垃圾桶。"你还要让她的前夫,那个清洁工发现她的尸骸!"

"什么?"韦尔奇发疯似的咆哮道,"清洁工和那个女孩我都不认识。"

"这儿离洋基体育场有两个街区,"尼克说,"而且我们知道当晚你就在那附近,因为我们有你用信用卡购买门票的消费记录。还是那一天,你去过杰罗姆大道的那家熟食店,从罗莎·桑切斯手上买走一杯咖啡。"

滔天的罪行对韦尔奇打击不小。他一言不发。尼克趁机想让他自吐真言："你看见了罗莎，跟踪她，在曼哈顿州立大学医院外将其绑架，开着你的1998年款维多利亚皇冠满城转悠，最后出了城，在斯塔滕岛的森林里把她……"

"你说的我根本听不懂！这个人为什么要这么做？"

尼克贴近他的脸，"这不是别人！乔纳，这就是你。你犯这件案子的动机和你三十五年前杀害那两名可怜的女人是一样的。万一她们被发现，也不会有人知道她们被强奸过。"

接着，尼克始料未及的事情发生了。乔纳·韦尔奇突然放声大笑，几近疯狂。尼克怒问："你觉得这很可笑吗？"

"首先，我现在都不能勃起了，你可以问我的医生。所以，我不可能强奸这个叫罗莎或者什么的。第二，我的车停在我朋友停车场的木围栏里，离我的住处有三个街区远。我前几天才看了一眼，有好几周没开过了。"

那辆车是尼克的王牌，他刚打算出这最重要的牌。"放屁！"他叫道，从文件中猛抽出一张照片，都快贴到韦尔奇的脸上了。"你通过维拉扎诺大桥时，在斯塔滕岛的出口，收费站监控拍到了你的牌照。你这混蛋！"他喊道，"和罗莎失踪是同一天。所以，你可以把你想说的都说出来，但是等我们把这些给陪审团看的时候，他们就会好奇，像你这么聪明的人，怎么会他妈如此愚蠢。然后，会把你关起来，乔纳，这一次可能是终身监禁。"

韦尔奇盯着那张照片，好像盯着墓碑上自己的照片一样。他摇摇头，努力看清眼前的照片。而尼克心里清楚，这只是一个巨大的威慑。他手里的证据寥寥无几，而且连接证据的线索说服力也很有限。但他要利用手上极少的证据迫使谋杀案嫌犯把过去的案情原原本本地说出来。对此时的乔纳,还需要再施加一些压力。

"我接下来要派犯罪现场调查组去把你的车拖走,"尼克看着韦尔奇的眼睛,语气平和、自信地说道,"他们会彻底调查车子的每一寸。他们若在你车胎上找到和斯塔滕岛案发现场相同的土质,你就惨了,乔纳。你会像罗莎那样被大卸八块煮熟。像个男子汉一样,别跟我扯淡了。我知道你杀了她,你也心知肚明。所以,你此时此地就得决定。这是你最后的机会了。你还想接着和自己绕弯子吗?还是要告诉我事情的真相?"

韦尔奇看起来好像连自己都不知道被什么吓到了。

"我……我不知道,"他结结巴巴地说道,"关于这些事,我什么都不知道。"然后,好像有了些力气,"我也不会再说一个字。"

"很好,"尼克说着,把这些照片收了起来,放进文件夹。他想等韦尔奇要求找个律师,然后再离开审讯室。"我要走了,留你自己好好想想。乔纳,既然你已经知道我们手上的证据了,你得考虑一下,怎么做对你自己才是最好的。"他说完朝屋门口走去。"我一会儿回来咱们再谈。希望你能明白,这件事没别的出路。你可以让大家都很轻松,或者很累。就看你的选择了。"

不等韦尔奇开口说话,尼克已出了门。

克莱尔打开门,韦尔奇还是低着头,双手捂着脸。

"你给我多长时间?有五分钟吗?"他头也不抬,阴沉地说道。

克莱尔走向桌子时,高跟鞋敲在地上的声音让韦尔奇抬起了头,说:"你也是警察。"克莱尔身穿牛仔裤,宽松的上衣,很容易被错认成

157

警察。

"事实上，韦尔奇先生，我是一名精神病医生。"克莱尔更正道。

"那你为他们工作？"韦尔奇愤怒地说道，"他们难道认为我会对一个女精神病医生招供吗？这招太差劲了，因为我根本没做他们所说的那些事情。"

"那你怎么解释这些对你不利的证据呢？"

"那你怎么解释，他们为什么把你派到这里来呢？"他反驳道。

"有道理，"克莱尔答道，"罗莎·桑切斯是我的病人，我对他们说你没杀害她，于是他们就派我到这儿了。"

韦尔奇大笑，"你满嘴放屁，他们想把我逮起来，而不是放我走。"

"我回答了你的问题，所以你回答我的问题的话，我会非常感谢。"

她威慑的语气让韦尔奇脸上的笑容消失了。"你想要知道我怎么解释这些所谓的证据吗？不是警察伪造的，就是有人陷害我。"

"为了论证这件事情，咱们不谈警察。如果他们想把这罪名安在你头上，绝不会找我来这里。你能想起是谁会找这么大的麻烦来陷害你吗？"

他抬眼瞥了一下，好像觉得克莱尔可以相信。"我怎么知道？"他用恳求的语气问道，"和我之前讲的一样，他们所说的那些我对这女人做的……我甚至都想不出怎么做……"他的声音越来越小，却看见克莱尔的脸上面无表情。

她只是简单地说："我相信你的话。"

"放屁！"韦尔奇大喊道。

"你给我一分钟，我来证明。"

"怎么证明？"

"移民到（emigrant hasta）。"

"啊？移民什么？"

"你听到了吗？"

韦尔奇捶着桌子，"你是来给我下套的。"

"我想你告诉我，'移民到（emigrant hasta）'是什么意思？"

"没意思！"韦尔奇大喊道，"我坐过监狱，但我不是文盲。这根本就没意思。"

克莱尔把一个便签本"咚"的一声甩在桌上，那两个词就写在第一页。她和警察一样，在审问中给人一种压迫感。克莱尔把本子推到桌子另一边。"该死的东西，告诉我这词是什么意思？快说！"

韦尔奇看看本子，心中惊恐万状，如果说错话，他后半生就要在监狱里度过了。他和克莱尔四目相对，巨大的压力最终让他崩溃了，眼泪簌簌地顺着脸颊流了下来。他太害怕了。

"移民到（emigrant hasta）？为什么你要这么对我？"

克莱尔突然抓起本子，说道："谢谢你，韦尔奇先生。"

"等等，你要去哪儿？"韦尔奇哭着问，"谢谢你？什么意思？你不能把我留在这里。你跟他们说一声，我要请律师。"

克莱尔转过身来，她的声音和举止也变得温柔了起来，安慰道："你不需要律师。"

"但是，她是你的病人，你想要看着我和她们一样受到煎熬吗？"

"要是你杀了她，我很乐意看到。韦尔奇先生，"克莱尔打开门，又说，"我现在肯定你没有杀害她。"

克莱尔关上房门，回到了观察室，看见尼克一个人站在那里。"别人都去哪儿了？"她问道。

"都召集到警长的办公室了。"尼克回答说。

克莱尔看看手表,"早上五点?"

"警长一向起得早。这也不是一次两次了。"

"你还满意吗?"克莱尔问。

"我不得不相信,如果他知道这些词的含义的话,也会装作不知道。"尼克回答说,"就算这些表现都是他装出来的,一定有什么破绽。能从容地杀害三名女性的家伙一定有个强大的内心。而这个人渣正是这样。我分析得靠谱吧?"

"完全正确。"克莱尔说。

尼克扭头看看显示器,韦尔奇又把头埋在双手中,但这一次,他在抽噎,身体不时因为痉挛而颤抖。"我不明白,"尼克接着说,"老大没错。证据没那么确凿,但还是比较有利的。"

"或许是很有利,"克莱尔暗示道。

"你把所有心理学的东西都用在我身上了,"尼克嗔道,"我还以为你是个唯物主义者呢。"

"我以前是,"克莱尔说着从显示器旁走开了,"只是不确定现在还是不是了。"

尼克的目光跟着她,"什么意思?"

她抬起头,说:"我以前老认为世界上任何东西都能说得通。什么事情都可以通过实验方法,用事实和数字来解释。但是最近,有很多事情我解释不了。"

"你是说,像世界上的饥荒和战争吗?"

"倒不如说,是我内心的自我斗争。"克莱尔不知道自己为什么突然把这些东西都对尼克说了出来。

"为了什么事情？"他问道。

她刚要说，维尔克斯突然闯进屋里。

"我们得走了，"他说，"你也一起，医生。"

"等等，警督，你得听我说，"克莱尔说道，"韦尔奇先生是清白……"

"我知道，医生。"

"你怎么知道的？"克莱尔问道，"你刚才也没在这——"

"巡逻车刚刚又在布鲁克林发现一袋新埋起来的骨头，"警督回道，"我们已经盯着韦尔奇四十八个小时了，不可能是他干的。"

他说着走到门外，克莱尔和尼克紧随其后，匆匆忙忙地去乘电梯。

"我们就把韦尔奇关在那儿吗？"克莱尔问道。

"他只是从头号嫌犯变成重要证人，"维尔克斯脱口而出，不停地按着电梯按钮，"如果你没错，韦尔奇是被陷害的，他身上一定有真凶的重要证据。"

"他一直杀人，我们越来越不好瞒了。"尼克说道。

"噢，这已经不是秘密了，尼克。"维尔克斯悲叹道，"这个家伙肆无忌惮，还给第三套新闻频道打了电话，直接让他们去了犯罪现场。"

太阳刚刚升起，萨瓦雷斯开着维尔克斯的车出了曼哈顿。因为时间还早，避开了往返于布鲁克林和皇后区高速路段和贝尔公园大道的上班高峰期。时速八十迈，不快不慢，亮着警灯，鸣着警笛，向东部金斯镇行驶，不到半个小时就到了现场。纽约东部还是老样子，到处都是犯罪。

他们看见正前方有一群人，被一伙警察挡在外面，黄色的警戒线把林伍德大道横截开来。电视新闻记者和摄像师顺着警戒线走动,现场直播车上竖着发射天线,把视频传送回电视台。

"正好赶上该死的早间新闻,"维尔克斯抱怨道,"这绝不是巧合。"

"太会挑地方了,"萨瓦雷斯补充说。这时,一个巡逻警察对他们招招手,他们便驱车开进了警戒线。"这家伙这次把咱们逼上绝路了。"

"什么地方?"克莱尔在布鲁克林迷路了,就好像在巴格达一样。

"75分区警局离这儿有一个半街区远,"萨瓦雷斯说道,"他试图证明自己的能力。"

维尔克斯一阵狂笑,"是啊,他证明了我们都是一群蠢蛋。我们警察走着都能到这儿,托尼。"

警车、消防车、验尸官的面包车、犯罪现场调查组的指挥车和长途客车大小的移动实验车都密密麻麻地停在前面,萨瓦雷斯只好停了下来。

他们一下车,才看见烧得焦黑的现场:一栋两层的红砖公寓楼。验尸官罗斯正从地下室里出来,后面还有两个助手推着轮床,上面放着一个橡胶裹尸袋,里面可能就是受害者的骨头。

但尼克却一直盯着罗斯的脸。这位平常一脸平静的病理学家看起来好像撞鬼了一样。尼克以前从来没见过罗斯被吓成这样。

尼克发自内心地关心道:"你还好吧?"

"不管这个罪大恶极的家伙是谁,他着实吓到我了。"罗斯答道。他的语气不同寻常,绝不是在开玩笑,他又瞥了克莱尔一眼,想必把她也当成警察了。

"有什么情况要报告吗,医生?"维尔克斯低声说。

"除了日期,别的都一样。"罗斯答道,"这次也是根据盆骨带的大小判断出是名女性。从骨头的长度来看，是成年人。骨头上一点软组织都没有，骨头泛黄，看得出和第一副一样都被煮过，然后装进麻袋。这个麻袋和上次在洋基体育场附近的袋子是一样的。"

维尔克斯接着问道："里面还有别的东西吗？像咖啡杯、收据或者上面有名字、地址的那种奇怪的名片。"

"这次反正没有，"罗斯叹道，"你是他的话，还会犯同样的错误吗？"

"这不是错误，"尼克说，"他这次没有人可以拿来当替罪羊了。"

"乔纳·韦尔奇也想不出来是谁，"克莱尔补充说。

维尔克斯转向克莱尔："那我们先把你和尼克送回总部，再帮韦尔奇想想。"

克莱尔看着他说："你是在请求我，还是命令我？"

"请求，"维尔克斯承认道，语气很是尊重，"选择权在你手上。如果他开口了，就会帮你破案。我们需要他，医生。韦尔奇这个可怜的家伙是我们唯一的机会，只有他身上的线索才能让我们找出真凶。相信他也会识时务的。"

第十三章

纽约警局大楼里,克莱尔和尼克离开了不到一个小时,又走进了审讯室,只见韦尔奇在椅子上痛苦地扭动着身体。要不是他被铐在桌上,早就起来砸墙了。

"我怎么做你们才会相信我?"他哀求道,"我以父母在天之灵发誓,我没有杀人。"

尼克径直走上前去,居高临下看着他。他畏畏缩缩,汗滴像断了线的珠子,从额头上滚了下来。他头发稀少,稀疏的灰发从头顶周围冒了出来。一时间,他觉得尼克要揍他。

尼克从兜里掏出一把小钥匙,打开了手铐。这让韦尔奇更加惶恐。

"你要干什么?"他战栗着问道。

"你已经不是此案的嫌疑人了,"尼克安慰道。

韦尔奇不敢相信这一切。他抬头看看尼克,心中的恐惧又增几分。"你在开我玩笑?这一定是有天大的误会。"

"是的,是我们误会你了,韦尔奇先生,"克莱尔答道,"我们要将计就计。"

韦尔奇站了起来,怒气冲冲地说:"将计就计是什么意思?"

"正如你所说,你是被陷害的,"尼克说着,上前一步,挡住了韦尔奇，以防他有过激行为。尼克感觉到韦尔奇的呼吸中都是怒气，又有点酸楚。韦尔奇一下子又坐到椅子上，就像一个被吓坏的小孩子。

"陷害？为什么？是谁？"

"这正是我们需要你协助的地方，关键先生。"尼克说。

克莱尔又拉过来一把椅子，和韦尔奇面对面坐下，把他当成受害者一样对待，语气也变得很温和。

"我知道你对我说过，你想不起来是哪个人会这么害你，但我们真的需要你努力回忆一下。"克莱尔同情地说道。

"说白了，谁想伤害你？"克莱尔又补充道。

"我想不起来，"韦尔奇颤抖着说。

尼克也找了一把椅子坐了下来，满怀同情地说："你看，伙计，不管这家伙是谁，他很聪明。到现在，他把我们像笨蛋一样耍得团团转，玩得不亦乐乎。但没有人会精心设了这个局，却不想让你这个受害者当替死鬼。"

"什……什么意思？"韦尔奇问道，不敢相信自己听到的这些。

"我们现在是为了保护你才把你拘留的，"尼克解释说，"记着，这家伙是蓄意陷害你。如果他发现自己没有成功，我们没有中他的圈套，他还会用别的办法来陷害你。"

这会儿，韦尔奇虽然全神贯注地听着，但早已经吓得屁滚尿流了。"你们会找到真凶的，对吧？"

"我们给你找个好点的酒店，派247特遣队保证你的安全。费用由政府来出。"

韦尔奇稍稍放松，试探性地说："听起来待遇不错。"

"地方定在弗莱布许，和二十年前的少管所一样，还算是监禁。等我们找到凶手并缉拿归案时,才能释放你。"

韦尔奇又垂下脑袋,好像这场斗争他根本没有胜算。"我也想协助你们,真的,但这简直是向瞎子问路。"

"你不瞎,"克莱尔安慰道,"只要你稍微努努力。现在,你的利益和我们的利益有很大的交集。"

韦尔奇已经被吓得六神无主,为了让他听进去,克莱尔不再说话。他们沉默了几秒钟,韦尔奇抬起头来,前后看看。

"你们想让我做什么?"韦尔奇问道。

"就是想,"克莱尔回答说,"竭尽全力地想。"

"谁想看你死翘翘呢?"尼克接着说,"法庭宣判后,有人威胁过你吗?有没有可能是受害者的家属?或者一起和你服刑的人?"

此时,韦尔奇脑子一团乱麻,结结巴巴地说:"我……我不知道。"他努力地回忆所有的片段,每一个他招惹过的人,尼克几乎都能看出他梳理思绪的轨迹。想到这里,尼克不禁对他有些怜悯。

然后,韦尔奇问克莱尔:"你们的意思是不是我能走了?"

"那得问罗勒警探。"克莱尔回答说。

"严格来讲,是这样的,"尼克说道,"但是一旦你走出警局,你就成了活靶子。"

韦尔奇并没有听出来,尼克这是在试探他是不是在耍他们。韦尔奇可能认识凶手,而且在保护他。这种可能性极小,但并不是没有。

"坐好吧,乔纳,"尼克说,"再想想。我们的警探会给你弄些吃的。我一会儿回来就给你安排酒店。还有一件事我们要先核实一下。"

"什么事?"韦尔奇问。

"你的车,"尼克说,"我之前问过你,你说你好几周都没开了。我们只想确认一下你有没有撒谎。乔纳，你越早授权我们查车，你就能越早离开这间屋子。"

韦尔奇毫不犹豫："快让我签字吧。"

"太好了。现在，你没隐瞒什么事情，对吧？"尼克问道，"因为我们派地方分局找了一夜你的车，都没找到。"

尼克终于问了一个韦尔奇能回答的问题。

"在帝国大道和贝德福大街交叉口的街角有个加油站，我按月支付停车费。"

西姆斯警探开车载着尼克和克莱尔去了布鲁克林，顺着弗莱布许大街向南行驶，左拐进入帝国大道，直奔审问中韦尔奇提到的加油站。这个加油站实际上是一个破败的旧仓库，有几十年没做加油的生意了。但是尼克不放弃任何机会。尼克先让在第71分局侦查科工作的一个朋友过去看看，如果车在的话，就先保护一下现场。他又联系犯罪现场调查组，让他们开一辆无警方标识的车先去，以防引起别人注意。然后，又明确交代，他到之前谁都不许碰汽车。

尼克他们的车停到加油站时，他看到大家都是严格按照他的要求做的。尼克、克莱尔和西姆斯下了车，和犯罪现场调查组的艾特肯一起走过去，那位第71分局的警探在驾驶座上向他们挥挥手，把车开到了一边。

尼克没有看见黄色的犯罪现场警戒带，心生感激，说道："谢谢你的配合。"

"我猜他的车开起来噪音不如我的大，"艾特肯指着自己开的那辆破旧的雪佛兰，自嘲道，"跟人家罪犯的座驾比真是差太远了。"

"他的车一直在这里吗?"西姆斯问道。艾特肯带着他们去了加油站的另一边。

"是啊,但我才知道为什么巡逻车一直没有发现。因为我到这边还找了半天呢,"艾特肯说,"看看吧。"

一行人走过车库的停车位。这里有六辆破旧不堪的汽车两两纵列在仓库的边上。只有走进里面,才能发现韦尔奇的那辆黑色维多利亚皇冠扎在一辆20世纪60年代的锈迹斑斑的面包车后面。

"我问了这个仓库的东家,"艾特肯说,"他把面包车停在那儿,一个半星期没动过。"

"看上面的泥也能看出来,"尼克说着,示意大家看车轮上厚厚的污泥,"我们来之前你怎么不照几张照片?"

克莱尔走上前去,看看皇冠的轮胎,也说:"毫无疑问,这辆车哪都没去。"

"咱们有钥匙吗?"西姆斯问道。

艾特肯拿出钥匙,问:"有授权令吗?"

"太好了,"尼克说着,拿出授权令,"车主签的。"

尼克接住抛来的钥匙,掏出一副手套,打开车门,探头进去看了看。车里虽然磨得破破烂烂,但是相当干净。艾特肯打开后门,检查了一下后排座椅。

"我得把车拖回实验室,以便用鲁米诺和荧光灯查找血迹,"艾特肯接着说,"但是,看不出他把尸体装在车里留下的痕迹。"

尼克提醒他说:"我们还没打开后备厢呢。"说完,便按了一下车里的自动开关,移步到车尾,查看后备厢。

"和车里面一样干净。"尼克说。

"要是这里面以前藏过尸体,我们应该能察觉到。"西姆斯也和尼克一起检查了起来。

"闻不到氨气,也没有别的清洁剂的味道。"尼克说着,和克莱尔交换了一下眼神,便准备盖上后备厢盖。她心想,自从尼克视力开始下降,嗅觉对他是多么重要。

显然,情况并不出尼克所料。但尼克突然停了下来,手扶住后备厢盖,眼睛盯着箱盖背面看了起来,问道:"特里,你工具包里有放大镜吗?"

"怎么了,神探?"克莱尔站在他们身后问道。

"必须的。"艾特肯拿出一个放大镜,递给了尼克。

尼克对他挥挥手,"不,你过来看看这面。把你看到的告诉我。"

艾特肯照着他的话看了一下,瞬间便发现了蹊跷之处,说道:"螺丝周围有新划痕,你没错。"

"什么没错?"克莱尔大惑不解。

尼克往后撤了几步,以便艾特肯检查。他对克莱尔说:"我们怀疑一辆汽车被盗后,首先要确认的就是,是不是只是车牌照被偷了。你检查时要看牌照是否比别的车更脏或更干净。因为有人会用螺丝刀拧开螺丝,所以要看看螺丝是不是崭新的,或者螺丝周围有没有新的划痕。"

克莱尔看着他,不得不叹服。"你是说,杀害罗莎的凶手没有偷走韦尔奇的车,而是偷走了他的牌照?"

"他就是这个意思,"艾特肯也加以肯定,"不过,我以前倒从没见别人这么干过。"

"干什么?"克莱尔又问。

"他用和牌照、螺丝一样颜色的记号笔涂抹装卸车牌照留下的划痕。"尼克接着答道,"他甚至在划痕处抹上和周围一样的尘土,来隐藏痕迹。"

"但他还是没弄好,是吧?"艾特肯笑着说。

"我们应该能发现他之前也是这么干的,"西姆斯提议道,"这就能解释,为什么韦拉扎诺大桥收费站的摄像头拍到的是韦尔奇的车牌照了。"

克莱尔还是有些不明白,"但那样就意味着——"

"对了,"尼克也有些叹服,"这家伙肯定十分痛恨乔纳·韦尔奇,想陷害他,把他置于死地。于是,买了一辆和韦尔奇车子颜色、型号、轮胎型号都一样的1998年款维多利亚皇冠,然后把牌照安到自己车上。这样就把绞刑的绳子套在了韦尔奇脖子上。"

"他完事后,又把牌照安了回去,"西姆斯补充道,"拆装牌照可能都是在晚上干的,而那辆面包车完全挡住了他,没有人看得见。"

尼克对艾特肯说:"咱把这辆车拖到你的停车场吧。从头到尾检查一遍。说不定咱们这个手段高超的罪犯还落了点什么东西。"

"我觉得不会。"克莱尔说。

"每个人都会犯错,"尼克说,"他也不例外。衣服和座椅接触或者无意间的咳嗽不可能不留下蛛丝马迹。"

"他不会吧,"克莱尔说,"你在这辆车上不可能找到别的痕迹了。这种可能性微乎其微,就和你不可能找到真凶抛弃罗莎尸体所用的那辆车一样。事实上,你也不可能找到那辆车的任何线索,也不会知道他买轮胎的地方。"

"你怎么知道?"尼克问道。

"因为我开始了解我们面对的是怎样的一个凶手了。他对自己痴迷的事情做得井井有条，小心翼翼。因为他知道，你赢不了他，咱们都赢不了，他比谁都聪明。问题是，过了这么多年，是什么事又刺激他重操旧业。"

"我也有个问题，"西姆斯打断道，"有些人觉得自己比我们警察还聪明，他们常想让我们颜面扫地，想让我们知道就是他们干的。那为什么这个杀人狂想把罗莎·桑切斯的死嫁祸给韦尔奇呢？"

克莱尔发觉西姆斯说到点子上了，看着他说："你知道，我们不用考虑韦尔奇是不是无辜的，因为凶手的真正目的是想让我们抓错人，然后看我们无能为力的样子。"

尼克却并不认同，"不。我意思是，呃，他就是想这样。但他又想两全其美。一定有什么蹊跷。韦尔奇和真凶之间一定有什么关联。我们得查出来。"

"你可以去，但我打赌肯定是白忙一场。"克莱尔说。

"那是警察的工作，"尼克不理会克莱尔的消极态度，接着说，"那是我们要做的，追查线索，查证一切可能。不管歧路还是正轨，只要能殊途同归，就绝不是浪费时间。"

"是，但那个和我们玩捉迷藏的家伙也知道这个道理，他就想让我们兜圈子。"克莱尔说，不知道尼克怎么变得这么暴躁。

尼克知道，自己正在把沮丧心情产生的不快都发泄在克莱尔的身上，让她心里不舒服。于是，他深吸一口气，冷静了下来。

"好了。那么，罗莎和凶手之间有什么关联呢？"尼克问道。

克莱尔摇摇头，"这和我在窗户前看到的情景对不上号。如果罗莎和带走她的那个人有关联的话，比如说是她的缓刑监督官，我应该能看出两人之间那种熟悉的感觉。但是从我当时站的位置来看,罗莎好像从没见过他一样。"

"我们还得找罗莎的妈妈谈谈。"尼克说。

"谈什么?"克莱尔问道。

"因为咱们还没问她,罗莎失踪那天有没有人来找过她。"

克莱尔明白此行很有必要。"让我去吧,就我一个人。"

"为什么?"

"她现在很脆弱,"克莱尔朝那辆无警方标识的警车走去,"我不想吓到她,而且咱们还需要为罗莎的死保密呢。"

"那就更得咱俩一起去了,"尼克也跟着走了过来,脾气不知不觉又上来了,"就怕你忘了或者没跟她说,我也知道怎么对待死者家属。"

克莱尔停下脚步,"我觉得这样不好。"语气变得更坚定。

"这是警察的工作。"

"罗莎是我的病人。"

"现在她是我负责的受害者,"尼克大声说道,"要么咱们一起走,要么我自己去,你选吧。"

克莱尔站在尼克身后,死死地盯着他,一瞬间,她不想去找玛利亚了,但那只能让两人吵得更凶。而且她突然觉得,和尼克吵完架后,自己比任何时候都难受。

我和他之间是怎么了?她也想帮忙找到杀害罗莎的凶手,不想被排除在外,也明白,如果这次自己单干,危险可想而知,情况也会变得非常糟糕。

"好。就依你。"

第十四章

下午,刚过一点,玛利亚·洛佩兹打开公寓门,什么都没说便抱住了克莱尔。"你好,警探。"她头倚在克莱尔的肩侧,眼中又泛起泪光。

"洛佩兹太太。"尼克的语气中带着暖意。她示意二人进屋,把他们引进客厅,然后关上了大门。

"孩子们怎么样了,玛利亚?"克莱尔没问她"现在感觉好点了吗"之类的,因为这么说只会让这个悲伤的女人更加难受,而且她的状况也显而易见:简单的居家便服、泪盈盈的双眼下两个黑眼圈,看起来这一个星期都没睡好。显然,她遭受了很大的打击。

"他们都很想妈妈,"玛利亚答道,"他们在旁边,我总是说话很小心,但是越来越瞒不住了。每次他们问起罗莎,实话溜到嘴边,又咽了回去。不过,总有一天他们会知道的。"

"等我们回去了,我就给验尸官打电话,看什么时候能让罗莎安息。"尼克主动提议道。

"谢谢您,但是他今早给我打电话,说还要留罗莎一阵,所以您还是别浪费时间了。"玛利亚直直地看着尼克,"你们过来有新消息跟我说吗?"

"我也希望有新消息，"克莱尔说着，走到了玛利亚身边，"你知道的，不论我们做什么，你都是第一个知道的。"克莱尔握住玛利亚的手，"我们今天过来，是想请你帮忙。"

"我说过，我会不遗余力地帮助你们，"玛利亚边说边示意他们坐下，"但是得快点，孩子们快放学了，我不能耽误接孩子。"

"我们想问问您罗莎失踪前那阵子的事儿。"

"这很重要吗？"

"因为我们非常确定，作案的这个人不是认识罗莎，就是跟踪，甚至监视过她。"克莱尔说着，放开了玛利亚的手。

"我的老天爷，"玛利亚喃喃地说，"你们认为孩子们没有危险，是吗？"

尼克摇摇头，"是的，如果我们认为有危险的话，您孙子和孙女不管去哪儿，都有警察护送，公寓外面也会有巡逻车保护您。我保证，只要我们怀疑有一点危险，就会立刻派警察保护你们。"

尼克看了一眼克莱尔，继续说道：

"玛利亚，我想问一下……我能称呼您'玛利亚'吗？"

"当然，警探。"

"玛利亚，"尼克接着说，"我们要在一起待好几个小时，所以你和我相处的时候都放松些，就称呼我'尼克'吧，好吗？"

克莱尔看到玛利亚已经开始放下自己心里的戒备。她知道，尼克的谈话技巧是他从多年来和受害者的接触中总结出来的。病人来向心理医生求助是一码事，警察敲你家门就完全是另一件事了。即使是受害者，多数人还是对警察有畏惧心理。

他需要玛利亚信任他，和我是受害者的时候需要相信他一样。

"好……尼克。"玛利亚有些犹豫。

他掏出一张名片和一支钢笔,开始在上面写字。

"这是我的电话号码,"他说,"如果你有任何问题、任何不明白的地方、任何需要我帮助的地方,当然还有任何你认为能帮助我们找到掳走罗莎的人的信息,就给我打电话,白天晚上都可以。我是认真的。即使你想打电话跟我聊聊天也可以。好吗,玛利亚?"

玛利亚的嘴角泛起一丝笑意,"好的,"她显然被尼克的慷慨和善意感动了,握住尼克的手以示感谢,"你想问什么呢?"

尼克将另一只手也放在她的手上,"你还记得罗莎失踪前的那些天,你身边有什么奇怪的、不正常的事情吗?"

"哪种奇怪的事啊?"

"各种,"尼克答道,轻轻地把手拿了下来,又站直,"比如你看到楼外有形迹可疑的人,或者不住在附近,但是跟你们走得很近的人,这人盯着你、罗莎或者孩子看。或者打错电话的陌生号码,打过来电话但是又挂了的情况。或是有人按楼下的门铃,你问的时候又不说话。又或者来自陌生人的邮件,诸如此类的。"

玛利亚毫不迟疑,"罗莎走后,我也一直在想这事。除了一个男人打来电话,说罗莎要去康涅狄格州之外,我就什么可疑的地方都想不起来了。"

"很好,"即使这样,尼克仍然保持乐观,希望她能提供些有价值的线索,"那罗莎呢?她有没有在失踪前说一些奇怪的事情?"

"没,没有,"玛利亚答道,"当时的情况是,她很开心。我很久没见她那么开心了。"她目光转向克莱尔,"她说你帮了她,总是把你挂在嘴边,说你对她有多么重要。"

玛利亚的下巴开始有些颤抖，克莱尔使尽浑身解数安慰她，不让她再回想。她想告诉玛利亚，罗莎对她来说也很特殊。除了她为罗莎保密的事情外，想把一切都说给玛利亚听，但此刻她只能不住地点头。

尼克知道下面该问什么了，但还不等他说出口，克莱尔先下手为强，抢过了话头。

"玛利亚，如果你觉得没问题的话，我和尼克想看看罗莎的东西。"

"当然没问题，"玛利亚说，"但是你们要找什么呢？我已经把她的屋子收拾了一遍。我原以为有什么纸条之类的，写着她去了什么地方，但是什么都没找到。"

"能想到这点很好，玛利亚，"尼克说，"下面的话听起来可能不舒服，但我对你会一直实话实说。我们认为罗莎可能认识掳走她的人。罗莎的什么东西可能你看不懂，但对我们很重要。"

她的什么东西……尼克的话让克莱尔想起和罗莎尸骨放在一起的那张奇怪的收据。

"玛利亚，"克莱尔突然说，"你知道'移民到（emigrant hasta）'是什么意思吗？"

"不知道，"玛利亚答道，"为什么问这个？"

"因为我们找到的一张收据，是罗莎工作的熟食店开的，上面就写着这个词，"克莱尔说，"这收据和她的遗骸放在一起。"

玛利亚的眼睛瞪得大大的，"这个杀人犯在向我们传达什么信息吗？"

"我们不知道，"克莱尔说着站了起来，尼克也跟着站了起来，"如果你想起来这些词和罗莎之间的任何关系，请给我们说一下。"

玛利亚领着他们走过狭小的门厅，来到了罗莎的卧室。"你们随便看吧,这房子随便搜,来多少次都行。只要你们给我的女儿伸张正义。"

他拿起一支黑色的马克笔,看着他的填字谜。

下一个是谁呢?他想着,嘴唇泛开微笑。

他崇敬自己的"事业"。"R-O-S-A-S-A-N-C-H-E-Z(罗莎·桑切斯)"的所有字母都整洁地填在小方框里。他又清除了世上的一个寄生虫,这让他感觉完全掌控了这个世界,心中冒出一阵激动人心的感觉。他就是这个宇宙的主宰,聪明绝顶,没有人能阻止他往这个格子上填更多的人名。

尼克和克莱尔走进罗莎的卧室。里面和她没嫁人的时候差不多。镶着褶边的粉色窗帘遮住了两个窗户,白色的床带着四个帷柱,对着一个配套的梳妆台。家具虽然很便宜,但依然完好如新。书架上整洁有序地摆放着毛绒玩具,是个动物形象的小家庭。看得出来,玛利亚对女儿的所有物品都非常在意。

"公寓很漂亮啊,玛利亚。"尼克称赞说。

"我已经住在这里很久了,"玛利亚答道,"而且我很庆幸还能付得起房租。"

"我也是,"尼克说,"我从小就住在一个出租公寓里。"

"罗莎以前总是把屋子收拾得干干净净。"克莱尔说。

"像个大人一样,没错,"玛利亚站在门口回道,"她结婚后,就搬过去和弗朗哥一起住了,她的房间我一直保持原样。"脸上闪过一丝微笑。"她还是个孩子那会儿可不是这样,你可能不信。但她和孩子搬回这里住的时候,想要为孩子们做个好榜样,就在这里放了毛绒玩具。"她忍住泪水,"我好像说得太多了,应该让你们自己在这儿看看的。"

"我们不会用很长时间。"尼克保证道。

玛利亚走过门厅,回到了客厅。克莱尔不禁想,生活中总是看见罗莎的遗物,不断地提醒着她罗莎已经去世了,一定很难。克莱尔很了解这种感觉,每次回到纽约州罗切斯特那个小时候的家,每次走到多年前好朋友艾米被绑架的那条公路上,她就心神不宁。

"砰"的一声,把她带回了现实,抬头一看,尼克正掀着罗莎的床垫。

"你这是干什么?"她问道。

尼克把床垫掀起,靠在墙边,露出了弹簧床垫。

"找罗莎的日记呢,"他回答说,对克莱尔的问题有些意外,"要是她有的话。这是某精神病医生去年教给我的小技巧。"

克莱尔笑了,想起他们一起办的第一个案子。要是她有日记就好了,克莱尔想。她以前让罗莎写下她的想法和感受,罗莎说她不喜欢写东西,更喜欢和克莱尔讨论自己的感受。

"一厢情愿的想法啊。"尼克说着把垫子放回原位。

克莱尔没说话。她很心烦,那种感觉无法道出。她扫视了一下房间:毛绒玩具、镶褶边的窗帘,一间大人住的房间却装饰得很稚气。她忽然觉得和她小时候的房间很像。

是这样吗?我小时候生活条件优越,可罗莎几乎生活在贫困线上。我们是如此不同,却又如此相像。

她看到书架顶上放着一个镶框照片,走近一看,克莱尔看清楚了,上面是罗莎和孩子的照片。突然,她觉得有一种压迫感慢慢地开始旋转,她心跳加速,有点喘不上来气。那女孩的笑脸好像从照片中飘了出来,变成了艾米八岁时的样子,克莱尔也变了回去,两人面对面。

"你没事吧?"尼克问道。克莱尔清醒过来,发现尼克怕她晕倒,已经把胳膊揽在她的肩上。

"我得呼吸一下新鲜空气。"

"来吧。"尼克说着把她领到屋外,走过门厅。

"玛利亚,"他喊道,"我们得走了,还会再来的。"

"对不起,我在厕所。"玛利亚的声音从门后传来。

"没事,"尼克回道,"我们能自己走。"

没让玛利亚看到她这样,克莱尔松了口气。

尼克扶着她走下楼梯,走到大楼门外,一阵湿气朝他们袭来。

尼克冲西姆斯招招手。

西姆斯从车里跳了出来,喊道:"怎么啦?"

"不知道,"克莱尔说,"但是出来就好多了,我能呼吸了。"

尼克还有些担心:"布朗士黎巴嫩是离这里最近的一家医院。"话中带着些命令而不是建议的语气。

"不用去医院。我就在医院上班,忘了吗?"克莱尔答道,"一会儿有问题我再去,现在没事了。"

但是她知道自己的状况并不好。不知道怎么,艾米又出现在她的意识中。直到一年前,这状况才好转,她终于把艾米失踪,然后被杀害的那种感觉忘却,不让它再偷偷潜入自己的脑中。

为什么是现在?

克莱尔顺着她工作的那家医院走廊走着，十分坚定，就连自己对这种感觉也有些意外。尼克和西姆斯刚把她送回医院。回来的一路上，大家基本没怎么说话，克莱尔明显感觉好多了，开始有意识地呼吸，心里也十分清楚她要做什么。

这会儿，一走进菲尔伯恩医生办公室的外间，克莱尔就希望能找到她的导师，请她帮帮自己。

"克莱尔，"说话的人是菲尔伯恩的助理莎拉，一个非裔美国人，大概五十多岁，待人友好，总是穿着大红色和亮黄色的衣服。克莱尔看见她的穿着，振作了起来。"菲尔伯恩医生在找你。"

"我知道，我也要找她呢。"克莱尔的语气听上去很迫切，"如果她有时间的话。"她又补充道，语气稍稍收敛。

莎拉看见克莱尔这个状态有些不适应，因为她总是看见克莱尔一副沉着冷静的样子。莎拉脸上露出担心的表情，手里已经拿着电话在打了。"沃特斯医生在这里。"不等克莱尔多说一个字，里面办公室的门打开了，菲尔伯恩出现在眼前，穿着一套深蓝色西装，还是和克莱尔以前看到的那个菲尔伯恩一样。

"进来吧。"菲尔伯恩说。

"谢谢。"克莱尔说着就冲进了办公室，迅速坐到她最喜欢的那个位置——一个舒服的沙发角落。但是克莱尔还没坐下，菲尔伯恩就关上了门，表情变得非同寻常地严肃。

"你走了好几天，取消了好几个病人的预约，你的同事们轮流给你打掩护。"她走到屋子另一边，坐在她对面，"这一点儿都不像你，告诉我发生了什么事？"

克莱尔坐立不安，她要是没想到有今天，就是个十足的傻瓜，只不过没想到来得这么快。但是克莱尔又不能怪她的导师，因为菲尔伯恩本应该知道更多的，只是她瞒得太多。

"我把尼克·罗勒又拉回我的生活中了。"不等她住嘴，话已经脱口而出。

现在，反而是菲尔伯恩变得心神不宁。"和罗莎·桑切斯的案子有关吗？"她暗示道，语气中有一百二十个不乐意。

"是的。"克莱尔能说的也就这俩字了，心里明白，实话实说是她唯一的出路。

"当初我就暗示过你，不要牵扯到她失踪的事情里面。"

但克莱尔不打算和她争辩，只是心里的情感溢于言表，"我很关心她的状况，我觉得确保她的安全是我的责任，而且我是正确的。"

"哪里正确了？"

克莱尔知道自己要完成这个任务，"我很抱歉，违背了您的意愿，老师，但是我得给您提个要求，我要告诉您的事情不要对别人提起。"

"当然不会说的，"菲尔伯恩立刻答道，"我是你的医师，我当然不能把你说的事情告诉别人。"

克莱尔深吸一口气，放松了下来。"罗莎被谋杀了。"克莱尔坦白道。

菲尔伯恩一下抓住椅子的扶手，脱口而出："噢，我的老天爷，怎么回事？"

"她被绑架了，我目睹了整个过程。"克莱尔开始一五一十地把过去几天发生的事情说给导师听，二十多分钟才说完。菲尔伯恩一只手紧握扶手，手上憋得发青，好像死了很久的人的脖子一样。

"那你参与到这里面，警局知道吗？"

"是他们让我参与的。"克莱尔肯定道。

"你得对我说实话。"菲尔伯恩嗔道。

"我知道,但有人让我不要对别人说……"

"我理解,但我不是别人啊。"导师坚持道。

克莱尔默不作声,就像小孩子从超市偷糖被抓住一样。她不能和菲尔伯恩争辩,因为导师无论说什么都是对的。

"而且你还代表着你父母的名誉。"菲尔伯恩突然说。

菲尔伯恩似乎正在试图让她不知不觉地把这些事情和盘托出。

"菲尔伯恩医生,"克莱尔开口道,"你对我的处境根本就不理解,不同情,不通融,不宽容。我真是对你太失望了。"

"住嘴。"菲尔伯恩说着,举起手以示强调。

克莱尔并没有住嘴:"去年的事情好像漩涡一样,又把我吸了回去。只是这次,我又多了一份痛苦……"她停了下来,思绪从脑中闪过,接着就说不出话了,"我……我本不该跟你说,我叫了尼克。"

"克莱尔,我知道。没事。"

克莱尔听了这句话,就再也不说什么了。"什么没事?"她迟疑地问道。

"你刚刚说得有点多,我本来要让你住嘴的,"菲尔伯恩继续道,"但是,直到今天,你依然按照保罗·科廷教你的知识履行职责。就是有点太热心了。"

"你让我住嘴的!"克莱尔对她的回答厌恶至极。

"不是,"菲尔伯恩答道,"因为我知道你需要去做这件事,为了你,也为了罗莎。但是有事的话随时告诉我。这边的工作你也得处理好,要是我听说你还像去年那样,做那些被咱们称为'行为不端'的事情,就别怪我翻脸了。"

"我不认为那是'行为不端'。"克莱尔尽量让话听起来少点辩解的味道。

"你那时为了吸引一个连环杀手上钩,把头发剪了,染上别的颜色,"菲尔伯恩提醒说,"那都是为了警察,为了法律或者别的什么而那么做的。但那不是一个精神病医生该做的事。"

"我答应你,我不会走极端的,"克莱尔都不知道能不能遵守自己的承诺,便说了出来,"但是我们现在有一个真正的谜团,而且没有多大希望解开这个谜团。"

"或许你需要让局外人看看。"菲尔伯恩好奇地说。

克莱尔看着导师,不确定自己是不是真的了解和自己说话的这个女人。菲尔伯恩是不是也很好奇,也想加入罗莎谋杀案的调查?

克莱尔想证实一下:"你说局外人,是什么意思?"

"你还给沃尔特的班级带课,是吗?"菲尔伯恩提到了她的教授男友——沃尔特,他在曼哈顿州立大学带了一个犯罪法医科学研讨班。

"是的,"克莱尔说,"事实上,我明天早上就结课了。"

"那你怎么不把它弄成班级课题的形式呢?"菲尔伯恩问道。

克莱尔听到导师出这种主意大吃一惊,但还是尽力掩饰意外的表情。从某些方面来看,克莱尔觉得这方法还是有些优点的。毕竟,她和尼克现在可以说已经进了死胡同。

但是突然她又觉得太荒谬,决定放弃这个方法。

"这个主意很有意思,"克莱尔接着说,"但警察都是死心眼,泄露消息这事,他们是永远不会尝试的。我们也不想让学校为破坏调查担责。"

"怎么会呢?"菲尔伯恩虽然是位经验丰富的精神病医生,但是对法

183

医领域的专业知识还不了解。她盼着招聘委员会一找到合适人选来填补保罗·科廷的位置,自己就辞去奖学金研究计划的管理工作。

"警方会说,他们不能冒险让学生了解只有凶手才知道的犯罪细节。如果哪一天这个杀人犯走上法庭,可能会造成取证困难。"

"你没必要和盘托出,只讲媒体报道的部分就行。"菲尔伯恩建议道。

这当然行不通,"关于最近的谋杀案,媒体还没有任何报道……"说到这儿,克莱尔不再说话,只是脸上挂着笑容。

"我知道怎么办。"导师说道。

第十五章

"不行,"尼克回道,"不管你的学生有多聪明,我们不能让他们插手正在调查的案子。"

"他们不会的,"克莱尔反驳道。他俩面对面坐在尼克家里破旧的餐桌两边。"至少尽可能地让他们多了解一些细节。"

克莱尔伸手去拿她那杯咖啡。她本料想杯子上肯定会有纽约警局警探的盾形徽标,但杯底没有尼克的警号和徽标,反而是"DEA"三个醒目的字母,这是尼克所属的联合会的名称缩写,其他纽约市警探都会有这样的杯子。

克莱尔抿了一口咖啡,打了个哈欠。现在已经是午夜,尼克的女儿们早都上床睡觉了,可她和尼克一点睡意都没有。她虽然很累,但坐在这里和尼克讨论比自己一个人无聊地待在公寓里强多了。她一上床会就想起罗莎和艾米,然后就怎么都睡不着了。

"这太冒险了。"尼克直截了当地拒绝了。

"那还有别的办法吗?"克莱尔反问道,"咱们不可能确定布鲁克林那个受害者的身份,甚至不知道从哪儿查起。"

事实上,克莱尔才看透他们目前的窘境。自从在布鲁克林那栋被大火烧毁的建筑里找到一具尸骨后,那里的居民都被盘查过了。

"受害者在哪里住，多大年纪，咱们都不知道。"克莱尔提醒尼克，"咱们知道什么呀？"

尼克一言不发，但心里盘算好了。他喝了一大口咖啡，克莱尔开始有点按捺不住了。她右手食指顺着桌面上几乎看不清的细痕划着，心里想的是尼克的妻子、妈妈还在世时，和她们一起在这张桌上吃的每一顿饭。

"所以和以前一样，现在该我主动出击了。"尼克说。

"就一个'不'并不能解决问题，咱们不能用常规思维来思考。"克莱尔答道。

尼克笑笑，他们都清楚各自心里的想法。

"把这案子交给我，就是用常规思维来考虑，这和平常的案子一样。"

"那就是要坚持己见咯。"克莱尔幽默地反驳道。

她突然觉得这话听起来有点老夫老妻的感觉，所以得打破这个尴尬局面。

"或许你没错，"她接着说，"但是不是有点太冒险了？"

这会儿尼克也笑笑："不要这样嘛。"

"哪样？"克莱尔天真地问道。

"拿负罪感左右我。你一直坚持自己的立场，不觉得错了吗？"尼克如是说，看着她坦然的表情，清澈如水的蓝眼睛，不知不觉地，他被克莱尔吸引住了，有种吻她的冲动。克莱尔慌忙看向别的地方。这可不是第一次了，这情况一次比一次尴尬。

不是因为他逾越了两人的界限，而是因为我想这样。至少我认为我想……

"好吧，"她说，两人又四目相对，"我是想左右你，但是应该给我的学生机会尝试一下。"

"你知道，如果他们真想出点什么，也是纯属巧合，不是吗？"

"只要能破案，"克莱尔说，"那又有什么区别呢？"

"早上好，"沃尔特·麦克卢尔教授喊道，声音洪亮，魅力十足，面前是犯罪心理画像研讨班六个在读研究生。

今天一大早，学生们坐在会议桌前，拿出笔记本，呷着咖啡，手里拿着麦克卢尔每周都会给他们带的松饼。

麦克卢尔不高不低，身材瘦削，虽然已经五十五岁了，但棕色的直发才从太阳穴处开始有些发灰。他戴着一副角质镜框的眼镜，棕色的灯芯绒西服，一副学术大师的气质。实际上他根本就不是。他的硕士和博士头衔都是他在费城警察局升任管区队长时弄到的，妻子得了卵巢癌，几年前去世了，因此他就提前退休，搬到纽约，和三个孩子住得近一些，孩子们多少也会比较高兴。他做了几年的顾问，树立了良好的声誉，也攒了不少钱。后来，曼哈顿州立大学找到了他，给他提供了一个无法拒绝的入职要约：工资和他做顾问收入相当，还承诺授予他终身教授，麦克卢尔正好厌倦了跑来跑去的生活，就答应了。那份工作当时看来不用费脑子，而且非常有吸引力，后来也证明确实是一份赠礼，因为他觉得自己当老师比当警察过得更开心。

麦克卢尔左边坐着克莱尔，一身职业装——紫红色的套装，她旁边的尼克穿着则有点太过讲究：炭黑色的细条纹西装，白色和皇家蓝相间的衬衫，双层袖口密密实实地扣着纽约警局配发的警探盾形的链扣。佩斯利领带和衣服也很搭。

"我在报纸上见过你,警探先生。"米格尔·科隆突然说。他双手托住脑袋,胳膊支在桌子上,手臂弯到底,右臂肱二头肌上短剑图案的文身露了出来,一直延伸到袖子里。"好像,大概一年半以前?"

尼克知道米格尔提到上报纸的事和他与克莱尔办的这个案子没有任何关系,所以他已经很严峻的脸上更加面无表情,说道:"嗯,或许吧。那是我妻子拿我的手枪自杀后的事,当时法医反馈结果是'不确定',但有些脑袋长在屁股上的人说一定是我杀害了她。他们调查了半年,当然,一无所获。"

"我想问,是不是您干的呢?"柯利·马蒂斯问道。他看起来好像直接从床上起来就来上课了。

班上的同学瞥了他一眼,开始窃笑,尼克看着他的眼睛,说道:"好小子,我的回答是'不是',除此之外,我有权利对此保持沉默,更多问题可以和我的律师谈。"

他一本正经地说出这些话,让全班,包括克莱尔和麦克卢尔,都哄堂大笑,尼克脸上也出现了一丝微笑。为了尽快打破和学生之间的隔阂,他本来就打算这么说的。

贾丝婷·于今天穿着牛仔裤和运动衫,脸上浓浓的妆也没有了。她坐在柯利旁边,皱起鼻子,说道:"你刚才放松了,是吧?"语调中毫无询问的意味,就和她脸上的表情一样。

韦斯利·菲尔普斯嘻嘻地笑着,问贾丝婷:"你怎么知道的?"

"因为她对气味特别敏感啊。"米格尔嘲讽道。教室里的每一个人都知道了,这是在说她的性取向是同性。

柯利这下脸比他那脸痤疮还红。麦克卢尔教授举手示意停止,于是大家都不再说话。"够了!作为柯利的律师,我援引第五条修正法案赋予他的权利，他有权拒绝认罪。"他扫视了一下班里的学生，看看是不是都明白了他的意思，发现下面还有人在笑。等他们安静下来后，他接着说："现在沃特斯医生已经告诉过你们，他们是怎么侦破去年多起女性被害案件的。今天，她把尼克带来这里，完全是因为别的原因。"

"没错，"克莱尔说，"柯利刚才试图让罗勒警探招认，尽管他不知道，但他的问题就是这个课题的核心，我们称之为'犯罪原理'。有人想猜猜是什么意思吗？"

"这问题不是捉弄人的吧？"卡拉·华莱士有些踌躇地问道。

"不捉弄人。"克莱尔向她保证说。

"那，这显然是调查人员推理发生过的事情用的，"卡拉话中又添了几分自信。

"就今天上课的目的来说，不完全正确，"尼克答道，"因为破案没那么简单。"

尼克站起来，朝安在教室后面墙上的白板走去，拿起一个黑色马克笔，拔开盖，一边用大写字母在黑板顶端写下'犯罪原理（Theory Of The Crime）'，一边问道："我研究凶杀案很久了。"标题是用花体字母写的，画完最后的花饰，他转过身来，接着说："很多谋杀现场，你们一到就能知道我们所谓的'死因'。"他说着在标题下面写了第一点。"你们知道的，像枪伤、刀伤、钝器击打的伤痕等等，然后，"写下第二点，他继续道，"我们想要弄明白'死亡方式'。"

"这不是一回事吗？"莱丝丽·卡迈克尔问道。她今天戴了一顶毛线帽，长长的发绺卷在了里面。尼克写完"死亡方式"转过身来。

"如果这两点一样，他就不会问了。"韦斯利·菲尔普斯直截了当地说。

"嗯,这个问题本来有些冷僻,"尼克自嘲道,"但你说得也没错。'死亡方式'更多用作法律用语。死亡方式只有验尸官可以定夺。例如,比方说我们都被叫到现场,尸体在科尼岛的沙滩上被冲得干干净净,那他的死亡方式是什么呢?"

他看着班上的学生,学生也看着他。第一次没人发言。克莱尔不禁朱唇轻启,对他笑笑,尼克看到也还以微笑。

"怎么办呢,沃特斯医生?你来告诉大家,还是我来呢?"他提议道。

克莱尔看看学生,"答案就是'不一定'。因为这次,罗勒警探确实设了一个问题捉弄你们。"

学生这才反应过来,觉得稍微有些话说。

"为什么不一定呢?我们只看到一个人被枪击、砍伤、被棍棒打伤或者溺亡,就能断定这是人为的吗?我们假设某人被冲上洛克威海滩,发现他肺里有水,我能知道什么?"

"简单,"卡拉答道,"淹死的呗。"

"那死亡方式是什么呢?"尼克追问道。

"'意外死亡'也是一种吧?"卡拉问。

"是,可以。"尼克回答说。

"那我觉得死亡方式是'意外死亡'。"

米格尔·科隆摇摇头,表示不同意。"胳膊上文了个剑的伙计不接受这个说法,"尼克说。

"是的,"米格尔答道,"因为我们不知道他为什么会被淹死。"

"接着说。"尼克鼓励道。

"好,我们假设这家伙在小船上。如果他跌落水中,可能是意外死亡。但如果有人把他推进海里，这就成了谋杀，但结果都一样。"

"完全正确，"尼克肯定道，"现在，还有一个案例，这个案例很传奇，发生在60年代。一个女人开车在贝尔公园大道上行驶，当时正好有一个要去上班的警探开车跟在她后面。突然，这个女人从左车道一直拐到右车道，轧着草坪一直开，直到撞上一棵树才停下来。这名警探把车停到路边，下车查看。出事者是一个二十多岁的女孩，已经死亡。谁来猜猜她的死亡方式是什么呢？"

"'突发疾病'死亡，"韦斯利·菲尔普斯马上答道，"她突发中风或者心脏病，对吗？"

"如果她是患病死亡，你说得就没错，"尼克回答说，"我来告诉你，当时那位警探和你想得一模一样。那如果我说，验尸官在停尸间的验尸台上发现，她右耳后有个小弹眼，没流多少血。这种情况怎么说？"他说完看着同学们，"那我们现在知道了'死因'是枪伤，她的'死亡方式'又是什么呢？"

学生们又被难住了。然后，一直沉默到这会儿的贾丝婷·于怯怯懦懦地举起了手，问道："那就是'他杀'，对吗？"

尼克盖上马克笔，放到白板的笔槽里："告诉我你的犯罪原理。"

"有人知道她每天都从那条路过，就等着她路过那个点时，就是车开始失去控制的那个点，开枪杀死了她。"贾丝婷语气非常坚定。

"你就是个傻瓜。"柯利·马蒂斯嘟囔着说，一部分原因是为了报刚才羞辱他的仇。

"那边那个说悄悄话的，"尼克责备道，"告诉我为什么这么说呢？"

"因为车辆在移动，没有人可以打得那么准。"

"李·哈维·奥斯瓦尔德能做到，"贾丝婷回击道，"而且是两次，

191

其中有一次爆头。"

"也就你信,"柯利不甘示弱地回道,轻蔑地摆摆手,"假设这是真的,但肯尼迪的车时速大约只有四英里,没错吧?而且我想奥斯瓦尔德在海军陆战队里练过射击技术。而这个女孩在贝尔公园大道上,所以除非堵车,否则枪手只能坐在一辆和她速度相同的车里,这样射击的物理条件才能构成。"

其他同学像看疯子一样看着他,尼克却没有。他缓缓地鼓起掌,鼓了大概五六次。柯利听到掌声,脸上露出笑容,学生们也感到惊诧。

"他说得对吗?"贾丝婷困惑地问道。

"即使是那名目击此案的警探也和你想得一样,"尼克说,"但是你的这位同学说得没错……"

"等等,"贾丝婷打断道,还不打算放过,"车上肯定会有弹眼吧,在某个车窗上,没有吗?"

尼克坐下,又笑了笑,他完全享受其中了。"你们肯定会这么想,但事情就是这样,车上没有弹眼,也没有破碎的玻璃。有人能猜猜为什么吗?"

"车窗都开着?"韦斯利·菲尔普斯问道。

"不是都开着,"尼克说,"就一个。右侧的后窗。这是子弹可以射进来的唯一位置。"

米格尔·科隆扭过头,对柯利致以从来没有过的敬意:"你搞定啦,神探。"说着,他又看向尼克,"所以这是概率极低的一枪?"

"是的,"尼克答道,"现在,死亡方式是什么呢?"

"意外死亡。"米格尔说道。

"用外行话来说,你没错,"尼克对他说,"但是从法律上来讲,禁止城市中，因任何原因、在任何地点开枪。他们最终抓到了枪手，他是在距事发地点大约一英里处，靠近海岸的一条船上开的枪。他在船上找到一把旧步枪，甚至都记不得自己有这把枪，为了测试能不能打出子弹，就开了一枪。"

"于是，那枪就要了那女孩的命？"莱丝丽大感意外。

"如果右后窗关着的话，她应该是个老奶奶了。因为玻璃会弹开子弹。"

"那孩子怎么才能躲开流弹呢？就算在公寓里，从外面打进来的子弹也会像长了眼一样打中他们。"米格尔惆怅地说道。

"是啊，"尼克满怀同情地说，又走回白板前拿起马克笔，"这样的案子我见多了。言归正传，我意思是，再说一遍，以谋杀案为例，'犯罪原理'和死亡方式有关系，但不是一回事。准确说，是一个理论。如果你要问，那就是'为什么'。'为什么'是个问题，回答时几乎总是以'因为'开头。"语毕，他在黑板上写了两个词，"作为一名凶杀案探员，我的工作就是要找出这个'为什么'。'为什么'也几乎总是会指引你向'谁'这个方向调查。"他放下马克笔，接着说，"我们刚才讨论的案件中，'为什么'这个女孩死亡的答案，就是'因为'某个混蛋在船上朝错误的方向开了一枪。然后，看我们花了多长时间才把这个'因为'找出来。在这个案件中，犯罪原理变了好几次，'因为'每天都有新证据把警察们指向新的调查方向。有谁没跟上我吗？"

回应尼克的只有学生们在下面狂敲笔记本键盘的声音，好像这就是他们未来的生涯。

"那我就认为都跟上了啊。"尼克说。学生们一个个陆续打完了笔记，抬头看着尼克，生怕漏掉一个词。

克莱尔也一字不落地记在脑子里，尽力掩饰脸上吃惊的表情，因为尼克的授课技巧卓越非凡。不知尼克是否知道，他简直就是一个天才教师。克莱尔自己准备这个课真是要费九牛二虎之力，所以对这一点，她毫不怀疑。

尼克前一天晚上和她一起在外面散步，他终于同意让学生们来分析这件案子，并且还要按照克莱尔的意见去做。但是尼克的底线是，他要亲自给学生们上课，而不是克莱尔。这是最终的方案，为了找到杀害罗莎的凶手，克莱尔只好答应了。这次交锋她输了。

晚上回到家，她对此事气愤不已。直到上课前，克莱尔的怒气还像夏天清晨空气中的清雾一样，这会儿，尼克的表现，就像阳光一样驱散了那阵清雾。

"那我们来分析一下最新案例，"尼克的声音把克莱尔从自己的思绪中拉了回来。他仍然站在白板前，一边给大家讲着，一边从混杂在一块的各种颜色马克笔里挑出一支红色的，"有人看昨天或者今天的新闻了吗？"

克莱尔心中一惊。像尼克这样的审问专家，能让学生们不知不觉地把这个案子只是当成一个课堂练习一样去思考。克莱尔明白了，这就是手头上这个问题的处理顺序。

"你是说本地的呢，还是世界上的呢？"韦斯利问道。

"本地的，"尼克答道，"布鲁克林昨天早晨发生的。"

"那个着火的地方发现了一具尸体。"莱丝丽提示说。

"就是那件案子，"尼克答道，"我们现在就要分析一下这件案子，看看我们怎么把今天所学的应用到这件案子上。"键盘声和鼠标点击声一齐响起，屏幕上呈现出各种信息。"那，我们现在对这件案子了解多少呢?"

"好像并不多,"贾丝婷遗憾地说,然后开始念一个标题,"'警方称一件纵火案的大火烧毁了纽约东部的一幢建筑,其地下室内发现一具尸体,可能是连环谋杀案的最新受害者。'"

"好,目前状况来看,死亡方式是什么?"尼克问道。

"光靠这个,我们怎么能分析出来呢?"贾丝婷问道,语气中有些沮丧,"据他们说,住在附近的居民没有失踪的……"

贾丝婷停了下来,忽然意识到或许突破了自己的思维障碍。"死者不是那幢建筑的居民。"

"很好,"尼克表扬道,"那死亡方式是什么呢?"

"还是不能确定,"韦斯利·菲尔普斯说,"首先,如果受害者不住那儿,那他们从哪儿开始调查呢?"

"你的思路没错,"尼克鼓励道,"接着往下想。如果你是我,你在调查这件案子,你考虑会有哪几种情况?"

"嗯,受害者可能误打误撞走进了地下室,或者被杀害后弃尸在那儿。"韦斯利说出了自己的想法。

"你开了个好头。还有人吗?"

"我们不知道尸体被烧毁的程度吗?"柯利问道。

"是的,但是为了讨论,我们假设尸体被烧焦了,无法提取可用DNA来确定死者身份,除非验尸官可以从骸骨中找到可用的细胞。"

"我想先从查找附近或者纽约市有没有类似的纵火案开始。"卡拉说。

"是的,这是我们展开调查时会首先采取的基本步骤,"说着他在白板上写下了"类似纵火案"。"实际上,纽约警局和消防部门的纵火案调查员到达现场后会立刻知道有没有类似案件报警。没有别的意思。但是要记住,我们现在在讨论'为什么'。如果受害者自己走进那个地下室,那他为什么进去呢?"

"我认为事情不是这样的。"米格尔的语气十分果断。

尼克放下马克笔:"给我说说为什么。"

"'因为'不可能某个人正好就在那天晚上,正好走进这幢建筑的地下室,正好有个'导火索'把这个地方点着。"米格尔说。

"和一个倒霉的女孩,在贝尔公园大道上,以时速六十迈的速度开车行进,被一个船上的混蛋误开一枪打中脑袋这种情况一样,概率很小……"尼克看见米格尔听到这儿直摇头,好像表示反对,便不再说下去。

"嗨,我太笨了。"米格尔自认道。

"别这么逼自己,"尼克劝道,"事情是这样的,对老百姓来说,这和他们在电视上看到的不一样。有时候,我们也在白天抓罪犯;有时候,用四十年的时间才破案;还有时候,就像这件案子一样,我们很不走运,用合法的证据,却抓错了人。那我们就得自己擦屁股,请原谅我的俗话。几年后,我们发现我们被这个杂种耍了,抓了一个无辜的人。你知道这种事情什么时候最可能发生吗?"

这不是反问,他用心地看着学生们,想要他们给个答案,但是没人敢冒险来回答这个问题。

"当你太专注于'谁'而不是'为什么'的时候,这种事情最有可能发生。就像'为什么'我怀疑的这案子的凶手要杀害受害者呢?或者反过来,即使有证据指向你的嫌疑犯,'为什么'他可能没有犯罪呢?"

"这个怀疑也在情理之中。"韦斯利说。他以后想做一名检察官。

"是的,合理,"尼克说,"你应该从一开始就把自己当成警察,适当地怀疑,而不是从陪审团开始,那样的话就太晚了。但是,像今天这件案子,你不搞清受害者是谁,就可能永远弄不明白'为什么'。那我们来假设验尸官拿到遗骸,在骨头上找到了可用的细胞做DNA鉴定,但是得不到完全的基因序列。下一步怎么办?"

"不论如何,我会和系统登记的DNA进行对比。"莱丝丽说。

"为什么?"尼克问道,"得不出比对结果怎么办?"

"除非我找到了低比率的匹配目标,"她回道,"或许我运气好,在数据库里,能和他家庭成员的DNA匹配上,比如说他兄弟或者妈妈。那个人就能让我确认受害者。就像洛杉矶警局抓获'残酷睡客'那样。"

"好主意,"尼克说着,在白板上写下了"排查家族DNA"。"但是如果我们这么做还是确认不了受害者身份呢?"

"等一下,"柯利看着白板说,"如果我们有DNA,那我们肯定就知道受害者的性别了,对吧?"

"是的,"尼克说着,神不知鬼不觉地把案情叙述出来,"那我们假设是个男性,这有什么用呢?"

"没有太大用,"卡拉答道,"除非附近有人一夜之间神秘消失了。"

克莱尔也是一肚子话,想参与到讨论中,但还是憋住了,没说话。尼克看得出来,本来已经有些失落的他这下更感沮丧。

"好的,"他打算冒个险,把警方掌握的信息透露一下,心里暗暗祈祷,可别因为这个事把自己弄惨了。"我们还是不能确认死者身份,所以咱们就找个乐子,假设弃尸者和纵火者是同一个人。"

"喔,"柯利叹道,"这个怪物为了掩盖一宗谋杀案,就放火烧毁一

| 197

幢楼，而且里面还住满了人？"

"这种事之前发生过，"尼克肯定道。"早在80年代的时候，牙买加地区的贩毒团伙为了保护他们的交易，或者让买家知道'我们不是好欺负的'，就在南欧松公园大开杀戒，只要是喘气的东西都没幸免。"

"但是我们讨论的案发地点住着七十名居民，"柯利强调说，"我倒觉得这个疯子还有点正义感。"

"要是能有这么个玩意儿的话。"贾丝婷发着牢骚，又在暗示柯利是个笨蛋了。

"好吧，"尼克鼓励道，"我大概也是这么想的。"他在白板上写下了"正义的疯子"。柯利被鼓励了一下，喝了一大口咖啡。"如果我们讨论的人是疯子，那你们下一步怎么走呢？"

"说实话？"韦斯利·菲尔普斯说，"我会让FBI（美国联邦调查局）介入调查。"

"你不会想自己就这么结案了吧？"

"当然是这么想的啊，"韦斯利解释道，"FBI有人专门研究这些切片之类的东西。如果你已经用尽了当地的资源，像地方数据库没有匹配数据，那就采取下一步，不是吗？"

尼克转向白板，点头表示认可，写下了"FBI/联邦政府人员"。"这或许不是我们的第一选择，"他说话间写完了这几个字，"但是你们这位同学是正确的，没有资源库就找911。如果你有信息，但是毫无进展，就和别的机构来分享一下。就像这件事本身一样，同学们。你们忽略的什么东西就在那里，而且不断暗示你，只是它暗示的方式你可能从未料想到。"

这时，他注意到麦克卢尔教授暗示他该下课了。

"罗勒警探下周会和沃特斯医生一起再来给我们上课,"他对学生说。然后,他问尼克和克莱尔:"你们想让学生们来的时候准备什么吗?"

"是的,"克莱尔说着站了起来,"柯利,你刚才问,谁会不顾七十条人命掩盖谋杀罪行。我想让大家都根据这个情况写一下什么样的人会这么做,可以查各种资料。把自己当成匡提科[1]的行为学家解放你的思想,并把它记下来。记住,想法没有愚蠢、错误之分。"

"让我们把掌声送给罗勒警探,"麦克卢尔说完,教室里爆发出一小阵热情而真诚的掌声。"谢谢您的启蒙,尼克。"

学生们站起来,把笔记本装进背包。克莱尔朝窗外瞥了一眼,雨已经停了,天空很晴朗。麦克卢尔走到克莱尔和尼克身边。

"你就是个上课的天才,"麦克卢尔对尼克说,"他们一直期待着从你的经验中获得一些帮助。打算来这儿兼职授课吗?"

克莱尔也看着尼克,对他的回答感到一阵紧张。或许他视力下降得更厉害时,可以选择这条路。而且我也不介意和他一起工作,克莱尔心想。

"我在学院教过几节凶杀案调查的课,"尼克说,"但是我还不打算入职,等我准备好下海了,就第一个给你打电话。"

麦克卢尔和尼克握着手,赞许道:"非常感谢,你的课很精彩,"然后拿起软皮公文包,"下周见。同一时间,同一频道哦!"说着话就出了门,只剩克莱尔和尼克在教室里。

"你讲得太好了,"克莱尔说,突然注意到尼克脸上的表情,"怎么了?"

---

[1] 弗吉尼亚州匡提科,FBI国家学院所在地,建于1972年,位于从美国海军陆战队基地开辟出来的一大块地上。这里是FBI下属组织BAU,即调查支援科的办公地点,专门开设了行为科学部。

"我们在浪费时间。"他回道。

"咱们得让他们慢慢适应。"克莱尔试图说服他。

"除了一个没什么意思的兼职工作邀请,什么都没有。我们等不到下一周了。"

克莱尔也不敢保证:"或许那个叫韦斯利的小孩说得没错,咱们得找FBI来帮忙。"

尼克告诉她:"'我们'已经找了。"

"这样行吗?"克莱尔说,声音中有一丝不快。

"这样的案子,求助FBI是我们首先要做的事情之一。"

她把脸扭向一边,这样尼克就不会看见她愠怒的表情。不过尼克知道,显然是他的话刺激了克莱尔。

"是的,我没有对你坦白,"他证实道,"但是维尔克斯找了个纽约办事处的朋友,让他给查查。匡提科的行为科学专家团也没怎么了解过连环杀手的行为。声明一下,我没必要把一切都告诉你,而你也只能接受这个条件。"

克莱尔转过头,脸上的表情表示已经接受。"对不起,"她真心实意地说,"我生气不是冲你,只是在想罗莎。"

尼克本来还打算争论一番,但听了克莱尔的话不禁心中一软:"别担心,或许韦斯利这个小孩说得也不完全错。"

克莱尔双眉一抬,问道:"什么意思?"

"我们虽然求助了FBI,但并不能什么都不做。"

"还有谁能帮忙?"

"咱们,"他说话的语气感觉像个傻瓜,"还有一整个世界。"

半小时后,他们已经坐在尼克公寓的餐桌旁,尼克开着笔记本电脑,疯狂地在上面敲字。"你没错,我们确实没有浪费时间,"尼克说,"就算看着我孩子的电脑,我也可能得出同样结论。"

"你是要告诉我什么吗?"克莱尔直言道。

"是啊,我发现咱们还没好好利用FBI,而且还有个大'网'没撒呢,就是因特网。"他接着道,"这个家伙之前犯过案,然后就消失了,但这并不意味着他在这儿坐牢,也可能逃脱了警方的追捕,从那以后在堪萨斯州,还是什么地方过上了幸福生活,就像变态杀手BTK。"

"BTK已经被抓了,"克莱尔提醒尼克。他们所说的BTK是威奇托(堪萨斯州的一个城市)一个不太知名的连环杀手,逍遥法外数年后,终于在2005年被抓获。

"他犯下的几起谋杀案,时间间隔也很长,"尼克说,"甚至有两宗隔了八年时间。"

克莱尔走到桌边,看见尼克把"煮人骨"几个词输入谷歌搜索引擎,然后点击"搜索"。搜索结果开始一条条显示出来,克莱尔大声地读了出来。"难以置信,人骨烹煮说明书?安乐死教会?历史上的食人事件?"

"淡定,"尼克大声说道,"咱们这才看了第一页。这就是FBI为什么没有进展的原因。"

"点击下一页。"克莱尔说。

"天啊,"尼克不由自主道,"让我歇歇吧。"

尼克不再看,可克莱尔看到第二页中间部分的一行字,指着念道:"就这个,'沙滩上找到的尸骨被认为是玛莎·帕尔默……'就点这个。"

"我已经在点了。"尼克说着点了一下,对克莱尔的催促有些烦。

屏幕上显示的是一家名为《哥斯达黎加时报》的英文报纸上的一段新闻报道,还有一张中年妇女的照片,颇有姿色。

"这是2009年的新闻,"尼克说道,语气平和了很多,"上面说,尸骨被冲上沙滩很远,摊在那里,好像有人想把这些尸骨晒干。"

"有说过关于煮……"

"我找到了,"尼克赶紧说,"在这儿呢,'警方说,骨头发黄,表示这些骨头在弃置沙滩之前曾被煮过。'"

现在克莱尔有点灰心,叹道:"一起远在他国的2009年谋杀案,不是一个人做的吧。"

"有必要给哥斯达黎加警方打个电话。"尼克回道。

"或许没必要。"克莱尔突然说道,她又往下多看了几行。

"你在看什么?"尼克问道。

"在看玛莎·帕尔默的案子为什么闹这么大动静。她丈夫维克多·帕尔默是那个度假区的所有人。"

"我妻子也是在我家里被发现的,我也是这种情况,"他评论道,语气中没有丝毫嘲讽的意味,"没什么别的含义。"

"但是肯定有必要打个电话。"克莱尔劝道。

"咱们可以用办公室电话打,"尼克说着关掉了笔记本,"就别浪费我电话费了。"

"那我先去个厕所。"克莱尔说。

尼克家里的卫生间很狭小,也很少用。在洗手池洗手时,克莱尔注意到已经褪了色的墙纸原本是天蓝色的,上面还布满了银色的小星星。她这才意识到,自己一直在分析这间公寓的装饰、布置,想从这些细节中了解尼克的喜好,还想了解一下尼克的妈妈。她在这里住了四十年,最近才去世。詹妮死后,尼克带着孩子们搬到母亲这里,两年后,母亲也突然离世。

克莱尔还注意到,关上水龙头后厕所还是有水声。克莱尔的父亲是学物理的,以前总是教她要把家里收拾得利利索索的,所以水管漏水啊、浴盆漏水啊、马桶漏水啊什么的,都会修。

但她拿起马桶水箱的陶瓷盖时,觉得这个盖子稍微有点重。往盖子下面一看便知道了原因:一个包了黑色塑料布的东西,用胶布粘在盖子底部。从三角的形状来看,这是一把枪。

克莱尔的怒火一下子就冒到了头顶。尼克曾向维尔克斯发过誓,说他的手枪都交上去了,要是发现这儿有把枪,他的工作肯定就完蛋了。

但她真正生气的是,尼克竟然把枪放在这么不安全的地方。万一他女儿听见厕所漏水,修的时候发现这个怎么办?

克莱尔小心翼翼地把枪从盖子上弄下来,放到了手袋里,刚要把盖子放回去,门外突然响起了尼克洪亮的嗓音,吓得她差点把手袋掉到地上。

"你没事吧?"他喊道。

"没事,来了,"她一边喊,一边把盖子放回到水箱上。照照镜子,看看自己有没有弄脏或者弄湿衣服。然后,把东西都放回原位,一脸严肃地走出了洗手间。

第十六章

一位身着制服的警察，穿着军用防弹衣，肩挎 AR-15 突击步枪，站在警局广场地下车库后门的安全检查站，对着那辆无警方标识的"黑斑羚"警车招招手。从阳光下突然钻进相对黑暗的地方，尼克的眼睛有点适应不了，于是，他降低车速，连下两个斜坡，开到了停车场的最底层。在停车位那块水泥地面上，喷着亮黄色的"MCS"字样。尼克把车泊到空车位，把警用停车牌放在仪表板上。克莱尔也从副驾驶那边下了车，使劲拽了一下放在仪表板上的手袋，差点碰到自己，这才想起来手袋里装的东西。

"噢！"克莱尔惊呼一声。

尼克见状，问道："你包里到底放了什么？金条吗？"

克莱尔想起，包里装着枪可过不了警局总部的金属探测器。"我想，"克莱尔掩饰道，"是个纸镇。万一被人打劫了，就给他一下子。"

"下次你可得记着，别误伤了自己。"尼克说着对她眨了下眼。

克莱尔打开手袋，把钱包和手机掏出来，把包掖到副驾驶座椅下面。

"你别把东西放在这儿。"尼克说。

"纸镇会触发金属探测器警报的，"她说着晃晃手里的驾照和手机，

"光拿这些就行了。"

"咱们从这儿进去是不用过金属探测器的,"尼克提醒克莱尔,"而且咱们不用这辆车了。要让知道内情的人看见你在大街上开车,我再开进总部的话,就麻烦了。"

"那太糟了。"克莱尔抱怨道,小心地把手袋拿出来,关上了车门。他们这两天一直开的"黑斑羚"真是帮了大忙,要不就得坐地铁或者打的跑来跑去。而且每个警察都知道,所有无警方标识的警车上的警用停车牌相当于停车证,停到哪儿都不怕被人拖走。

电梯门打开了,两人走进电梯厢,直奔重案组办公室。奇怪,都快中午了,除了行政助理温迪留在那儿接电话,重案组怎么一个人都没有呢?连维尔克斯也不在。

"发生什么事了?"尼克对温迪说。

"老大在楼上开会,我想,别人都忙自己的活去了吧。"温迪答道。

"那别打扰我,我就打个电话,"尼克坐到他办公桌前,打开了电脑。

"你给哥斯达黎加的什么单位打电话?"克莱尔问。

"他们的司法调查警局,简称 OIJ,相当于咱们的 FBI,"说着他登录到 OIJ 的网站,然后拨了号盘上最不常用的那几个按键,"希望有人会说英语。"

二十分钟以后,尼克在一个记事本上写着什么,速度极快,字迹潦草得像小孩胡写乱画的一样,克莱尔站在一边想看清他写的是什么。

"你确定吗?"他问道,"谢谢,非常感谢。如果我们这儿有什么可以效劳的话……我们一定会的。*Muchas gracias, mi Amigo.*[1]。"

---

1 西班牙语:非常感谢,我的朋友。

他把电话放下,瞄了一眼维尔克斯的办公室。几分钟前警督就进来了,只是看见尼克在打电话,便风风火火进了自己的窝,关上了门。尼克一边继续写着,一边对克莱尔说:"安东尼奥,我新认识的哥斯达黎加朋友,他会把一切资料都用邮件给我发过来的,"那股兴奋劲溢于言表。

"关于什么的一切资料?"克莱尔坐在桌旁的椅子上,问道。

"玛莎·帕尔默的谋杀案啊,那不是那边第一起杀人烹尸案了。"

"什么时候开始的?"

"你做好心理准备啊。1978年。我的老天爷啊。"

"正好是在卡纳西发现第一具尸骨之后,"克莱尔有些惊讶,"哥斯达黎加有多少受害者呢?"

尼克看看记事本,"二十二名。"

克莱尔大骇,反问道:"我们怎么能把这事给漏了呢?"

"我们没能打破常规思维,局限在了这个国家。"

"但只有玛莎·帕尔默谋杀案提到了烹尸,其他尸体是在哪里发现的呢?"

尼克在电脑上点了一下,调出部门邮件。"不是尸体,是人骨,只有骨头。每一年或两年发生一起,有时一年也发生好几起。因为受害者之间没有明显的相同点,警方当时基本上举步维艰。受害者来自各行各业,贫富不一,有本地人,也有游客,都是在哥斯达黎加两边的海岸上找到的。"尼克抬头看向克莱尔,估量了一下她的反应,"最重要的是,玛莎·帕尔默是这种杀人手法系列案件中的最后一名受害者。"

"她是2009年被害的,"克莱尔把脑袋凑过来,"四年前的事了。从1978年到2009年之间,有过这么久不发生类似谋杀案的先例吗?"

"没有,"尼克答道,"安东尼奥特别强调了这一点。"

"那哥斯达黎加警方会帮我们吗?"

"他们已经……"

"我的意思是,能不能帮我们查一下移民记录,看看谁在2009年之后出了国,至今没有回来。"

尼克点击了一下鼠标,又开始打字。"没必要。"尼克说。

"为什么没必要?"

他又点了一下鼠标,说:"因为我们已经知道答案了。"

他指着屏幕,克莱尔屏住呼吸,看着屏幕上的内容:一份纽约州驾照的数字图像,上面有个男人的照片,看起来六十多岁,头上白发丛丛,脸却看起来既不老也没有整形的痕迹。

"噢!我的上帝啊,"克莱尔低呼,"就是他。"

驾照上面显示的名字是维克多·安德鲁·帕尔默。

"2010年,"尼克确定道,"卖掉他的度假胜地后,又搬回来了。"

"搬回来?"

"他是土生土长的布鲁克林人。"

我靠!他俩坐在那儿一言不发。

"不可能这么简单,"尼克说,"我的意思是,我知道或许哥斯达黎加和这儿的那些遇害者都是他杀的。但他为什么要杀害自己的妻子呢?"

"或许他无法克制自己,或许他妻子发现了他这些年做的事情,他就杀人灭口了,然后回到了这里。但杀戮的冲动征服了他,于是,他又重操70年代的旧业,继续残杀女性,然后烹尸。"

"我们得告诉维尔克斯,"尼克说着站了起来,"走吧。"

又过了四十分钟,尼克和克莱尔坐在维尔克斯办公室的沙发上,萨瓦雷斯坐在他们对面,警督则坐在他办公桌旁。他们二人把刚才看到的哥斯达黎加系列谋杀案和维克多·帕尔默的事情重述了一遍。

然后,维尔克斯的举动却很令人费解。一听到帕尔默的名字,他就站了起来,开始踱步。尼克觉得维尔克斯的举动既好笑又烦人,因为他认识维尔克斯这么多年,从来没见过头儿——他的守护神,这个样过。

"难以置信,"尼克和克莱尔说完后,萨瓦雷斯补充道,"这样一切都能说得通了,但还是难以置信。我们知道这个疯子现在在哪儿吗?"

"帕尔默回来的时候就弄到了一个驾驶执照,地址是第78……"

"在河畔区和西区之间,"维尔克斯重重地坐在沙发上,满是倦态,"他用卖度假胜地的钱买下了一栋超大的褐石建筑。"

这句话立刻让屋里一片寂静。克莱尔打破沉默,直盯着维尔克斯的眼睛,问道:"警督,你怎么知道帕尔默住哪儿呢?"

"我去过。"他也看着克莱尔,不过眼中满是不安。

"去过他家?"尼克也很震惊。

"大概一年半以前,局长拉着我去他家参加晚会,"维尔克斯答道,"他们是在弗莱布许一起长大的发小。帕尔默和市长希佐纳的关系也很近。靠,那天晚会上,我和这家伙说过几分钟话,跟他说我打算去度假,他对我百般宣传,让我去哥斯达黎加以前他那块旅游胜地。"

他的声音越来越小,尼克知道他在想什么。这些人会掀起一场政治诬陷风暴,预计风暴五级,维尔克斯位于风眼。

"你确定吗?"维尔克斯问尼克道,"绝对没问题?"

"是的,长官,"尼克说,"你要我们做什么?"

维尔克斯深吸一口气,然后站了起来。尼克看得出来,他的老上司又回来了。

"我下令之前,什么都他妈别做。"他阴沉沉地说,不过尼克都见怪不怪了。

"头儿,"萨瓦雷斯说,"或许我们应该找些密探蹲点,以防这王八蛋再跑出去害人。"

"什么都他妈别干!听见没?"维尔克斯提高嗓音又说了一遍,然后声音平静了许多,"我会找多兰警长谈谈,今晚就去,他要说让我放手干,你们再出头。"他直接看着尼克和克莱尔,说,"你们两个小虾米更是给我听好了,明白吗?"

"非常明白!"尼克答道。

他们二人顺着大街向北,回尼克的公寓去。路上,尼克看着太阳消失在中央公园那边的建筑后面。两人驻足在街边,看着西方的阳光渐渐淡去。

"趁我还能看见的时候,还是享受一下这景色吧。"尼克努力调整着心态,以面对终将失明的事实。

尼克没请她到家里去,克莱尔也觉得他不会说,便说:"这条街走到头,我就打个车。"

克莱尔的话打断了尼克的思绪,他的眼睛却舍不得这美景,说:"你怎么不开我的车呢?"

"咱们把车还回去了,忘了?"克莱尔提醒道。

"不,不是那辆警车。我有辆车,实际上,现在我一个朋友一直在用，因为他有个免费的停车位。"

但克莱尔看见尼克说的那辆车时，就笑不出来了——那是一辆1989年款的红色吉普切诺基，早已伤痕累累，和无可挑剔的豪华公寓地下停车场格格不入。

尼克感觉到了她那鄙夷的眼神，说道："别以貌取'车'，要是这车不安全，我根本不会让你接近。我保证！"

克莱尔坐到驾驶座上，盯着车子从上看到下，拧了一下钥匙打着火。果然没错，车内饰无可挑剔，引擎声听起来也和尼克说的一样。她不仅感觉好得不得了，也很感激尼克。或许她甚至还能开着这辆"吉普"去市外兜兜风。

"谢谢了，刚才没上车就先下了结论，对不起，"克莱尔说，"我把你送到你家？"

"哈，我锻炼锻炼，"他说，"我走回去。明天七点来接我。"

"好的，"她说着便挂上挡驶出车位，上了坡，后视镜里，尼克越来越小。

克莱尔开了没几英尺就停下来等红灯，此时恰好看见尼克顺着街道往南走去。

他要不是走错方向的话，克莱尔心想，他这不是向着，而是背着他家的方向。如果他不回家的话，为什么要说假话呢？尤其是在晚上，还没带导盲犬西斯科。

后面的车不耐烦地鸣着笛，提醒她现在是绿灯了。克莱尔绕着街区开了一圈，看见尼克坐上了一辆出租车，便一脚油开了过去。出租车和切诺基的窗户都开着，她听见尼克对司机说：

"第七十九大街，百老汇。"

"你要干什么?"克莱尔喊道。

尼克扭头看见了克莱尔。"不好意思,"他下了车,扔给司机两块钱。"我要搭个便车。"

他关上车门,绕到吉普的副驾驶座,问道:"去市里吗?"

"本来没打算,"她满腹狐疑,"第七十九大街、百老汇是什么地方?"

"那儿有个我喜欢的酒吧。"尼克说。

"扯淡,"克莱尔回道,"你要去维克多·帕尔默那儿蹲点。虽然你们头儿命令你……"

"我们等不了他去警长那儿报告了。"他打断道。

"他跟咱们说今晚就去。"克莱尔提醒说,担心如果维尔克斯发现尼克又违背了他的命令,不知道会是什么反应。

"如果帕尔默今晚又把别的女人分了尸怎么办?"

"你觉得你能做什么?跟踪他?摸着黑,不带你那导盲犬,站在人行道上连你的脚也看不清。"

"我视力很好的,"他嘟囔道,"我的良心背负不了再死一个女孩的愧疚了,尤其是我本能阻止却还是没挽救的人。"

"你说这些,是想引诱我也加入到你的小计划中吗?"克莱尔问道。

两人之间的气氛变得紧张起来。

"引诱你?是你引诱我去给人上课的。"

"这样过日子也不赖啊,不是吗?压力小,挣钱也体面,比你那点儿退休金多了去了。你也可以一边干着那边的工作,一边来这儿教学。"

"别给我规划生活了!"尼克大喊道。说着他下了车,逆着单行道气势汹汹地向南走了。克莱尔倒车拦住了尼克。

211

"不只是为你的生活,还为了你的女儿们。"克莱尔说。

"你不是她们的母亲!"尼克呼喊着。

克莱尔猛踩一下刹车,大喊道:"对,但你是她们的父亲。你一点儿都没考虑过她们吗?因为你的未来会影响她们的未来。所以,就算你从警局退休后不为自己规划一下,至少也得为她们规划一下。"

说时迟,那时快,克莱尔都不知道被什么碰了一下,尼克眨眼间就上了车,探过身子,揽过克莱尔的头,便吻上了她。克莱尔一惊,感觉很不舒服,然后才反应过来,这正是她想要的。她给以回应,沉醉其中。至少过了一分钟,她才突然不情愿地抽身回去,好像一只看不见的手抓住了她的衣领,怎么也挣脱不开一样。

"对……对不起。"尼克说道,心想自己做得有点过火了。

"不用道歉,"克莱尔说,"发生……就发生了。"

"我不知道为什么我……"尼克说不下去了,因为克莱尔伸过来的胳膊让他很意外。

"没事,"克莱尔安慰道,"我们是不是应该敬业点儿呢?"

"对。"尼克答道,打开车门下了车。

"你今晚不会去做什么傻事了吧?"克莱尔问道。

"嗯,不去了。"他咧着嘴笑道。

克莱尔还是不信:"保证?"

"我发誓,否则我就去死。"他在胸前画了个十字。

天已经黑下来了,天边泛起缕缕红色和橙色的晚霞。克莱尔看着尼克,心想他怎么这么帅。"明天早上到这儿后我给你打电话。"

尼克关上车门,克莱尔开着车走了。她瞥着后视镜里的尼克,尼克也目送着她离开。克莱尔不知道他是否和自己有着同样的想法:

为什么想要他却又后退?为什么犹豫不决?

尼克看着切诺基转过街角。刚才吻了她,尼克心里一阵尴尬。是什么支配了他?而且她还回应了尼克。他确定,克莱尔回应了自己……

还是她太意外了,没能阻止他?

他相信自己不是一个趁机占人便宜的混蛋。到家的时候,他清楚自己得做点别的事情转移一下注意力。

"嗨,老爸。"小女儿凯蒂的声音传来。

尼克听见孩子们在厨房摆盘子,喊道:"马上就进来啊,孩子们!"不过,他还是得先冷静一下。

尼克进了门一拐,走过客厅,进了狭小的卫生间,关上门,看了一下确实锁好了。然后,虽然他不想洗手,还是往洗手池里放了些冷水。他迅速打开马桶水箱的盖子,去摸里面的东西……

如果不在的话。

他往里面看看,心中泛起一阵恐慌。

枪没了!

慌乱中,他又按照上次放枪的步骤做了一遍。这个该死的玩意儿打开再包起来太麻烦,所以尼克好几个月都没检查过了,但至少不会忘了的。他是不是忘了什么?是不是把枪藏别处了?

或者更糟,被孩子们发现了?啊,她们刚才应该会质问我的……

"老爸!你在里面没事吧?"大女儿吉尔的声音从门外传来。

"啊,没事。"他扯着嗓子回道,又把水箱盖子放回去。

尼克打开厕所门。吉尔站在门前,忧心忡忡地问道:"刚才里面什么响呢?"

"今天早晨马桶漏水,我弄了一下,"他说,"刚才就是看看有没有弄好,我怕漏水把咱家给淹了。"

如果吉尔拿了枪的话,她是不会掩饰的。"噢,晚饭快好了。"女儿的声音中满是命令的语气,母亲死后,她俨然成了这个房子的女主人。

"闻起来像什么肉的味道。"尼克说。

凯蒂张开双臂抱住吉尔:"我们做了你最喜欢的肉糕,是按照奶奶的做法做的,上面有面包屑。"

"好吧,不是完全按照奶奶的做法哦,"吉尔更正道,"我觉得我已经弄到了真正的配方。"

尼克母亲厨艺改良后做出的菜肴可不只是肉糕。他又咬了一口清蒸西兰花,脆嫩的口感出乎意料。

他放松下来,享受着家的宁静,外面的世界再也打扰不到他了。然而,一想起和克莱尔那场不由自主的接吻前——或者,更准确地说,是他突如其来的强吻前,她说的那些话,这种感觉很快就消失得无影无踪。她是对的吗?他这是在为女儿们提供美好生活的保障吗?

或者是他太专心于失而复得的真正警察才做的工作,太在意他渐渐失明的事实,而忽略了作为一个父亲的责任。

尼克站起来,把两个女儿一边一个搂在肩头,亲了亲她们的脸颊。两人却不太习惯这突然的父爱,抬头看着尼克,不知道他是不是不正常了。

"你为什么要亲我们呢?"吉尔问道。

"你们知道我有多爱你们,是吧?"

凯蒂答道:"当然知道了,老爸。"

"我真的很爱你们,"尼克听出了女儿们话中严肃的语气,"我知道,妈妈死后,日子过得很辛苦,我也知道,我常常不在家,有时在家也和不在家一样。"

"爸,发生什么事了?"吉尔问道。

"别说话,好吗?我要补偿你们。咱们去度假吧,比如像——"

"夏威夷?"凯蒂激动地问道,然后开始跳起自编的草裙舞,唱起自编的夏威夷歌。几年前,尼克给凯蒂看过和詹妮结婚前在夏威夷旅行时拍的照片,凯蒂从那以后便对夏威夷念念不忘。

"好啊,为什么不去呢?"尼克看见凯蒂如此开心,脸上也浮现出了笑容。詹妮死后,这种其乐融融的场景就很少见了。

"就咱们三个人吗?"凯蒂试探地问道,看看老爸是不是认真的。

"就咱们三个,"尼克答道,看见大女儿脸上浮现出一丝傻笑。"怎么啦?"尼克问吉尔。

"为什么不带上西斯科,去喝你想要的那种酒呢?"

"好吧,"尼克回答说,"但我是认真的。咱们圣诞假期去。"

"你要这么说,老爸,"吉尔说,"那就咱们三个去。"

克莱尔把尼克的切诺基停在路边,坐在驾驶席上,盯着小巷的尽头。她已经回家换过衣服,现在穿上了宽松的牛仔裤和深蓝色的棉质衬衣。她希望来来往往的汽车灯光能让她有点睡意,也好分散她对混乱头脑的注意。

她又回想和尼克接吻的情景,弄不清是什么让她对尼克这么渴望,却又怕犯下大错似的畏缩不前。

我把尼克拉回我的生活,就只是让他帮我找到谋杀罗莎的凶手吗?

她想起了艾米被绑架的那天，当时，父母开车出门了。那一天总是萦绕着她的生活。失去艾米之后，她就抑制住了那种感觉。克莱尔记得自己对父亲说过，她不会再感到悲伤。每当遇到麻烦事，她就变得冷漠起来，舍弃所有的情感，把自己和世界隔绝起来，以避免痛苦和伤害。对此，她早已习以为常，忘记了怎么去感受这么多事情。可是此刻，尤其是今晚和尼克发生的事情，又让她拼命地想去感受。但是可以吗？

我可以释怀吗？

突然，一束绿光闪过，把她从恍惚中拉了回来。若不是她一直盯着巷子的另一头看，很可能就会错过。这束光太微弱，太短暂，很容易当成交通灯切换时发出的光。

她伸手拿过公寓那副双筒望远镜，以便观察情况。

尼克一手牵着西斯科的皮带，一手拿着摄像机。那正是摄像机开启夜间模式发出的绿光，正冲着维克多·帕尔默的那幢褐石建筑。

克莱尔早料到尼克保证离帕尔默远远的是扯淡，而她决心来这里，正是要拯救尼克于他自己愚蠢的行为。因此，她把车泊在西区大道和第七十八大街的街角。

过去的一年里，尼克的视力退化更严重，现在他才发现，这部摄像机比以前更有用。对克莱尔撒谎让他感到歉疚，而且他心里也十分明白，克莱尔对他要做的事情一清二楚。不过，他还是不打算抱侥幸心理。今晚，帕尔默会再出去杀人吗？尼克一定要确保他行凶的时候自己能在场阻止他。

尼克觉得，在百老汇西面二十码的位置蹲点，帕尔默应该看不见。

他打开摄像机,设置为夜间模式,把镜头拉近帕尔默房子的正门,正看见一对夫妇走到镜头的中间,手挽手朝着大街北面走了。

我爱上她了吗?

正当他压抑着思绪时,一个男人从镜头前走过。

这个男人有些不一样,尼克把镜头往右转,对准他。那人背对着镜头,沿着帕尔默房子的一侧向西区大街走去。他走得很快,肩上扛着一个看起来很重的露营包。尼克不记得那对夫妇经过前看见过这个人。那他一定是从这个街区的哪栋褐石房屋里出来的。

这就是帕尔默?

他看看帕尔默的房子,已经黑了灯。尼克明白,他别无选择,只有去弄清楚。他朝街区的另一头走去,小心翼翼地控制速度,以防走得太快被他看见,从而引起怀疑。

那个男人走到街角,穿过大街,走到尼克这边,然后往西区那头走去了。

妈的,如果是帕尔默的话,我就把事情搞砸了。

他也走到街角,稍停片刻,把摄像机对准大街的另一边。眼前的情景让他大吃一惊:

那个男人正是帕尔默,他正在人行道上和一个女人说话,旁边是一辆红色的吉普切诺基。

那是他的切诺基!

克莱尔也看见了那对夫妇经过,然后这男人几秒钟后就扛着露营包出现了。虽然此人走路极快,而且远在大街的那头,但克莱尔还是认出了他——维克多·帕尔默。

他扛着露营包,里面是什么?更多的人骨?

她拿起望远镜放到眼前,往第七十八大街望去,却看不到尼克的踪影。她明白,该行动了。

克莱尔在车里面先冷静了一下,然后下了车,绕到车后面,打开后门,掀起备胎仓的盖子,拿起尼克的格洛克手枪塞到兜里。正在这时,一个男人的声音从人行道方向传来:

"你没事吧,小姐?"

她转过身来。

帕尔默正微笑着站在她面前。他那充满生机的白发剪得十分完美,身上穿着一件海军蓝的羊绒毛衣,灰色的亚麻裤子,脚蹬一双鞣皮休闲鞋。

她不知哪里来的勇气,对他回以微笑。

"谢谢,没事。"

她本希望帕尔默说完就走,但他还是站在自己身前没动。

"是这样的,我看见你在这儿把备胎仓打开了,这么晚了,一位如此有魅力的女士不应该一个人在这儿换轮胎。"

克莱尔知道这个男人哄骗受害人的手段。如果他在寻找下一个目标,那我就是最好的选择。

"我车胎没有漏气,"克莱尔说着大笑起来,以掩盖内心的恐惧。"谢谢您夸赞。我后备厢放了些工具,我刚才只是要找把螺丝刀……"她决意要确认一下,便问:"不好意思,我还没请教您的大名。"

"维克多。亲爱的女士,您叫?"

"克莱尔。您能停下来问我是否需要帮助,您真是个好人。"

"不好意思,一切可好?"几英尺外传来尼克的声音。克莱尔注意力都集中在帕尔默身上，居然没有注意到尼克牵着西斯科穿过大街走了过来。她决定装作不认识尼克，但刚要说话，帕尔默便唐突地说：

"是的，没事，先生。"

"你认识这位女士？"尼克问道。

帕尔默有些不明白。这个男人牵着一条导盲犬，视力明显不过几英尺，为什么要盘问他呢？

"是啊，认识。她叫克莱尔。跟你有什么关系？"

"事实上，先生，这就是我的事，"尼克说着，掏出了他那金晃晃的警徽。"我住在离这儿几个街区远的地方，我们街道附近有非法入侵的投诉。"

"真的吗？"帕尔默满腹狐疑地问。

"我看见你在这儿扛着一个露营包，觉得有些奇怪，就是这样。"

帕尔默注意到西斯科身上的服务犬背心，建议道："那应该找个眼神好的警察。"话语中满是恼怒，"因为我晚上锁门出来时，看见外窗上反射出绿色的暗光。"

"绿色暗光？"尼克掩饰着，反问道。

"就像夜视镜的那种绿光，"帕尔默接着说，"或者像你手里拿着的那部摄像机上的绿光。"

克莱尔和尼克都看着尼克手里的证据。

"你拿着那个摄像机对着我的房子，而我一个人住。"

"我刚才在拍这一带。"尼克说。

"我猜您是在保护附近民房，是吧，警探？"帕尔默假装放松，但尼克和克莱尔再清楚不过了。

"所以，你就带着个包从房子里出来了？"尼克问道，"怕别人偷了你的贵重物品吗?"

"是的,因为有人在窥视我的房子,所以我不打算让他们看见任何东西。如果你必须知道的话,我只能说,我要去一个朋友家里住。"

"太好了。请告诉我你朋友是谁,住哪儿,咱们就此完事。"

这好像是在问他汽油的化学式。"我……我认为这跟你没有任何关系吧?"帕尔默结结巴巴地说。尼克的侦探思维让他很清楚,这个家伙已经被逼到死角了。帕尔默好像看透了他的心思——尼克还要问。"事实上,我正想问我的朋友克莱尔,能不能送我一程。"

帕尔默并没有看克莱尔。但如果他认为克莱尔会帮他圆那个胡编滥造的谎言,那就大错特错了。

"朋友?咱们才碰上的,"克莱尔演得天衣无缝。说话间,她眼神移到尼克身上,"我从汽车后备厢拿点东西,他就突然出现了,我们俩就开始说话。给您说实话吧,警探,我刚才还有点害怕呢。"

漂亮,尼克心想。"先生,请放下那个包,双手放在汽车引擎盖上。"尼克说。

但帕尔默一动不动。他假装很吃惊,问道:"你不是要搜查我吧?如果这事引起什么后果,警察局局长可是我朋友,我在手机上把他电话设置成了快捷拨号。"

"噢,警察局局长也管不着我。"尼克说。

"等你发现的时候,局长管的可就多了。"

帕尔默还没说完,尼克电光石火般抓住他的肩膀,把他按在引擎盖上,他的脸重重地砸了上去。

"闭嘴,不要动!"他说。

克莱尔看见帕尔默的右手紧紧抓住露营包,便知道他想干什么。

"小心!"她尖叫道。

但是太晚了。帕尔默拿包用力撞向尼克的腹部,一直往后推。尼克猝不及防,摔倒在地,脑袋撞在地上,晕了过去。

"住手!"克莱尔尖叫道。西斯科扑向帕尔默,却被尼克压着的皮带掣住。与此同时,帕尔默打开露营包,手伸了进去,掏出来的时候,手上已然拿着一把屠刀。

"你要干什么?"克莱尔大喊。

帕尔默走近尼克,把刀架在他的脖子上。

"我会称此为自卫,"他着了魔似的阴森地说道,"我不知道他是个警察。"

"放下刀子,否则我就开枪了!"克莱尔尖声喊道。

帕尔默扭头看见她拿枪瞄准了自己。

"离他远点!"克莱尔命令道。

"不要鲁莽行事,克莱尔,"帕尔默说着扔下了刀子。屠刀"咣当"一声摔在路面上。克莱尔一面稳稳地拿着枪对准他,一面向刀子挪去,把刀子踢到大街上。

帕尔默站在那儿没动,克莱尔知道他另有企图。

"趴在地上,双手背后,两腿伸直!"

帕尔默并没有动。克莱尔这才想起她还没检查保险呢。如果帕尔默认为她不是动真格的,现在已经动手了,不过,他还是慢慢地弯腰到膝盖。

"你正在犯错误,克莱尔。"帕尔默试图说服她。

"没有什么错不错的,"她说着单膝跪在尼克身旁,这才看见尼克的脑袋淌出一股鲜血,流到了路面上。克莱尔拿出尼克的手铐,从腰带上摘下警徽。

"趴在地上,快!"

这时几个路人聚了过来。帕尔默知道他别无选择,慢慢地趴在路面上。克莱尔拿枪指着帕尔默,跨坐在他的双腿上,把他双手铐住。

她抬头看看人群。

"谁打一下911!"她喊道,"告诉他们有一个警官倒下了,需要一辆救护车!"

第十七章

维尔克斯看见克莱尔正要离开曼哈顿州立大学急诊部的治疗室,便朝她走去,问道:"他怎么样了?"

此时已是晚上10:35,破旧的急诊室乱糟糟的。而今晚比以往的工作日晚上更乱:三组护理人员推着车祸中受伤的伤员,从疑似一般流感病人身旁走过,外伤病人在床上吃夜宵,精神病人滔滔不绝地对着空气讲话。

"他很虚弱,不过状况稳定,"克莱尔答道,心里清楚,她要面对今晚她和尼克鲁莽行动的后果。"他们要给尼克做个脑部CT,看看有没有内出血。"

"噢,出血了,好的,"维尔克斯不带一丝虚伪,"今晚发生了什么,你们逮捕了他。"

"警督,听我解释——"

"当然要解释,"维尔克斯咆哮着说,抓着克莱尔的胳膊,把她拽到了放吊瓶架的墙角。"你知道维克多·帕尔默做完笔录后干了什么吗?打电话!"他说着,又向前一步,对着她的脸嚷,"他给他的密友——该死的警察局局长打了电话,局长立刻就给我打了电话。打到了我那个该死的手机上。我跟他说,我正要报告罗勒的情况,而且马上就回电话。但是我什么都不知道，报告个屁啊？真想干死那个王八蛋。"

克莱尔从没见过警督这么愤怒，他的脸红得发紫，太阳穴处的汗不住地往下流。

"所以你最好现在就告诉我，沃特斯医生，等会儿我给局长回电话时，我得有话说。否则，他就要把我打回车辆调配场当警察。"

"告诉他，都是我的错。"克莱尔说。

维尔克斯哈哈大笑，满是不屑。"别跟我闹着玩儿，医生，现在不是时候。"

"都怨我，"克莱尔又强调一次，"是真的。"

"你想让我相信这是尼克的主意？"

"不是，从你办公室出来，我就直接把他送回家，他跟我说可以开他的车。我让他保证不接近帕尔默，他也答应了。"

维尔克斯没有说话，而是拉过两把铁椅子示意克莱尔坐下。

"好，医生，我们就按照你说的来。"维尔克斯说。

克莱尔和维尔克斯促膝而坐。

"然后呢？"他盯着克莱尔的眼睛，"他保证完之后呢？"

"我就回家了。但是我们都知道尼克是怎么遵守他的诺言的。"克莱尔说到这儿想轻描淡写地略过。

"是，你俩都是这样。"维尔克斯话虽这么说，可一点儿都没有调侃的意思。

"我决定自己开车去帕尔默住处。"

"这样对吗？"他以嘲讽的语气反问道。

"不对，长官。我只想看看尼克是不是也在那儿。"克莱尔的声调中有些反抗的味道，维尔克斯对此讨厌至极。

"我跟你们说过别这么干!"维尔克斯说。

"事实上,你只对尼克说不能这么做。我只是碰巧在屋里。我对您致以无上敬意,警督,但我不是为您工作的,所以我不受您命令的约束。"

克莱尔的话让维尔克斯彻底爆发了。他身体前倾,贴着克莱尔。

"听好了,医生,"他用蔑视的语气说,"只要你参加了这个调查,而且是你自愿的,从你加入进来的时候,我就说过,你他妈最好按照我说的做。"

克莱尔让维尔克斯冷静片刻,心里明白,为了尼克,她每一步都要走得小心翼翼。

"现在接着往下说,"维尔克斯又坐了回去。

"天黑后,我坐在尼克的车里,这时帕尔默离开家,朝我的方向走来,所以我就下了车,绕到后面,打开后备厢——"

"为什么?"

"拿枪。"克莱尔说。

"枪?"维尔克斯又重复一遍,生怕漏听了任何细节。

"在备胎仓里放着。"克莱尔语气平稳地答道。

维尔克斯低声道:"你是要告诉我,你知道尼克·罗勒这个瞎警察是禁止持有任何枪支的,可他在备胎仓里藏了一支枪?"可他的语气还是没能掩饰住内心的愤怒。

"不是的,警督,"克莱尔知道她要撒的这个谎肯定很有说服力。"枪是我的。"

"真的?"维尔克斯说,忍不住要笑出声来。"你还有支枪?"

"你爱信不信。"克莱尔说。

"你说你持有这把枪……那你从哪儿弄到的呢?等下,确切地说应该问,尼克·罗勒什么时候把枪给你的?"

"不是他给的。"克莱尔答道。

"不是尼克给你的,那是谁给的?"

"我叔叔斯科特给的。"

"你叔叔给了你一把枪,"维尔克斯根本不信,"为什么,因为你生日?还是圣诞节?"

"自保,"克莱尔说,"是去年那些事以后给的。"

维尔克斯顿了一下,这是她说的第一件听起来还算合理的事。

"好,医生,好。"他的语气变得略为柔和,说明他已经被克莱尔哄住了。

"我可以假设你在纽约市携带未登记枪支,而且我猜你没有持枪证?"

"我没有持枪证,警督。我叔叔给了我以后,一直放在公寓里。我真不知道怎么用枪,所以从来没带到外面去过。"

"那你今晚为什么拿着呢?"维尔克斯问道。

"我没拿,我把枪放到备胎仓……"

"别在这儿跟我狡辩了,小姐,"他警告道,"如果我要把你关起来,现在就能。为什么要带枪?"

"我也说不出来。我只是觉得应该拿着。"

"我知道了。"维尔克斯明白,克莱尔说的都是瞎扯淡,但是他很清楚,只要他们坚称如此,就可能侥幸逃过一劫。维尔克斯叹口气,站了起来。

他假设克莱尔的话都是有事实依据的,便问道:"那我是不是需要印证一下你说的这个神秘的叔叔呢？因为严格来讲，我还可以把他也抓起来。"

"我连地址都给你，"克莱尔说，"但是逮捕就有些困难了。他现在住在罗切斯特北部的胡德山公墓，去年一月死于癌症。"

维尔克斯笑笑："这就是你要我向警长和局长报告的事情，对吗？"

"除非您想让我亲自跟他们说，警督，"克莱尔说，"我很乐意这么做。"

维尔克斯什么也没说，便往出口走去，克莱尔跟在后面。

"我还有话要告诉他们，"她继续道，"因为他给我打了好几个电话，但我没有接，他了解我，所以猜测我已经单独去了帕尔默住处，为了保证不违背您的命令，不至于让像我这样又蠢又笨的人把这件案子搞砸，于是，尼克才去了帕尔默的住处。"

维尔克斯考虑了一下，说道："你就是个大麻烦，医生。"

克莱尔对他笑笑。

"好吧，"维尔克斯说着，和克莱尔一起走出电动门，到了外面的救护车停车场。"既然你给我扒了这么大的豁口，那我就只能把你放到最前面堵着。"

"尽管来吧。"不管维尔克斯想干什么，她都做好准备了。

"还有一个小故事，帕尔默也说了一车的假话。我不管是不是你叔叔给你的这个危险玩意儿，你没拿着不属于你的枪指着他，总之这枪会消失的。"

"警督，旁观的人都看见我拿枪指着帕尔默。"

"我知道，医生，"维尔克斯说，"但是如果罪证实验室的人发现弹夹和子弹上有罗勒的指纹，那他就完蛋了。"

"不会的，警督，"克莱尔绷着脸说，"因为在枪和弹药上发现的指纹都是我的。"

维尔克斯吃了一惊，差点摔倒。克莱尔不仅没有承认擦除枪上的指纹证据（当然维尔克斯没有证据，也不想找证据），而且还考虑得面面俱到。此时，他很欣慰，因为克莱尔是个好人。

"不管你说什么，医生，"他说，"我们还是要把这支枪销毁。我们不想被人问及为什么你会非法携带武器。明白吗？"

"明白。"

"好极了！这会儿，帕尔默正声称他根本不相信尼克是名警察，所以试图用刀捅尼克是出于自卫。不管他怎么说，反正是在大街上，他不可能不知道尼克的身份。我们要在二十四小时以内起诉这个婊子养的，法庭上我不想只指控他伤人，还要给他钉上谋杀的罪名。"

"这是命令吗？"克莱尔问道。

"一点儿没错，"维尔克斯说，"不是因为你会服从命令才这么说的。我们已经停下手上其他所有工作了。你通宵加班顶得住吗？"

"我从医学院到住院实习医师一直是这么过来的，警督。我睡着觉都能把这些活干了。"

"别在这儿给我说俏皮话，"维尔克斯怒道，却掩不住喜上眉梢的冲动。

"沃特斯医生！"入口处传来一个声音。说话人叫特瑞娜·凯茨，是一个年轻漂亮的非裔美国人，在医院做应急神经科专家。克莱尔和她关系还不错。

"特瑞娜，一切还好吗？"克莱尔说着朝她走去。

"有个消息。"特瑞娜说。

"请讲。"维尔克斯说。

克莱尔和特瑞娜站到了一边。"怎么了?"克莱尔问道。

"你的朋友醒过来了,"她轻声告诉克莱尔,"但是有些不妙。他的脑部 CT 图上有个东西。本来这东西威胁不到生命。但是如果是警察的话……"她犹豫了一下,"因为他是你朋友,所以我想先让你来看一下。"

"什么事?"维尔克斯问道。

"只是其他病例的咨询,"克莱尔随便就溜出一句谎话,"我马上就回来。"

克莱尔和特瑞娜走进治疗室时,尼克正努力坐起来。

"欢迎回来。"克莱尔对尼克说,看到他没事,舒了一口气。

"我晕了多长时间?"尼克又躺到床上。

"据沃特斯医生说,大概五十四分钟吧,"特瑞娜说着,检查了一下轮床上的生命体征监测器。"您太幸运了,警探。您的 CT 结果显示没有颅内出血。"

"那我为什么被推出去这么长时间?"尼克看到自己躺在急诊室,身上还连着生命体征监测器的线,就觉得有些不对劲儿。"你们在瞒我什么?"

"你有脑震荡,"特瑞娜说,语气中添了几分权威,"大脑受到伤害,因此导致你失去意识……"

"我知道什么是脑震荡,看在上帝的分上,你就别骗我了。"尼克说话有些无力。

"好吧,是我让你来这儿的,这样我们就能全天密切关注你,"特瑞娜答道,"只是为了确保你没事。"

克莱尔站在床的另一边,和特瑞娜面对面,说道:"她意思是想让你放松点。"在维尔克斯质问她之前,克莱尔一直守着尼克,直到救护车到达第七十八大街和西区大道路口把他抬走。因为克莱尔是医生,所以医护人员让她也乘救护车一起回去。虽然最近的是罗斯福医院,但她要求把尼克送到曼哈顿州立大学医院,因为她在这个医院有特权,而且差不多认识在急诊室工作的每个人,让他们帮尼克保密,克莱尔有些把握。

"她知道,是吗?"尼克问克莱尔,"她"指的是特瑞娜·凯茨。

"知道,罗勒先生,"特瑞娜说,"我刚才对你进行了一次神经测试,包括检查视网膜。"特瑞娜看了克莱尔一眼,接着说,"既然你这个病之前就有,而且对你脑部创伤没有影响,我没理由把这些也写在报告表里。"

"谢谢你,医生。"尼克说。

特瑞娜笑笑,说:"不用谢。"

虽然脑袋一阵阵胀痛,但尼克还是尽力点点头:"我非常不好意思这么要求你,但是你能给我俩一点时间单独说话吗?"

"我可以给更长时间,"特瑞娜说,"如果你视力有变化、眩晕或者呕吐,就立刻跟我说。"

"感觉怎么样?"克莱尔问道。

尼克把手放在脑袋上挠挠,说:"好像被人拿棒球棍抡到脑袋上一样。"

"这次痊愈后,你会变得更强大。"克莱尔答道。

"记住,下次可别再做像今晚这样的蠢事了。"

"我们抓住了帕尔默,不是吗?"克莱尔说。

"他包里要有什么好东西就更好了。"尼克希望这个案子能早点结案。

"只有一把屠刀和一些衣服,"克莱尔说,"或许当时他正往外走,寻找下一个受害者呢,包里装的是分尸后替换的衣服。"

"这个婊子养的在哪儿呢?"尼克问。

"维尔克斯警督说就在南边的警察总部。"

尼克本来很头痛,一提到维尔克斯这个名字,疼得更厉害了。

"维尔克斯在这儿?"尼克问。

"在救护车停车场呼吸新鲜空气呢。"

尼克知道,他必须把清醒后一直考虑的事情说出来。

"我猜你在我家厕所找到了我的手枪,算是件好事,"他说。

"你对我、对大家发过誓,说你把所有的武器都上缴了。"

"只是登记过的上缴了。他们不知道我有这把。"

"他们知道,"克莱尔故意这么说,想看看他什么反应,"因为他们现在已经拿到了。"

尼克觉得他知道这是什么意思:"那我完蛋了。"

"我觉得不会。"克莱尔说。

"那个该死的玩意儿上都是我的指纹。"

"已经没了。"

尼克顿了一下,用胳膊撑着身体,坐了起来,问道:"你干了什么?"

"我把枪整个擦了一遍,包括弹夹和子弹。然后再填上子弹,确保我把所有的东西都碰了一遍。"

尼克摇摇头。"我知道你在努力保护我,但这不管用。维尔克斯一定会大发脾气的,而且我连警局里坐办公室的工作都不能干了。"

"我应付了警督这一关,"克莱尔说,"比起被上头知道他让一个瞎子警察私藏了一把枪,他还是更关心如何保住自己小命,结了这个案子。"

"你到底给他编了个什么谎话?"

克莱尔又把给维尔克斯编的小故事讲了一遍,当然也说了她那位死去的叔叔送给她一把枪的事。"只要和我保持一致,你就万事大吉。"

尼克盯着头顶上的天花板,一脸怀疑的神情:"你倒给维尔克斯解决这些麻烦事想了个法子。"

"解决不了所有问题,"克莱尔答道,她的手轻轻地抚摸着尼克的头发,"他要解决这些问题,就得让维克多·帕尔默招供。这也是咱们的出路。"

尼克晃着悬在床边的双腿。"那我们就让他招供。把这些显示器的线从我身上拿下去,让我去审问这个混蛋。"他一边说着,一边想搞清楚怎么站起来。

但是克莱尔挡在前面。"我们会的,"克莱尔说着,把他的腿又挪到床上,"可我不会让你违背医嘱,擅自出院的。"

尼克抓住她的手。"维尔克斯、萨瓦雷斯……他们不像我、像我们一样了解这个案子……"

"或许吧,不过咱们都不了解帕尔默,所以需要用一晚的时间了解和他有关的一切。"

"所以我得去。"尼克提高嗓音。

"等早上,"克莱尔答道,"现在还需要让凯茨医生帮你检查一下,别站起来的时候再摔倒在地上。"

尼克知道他说不过克莱尔。"好吧,医生,"他认输道,"那你想让我干什么呢?"

"在这里待着,做个听话的孩子,"克莱尔说,"我要和警督一起回总部,用电脑查一整晚资料。早上我再过来接你。到时候,咱们就有足够的帕尔默的资料了。"

尼克非常想加入其中,他担心现在不走,稍后的行动就没他的份了,但他知道最好不要和克莱尔争辩。此时此刻,尼克感觉自己就像个没用的废物。而且,克莱尔为了他,为了保住他的工作,才撒了谎。

"好的。"他只能这么说。

第十八章

第二天早晨,尼克拿着文件夹走进审讯室时,帕尔默已经淡定地坐在审问桌旁,一直盯着尼克右侧太阳穴上一块黑青的瘀斑看。瘀斑和鸡蛋一般大小,十分显眼。但他没注意到,尼克拉开他对面椅子坐下的时候,差点没站稳。

"看来你摔得不轻啊。"帕尔默平静地说。

"是啊,先生,摔得不轻。"尼克答道,话语间满是礼貌,这是他的策略。

"你对我所做的事情是不人道的,而且很可能也是非法的,警探。"

"你可以认为不人道,帕尔默先生,不过,那是合法的。至于人道不人道,我认为你没有权利这么说。"

"警探,还有谁在听我们说话,"他说着指向那面单向镜,"我发誓,我当时以为你是假冒的警察。你几乎什么都看不见,我怎么能相信你是个警察呢?"

尼克把腰带上的警徽和衬衣上的警员证都扔在桌上。"因为这些,"他接着说,"昨晚我表明身份的时候给你看过,而你拒绝承认这些证明,所以你就被带到警局总部。"

"是的,说起这个,你是说法雷尔局长的办公室吗?不知道我能不能和他说句话。我们私下里是朋友,你知道吧。"

"是的,我知道,你昨晚说过,"尼克提醒说。事实上,他对此早有准备。一个小时前,刚从急诊室出来的时候,尼克、维尔克斯和局长会过面。局长办公室在警局大楼十五层,装修奢华,而且十分宽敞。他的助理用纽约警局定制的马克杯给二人上了两杯咖啡。二人把他们了解到的关于维克多·帕尔默的所有事情,一五一十地对局长说了一遍。法雷尔局长先是感到一阵难堪,不过正视了这些现实。

"如果最后证明你们没错,那我就得退休了,"法雷尔打趣道,"我举行的每项重大活动他都参加过,拍到我们在一起的照片有很多。"

太讽刺了,尼克想,几个小时前,我还以为我的警察生涯就此结束了,不过这会儿,倒是局长快要玩完了。

尼克把身子探向帕尔默。尽管在总部待了一整晚,他看起来还是那么精神,衬衣没皱,古铜色的脸上也看不出有胡子茬。

"局长已经知道你在这儿了,"尼克提醒道。"不过,他倾向于站在我们这一边。不管是不是朋友,只要揍了他手下的警察,他都不会喜欢的。"

帕尔默轻蔑地耸耸肩,一脸漠然。"我当然知道。他是个大忙人,等他发现这是一个悲剧性的错误,就会改变主意的。"

"悲剧,没错。不过我向你保证这绝不是个错误。"

帕尔默眨眨眼。这可是他第一次做这个动作。

"我不太明白那是什么意思,"帕尔默说,"你不会认为我偷了我邻居的东西吧?我甚至一次违章停车都没干过。"

"我们警察的记性很好,帕尔默先生。我们逮捕你,是因为1971年皇后区的一级谋杀案。"

帕尔默盯着尼克的眼睛，然后突然哈哈大笑。

"噢，得了吧，警探，那事都过去四十多年了。当时我还是个孩子，那个女孩是个骗子，仅此而已。"

你所犯下的罪行令人作呕，而且自那以后所有的案子都无可比拟。

尼克知道，帕尔默会设想他只知道这一起案件，而且不清楚细节。但克莱尔彻夜搜查后，警局电脑上涌现出更多的类似伤害案件，克莱尔还说，这些和帕尔默的简况吻合——对女性发自内心的愤恨。

"并非仅此而已，"尼克说着打开了文件夹，"让我帮你回忆一下。你掴了一个十几岁的小姑娘三个耳光，几乎打掉了她所有的牙齿，还致使其颅骨骨折，"他念着文件，"警察抓到你时，你正意欲脱掉她的裤子。"

即使尼克对他罪行的了解从任何方面影响到了帕尔默，他都没有表现出来。"求你了，警探，"帕尔默恳求道，"要是咱们一直在这耗下去，说些子虚乌有的事情，至少能不能随便一点？叫我维克多，好吧。"

尼克合上文件夹，答道："如果你不愿让我叫你维多利奥的话，叫你维克多我也很乐意。"

他盯着维克多的眼睛，言归正传。第一次，帕尔默内心的愤怒——尼克早就知道——开始沸腾，而且慢慢地表现了出来。这是克莱尔出的计策。刚刚尼克进审讯室之前，她提出了这样一个策略，很有可能把帕尔默引入圈套。这会儿，她正在单向镜的另一面看着尼克一步步实施计划。

"维多利奥·帕尔米耶里很早以前就死了，"帕尔默一板一眼地说，"我不为他所做的任何事承担责任。"

说起话来还真像个心理医生，克莱尔心想。

尼克没说话，而是坐在椅子上，看起来很轻松的样子。"你至少为他所做的事情或者他父母感到骄傲吧。我没能从他们那儿弄到足够的材料。"

不知怎么，这句话让帕尔默一惊。"你去过那儿了？"

"去过那儿？"尼克说着嘴角轻扬，"实际上，我小时候在那儿住。我父亲在第五分局做过一阵警察，我母亲以前老带我和我妹妹去市里吃晚饭，那会儿我父亲上四点到十二点的班，所以也和我们一起去。他们一直爱吃中餐，但我总是求他们去帕尔米耶里的意大利面馆，有几次他们都听了我的。"

"那是什么时候？"帕尔默问道。

"1975年、1976年的样子吧。但是，我父亲去的次数比我多多了。一米八八，深色头发……"

"那家店总是坐满警察，"帕尔默尖声打断道，怒气冲冲的，好像尼克在浪费他的时间。"当时我还在厨房做厨师，所以我不会认识你父亲。"

"不好意思，听起来好像我触到您的痛处了，"尼克赶紧诚恳地道歉，"但我对着父母的墓发誓，那家的煎鸡排是我吃过的最好吃的。"

听到这句话，帕尔默好像有些触动。"不，应该道歉的人是我，"他说，"我的饭菜能给你留下这么美好的回忆，我应该感到荣幸。"

你一点都不了解，尼克心想。

克莱尔清楚，突袭前让他先放松警惕，这也是计划的一部分。尽管她很想进去，质问帕尔默更直接、更尖锐的问题，不过，她知道尼克是这方面的专家。

耐心。他会招供的，得按他的方式来。

尼克看起来黯然神伤。"热那亚的那些人狠狠地揍你爸时，竟然没有一个警察在那儿，真是令人汗颜啊。"

帕尔默脸上闪过一丝奇怪的神情："你记得？"

"那天晚上我爸回家后告诉我的。"尼克答道。克莱尔不禁想这是不是真的。

帕尔默发现自己正在往下滑，便往上坐坐，挠挠太阳穴。"那是早晨发生的，"他说道，"我当时在学校，他正准备和我母亲做午饭。我到后来也不知道。"

"你是说你不知道你爸被打的事，还是打你爸的人？"

"都不知道，"帕尔默实事求是地说，"但是每个人都知道发生了什么。黑手党当时控制运河街北段，拉菲特和鲍威利区之间的一切。意大利区没有一家餐馆不交保护费，这都是做生意的成本。我当时觉得我爸拒交保护费挺不明智的。"

"或许吧，"尼克说，接着又问道，"但是你不觉得报复性地追求那个女孩也挺傻的？"

"当时不傻，现在也是，我父亲瘸着腿走完了后半辈子。"

"你父亲本应该告诉你别跟黑手党过不去，就像战争的规则一样，知道吗？士兵战斗，但是不能报复家人。"

"他们先破了规矩的，"帕尔默反驳道，"他们伤害了我的家人。"

"他们手上有枪，没良心，"尼克说，"你父亲从来没告诉过你他是怎么知道黑手党的人把你打了的吗？"

帕尔默闭上眼睛。他上钩了，克莱尔心想。

"是啊，"帕尔默缓缓地舒了一口气，"撤销对我的起诉后，他们才知道的。妈妈把我从皇后区的分局接了回去，我告诉她，我报了仇，而且逃脱了制裁，我心里非常自豪。然后，她往我脸上扇了一巴掌，骂我是个蠢蛋。她说，他们就是想让我从监狱出来，然后把我弄死。"

"所以你父亲才把饭店赚到的九成的钱都交给了他们，不是这样吗？就为了让你活下来。"

帕尔默挪了挪椅子，破掉了尼克的"记忆中的小巷子"咒语。

"这些和昨晚发生的事情有什么关系呢？"

"我只是想把所有的事实都摆明了。"尼克答道。

"是的，"帕尔默过了会儿才说。"他为他悲惨的后半生付出了代价。既然你已经知道所有的这些事情，你也应该知道我们失去了湾脊区房子后，不得不搬到饭馆上面住的事。"

"所以，你父母不干的时候，把饭馆给了你的兄弟，因为你花掉了他们对你的真爱。"尼克提示道。

"不是，是因为我不想要。"帕尔默立刻反驳道。

"明白，但我不信，"尼克平静地说，"天生厨艺惊人，十七岁便获得查格授予的四星厨师荣誉的家伙不能这么说。"

"我运气好，"帕尔默不屑一顾地说，"一个家伙走进店来，点了一份油炸薄肉片，我那晚正在研制酱汁。我不知道他是一个美食家。你还读了我的小传，真是受宠若惊啊。"

"是本很有意思的书。你这家伙很有魅力，你知道吗？但是我对小传没提到的事情很疑惑。"

"请讲，我洗耳恭听，"话虽这么说，但帕尔默完全不是这个意思。

"你为什么改了名字呢？"

"我想维克多·帕尔默听起来更通俗一些。"他声音冷淡地说。

"或许当时他们要有真人秀节目的话，你就不这么想了。"

"真人秀？"帕尔默问道，双手紧扣，已经有些烦躁。"那和其他事情有什么关系呢？"

"哦，"尼克说，"我有两个女儿。你知道她们喜欢做什么吗？她们就喜欢围着电视看烹调节目。所以，我到家之后就和她们一起看。突然就听到了好多名字，像鲍比·傅雷、宝拉·狄恩、马里奥·巴塔利。然后，我看到你的时候，自己就想，'这个家伙从来没去过厨师技校，却到达了职业的巅峰，然后就隐姓埋名？这步走得太臭了。维克多·帕尔默，听起来一点特点都没有，但是维多利奥·帕尔米耶里呢？现在听起来就像美食界的名流厨师。'你不觉得吗？"

帕尔默眼球上翻，厌倦了尼克老掉牙的套路。

"我想，我也没什么可辩解的。"

尼克身子前倾。"你知道我怎么想吗？我在想，你父母把饭馆留给你兄弟，因此你特别生气，于是改掉名字和他们一刀两断。"

令尼克意外的是，帕尔默甚至没想否认这些。

"我是他们的大儿子，是我让那个地方出名的，继承饭馆是我与生俱来的权利。你一点没错，我当时很生气。"

"不过这对你并没有太大影响，"尼克接着说，试图让帕尔默保持在积极的一面，"我认识的在纽约市有别墅的人不多，那一定是经过许多艰苦奋斗才得到的。"

帕尔默轻蔑地摆摆手。"还有一次不同寻常的好运降临在我头上，"他说，"那就是吉列尔莫·罗德里格斯来到餐馆的那晚。"

"他是谁呀？"尼克明知故问。

"我的神父，"帕尔默说完便哈哈大笑，不过笑声中有些谦逊的味道。"他不像黑手党那样,而是直接给我提了个诱人的入职要约。他给了我一大笔钱,南下去他在哥斯达黎加买的旅游胜地,在他的五星级饭店当厨师。"

"等他死了,你就花钱买下了那个地方。"尼克假意猜测。

帕尔默笑笑,不过,这次他是真的想笑。

"吉列尔莫没有孩子,他就像父亲一样对我,在遗嘱中把这块地方留给了我。我当时震惊的样子你也能想到。那会儿我才四十岁,到现在还是不敢相信他会这么做。你想想吧。"

"我听说哥斯达黎加非常美丽,一直想去看看。"

"你该去看看,趁着你还能——"他没有往下说。

"你是想说趁着我还能看见的时候,对吗?"尼克问道。

"对不起,警探。"帕尔默说。

"请叫我尼克。"

"好的,尼克,不管你什么时候想去,我和买我那块地的那个人关系特别好,只要我一句话,他们就会免费给你安排吃住。你只需要掏个机票钱就行。"

"这个提议听起来很吸引人啊,"尼克笑着说,"我多么希望能免费旅游一次,女儿们和我真的需要放个假。这一年我们过得太艰难了。"

"听您这么说,我表示很遗憾。"帕尔默说。

"唉,就在两年以前,她们的妈妈离开了,我母亲一直照顾她们,几个月前她也去世了。"

克莱尔很喜欢尼克讲这段。如果不做警察的话,他会成为一名伟大的精神病医生呢,她心想。

"你经历的事情我都了解,"帕尔默说,"我妻子就在我搬回纽约之前去世了。"

"对于您妻子的离开,我很遗憾,"尼克说,这话听着要多诚恳有多诚恳,"她叫什么名字?"

"玛莎。"说出这个名字时,他有些怀念。

尼克听到帕尔默的话,也流露出了怀念的感觉,说:"当时,我结婚都十四年了。"

"发生什么事了?"帕尔默站起来问道,对这个真心很感兴趣,"癌症?"

"自杀。"尼克说。帕尔默说出"癌症"俩字如此之快,他有些意外。

"我的天啊!"帕尔默脱口而出。

"我很诧异,你居然没读过这段新闻,"尼克说,"当时所有的报纸都在报道。"

这时帕尔默看着尼克,嘴角轻扬了一下,想起了什么。

"对,我想起来了。他们怀疑你谋杀了她。"帕尔默说。

"嗯,太倒霉了,"尼克说着,换了个坐姿。"但我还是在监狱关了一阵。"

"你是怎么证明清白的?"帕尔默着迷地问道。

"地方检察官并没有足够的证据来指控我。"

这些话题激起了帕尔默的兴趣。

"我是在听一个警官向我供述谋杀案件吗?"他问道。

"算了,"尼克说着,虽然想让帕尔默相信他俩都是谋杀犯,却摆摆手示意他别那么激动。"她拿枪自杀的,自然就让我成了嫌疑犯。"他假装要换个话题,便说:"那你妻子是怎么回事?"

"问得好,"帕尔默说着往后坐坐,好像发现了两人的共同点,心里那叫一个舒畅。"四年前的一个晚上,她到外面沙滩散步,后来就再也没回来。"

"那你怎么知道她死了?"

"两周后,警察在哥斯达黎加另一条海岸线的沙滩上,找到了她的尸骨。"

"只有骨头吗?就剩这些啦?"

帕尔默低下头,好像这样就能摆脱那段记忆似的。尼克知道他不想再讨论这些了,需要换个话题。"没事,咱们说点儿别的吧。"

但是帕尔默的眼神变得有些缥缈。"我们相遇的时候,她才十四岁,"他接着说,"我那会儿还在酒店的厨房工作。她是个美女,长长的棕发,那双杏眼好像一眼就能看穿你。我们相遇的那一刻,便一见如故。"

"她是哥斯达黎加人吗?"尼克这么问,只是想让他继续说下去。

"芝加哥,"帕尔默说,"她父母每年都带着她和她兄弟来我们酒店度假。"

"于是你们一直保持联系?"尼克猜测说。

"甚至在她结婚以后我们还联系着。"帕尔默说。

"她和你结婚前结过婚?"

"嫁给了底特律的一个律师。他们在密歇根的一所学院相遇,然后就一起来到了这里。他是个帅小伙,不过在一场车祸中丧生了,他还很年轻。悲剧啊。"

"是啊,太可怕了。"尼克说着点头表示同意。帕尔默绝对想不到,尼克不仅已经知道了这些,还知道这场车祸不是偶然,而是一起肇事逃逸案件。玛莎的第一任丈夫布鲁斯从芝加哥卢普区的律师事务所出

243

来的时候，被车撞到了。到现在这起案件还没结案。尼克很想知道是不是帕尔默谋划了这起杀人案，但还是不想让他偏离正题太远。

"介意我问一下你们两个最终是怎么在一起的吗？"

帕尔默沉思片刻。"布鲁斯死后，玛莎的闺蜜们把她带到了哥斯达黎加。我当时已经是酒店的老总了。我向她保证，给她的一切都是最好的，安排她免费住进了总统套房，吃饭也不用花钱，她的朋友们也一样。"

"这么示爱真是太完美了。"尼克假意佩服，听起来却很让人信服。

帕尔默甚至都没抬头看尼克一眼。"显然她也是这么想的，因为过了几个月，她又来了。就是从那时候，我们……在一起了。"

"这貌似不像一次……伤痛后的重逢？"尼克问道，"我是说，对她而言。"

"我们说过这件事，但是她说我们邂逅的那一天，她就爱上我了。"

"我打赌你的婚礼也很完美吧。"

帕尔默回忆起那个时候，脸上露出了微笑。"那天来了五百位客人，我们是在酒店的沙滩上结的婚，甚至连哥斯达黎加的总统都亲临现场，"他自豪地说。

尼克得把谈话拉回眼前的问题："警察知道她发生了什么事吗？"

"不知道，"帕尔默说，"他们一点儿都不知道。"

终于啊，尼克心里默喊。他终于抓到帕尔默撒的一个可以戳破的谎言，于是，他死死地盯着帕尔默，停顿了一下以示强调。

"维克多，"他说，"咱们都清楚，那是谎话。"

帕尔默的眼睛向右上方瞟了一下。这个动作是一个人试图在脑中编织谎话的证据，每个人都无法避免。"你在说什么？"

"哥斯达黎加警方说,她被分尸了。"

"这我当然知道了,"帕尔默试图掩饰自己,"我的意思是,他们不知道凶手和动机。如果你觉得讨论这件事很开心的话,那就再好好想想吧。"

"对不起,"尼克说,"我不是故意惹你生气……"

"那你向哥斯达黎加警方询问关于我的事究竟是为什么?"他打断道。

"我没有啊,"尼克虽然撒了谎,但语气十分肯定,一点破绽都看不出,"我只是在谷歌上搜了一下你,然后就看到这个消息了。"

这下帕尔默不再说话。尼克看得出来,他呼吸没有那么剧烈,好像原谅了尼克的冒犯。不过尼克知道他得加快进程了。接下来,他和克莱尔一起导演的第二幕就要上演了。于是,尼克身体后仰,好像谈论天气那般悠闲自得。

"维克多,"他说,"我得先去办点小事,回来再接着聊。我得告诉你,你有权利保持沉默,如果你放弃这项权利,你说的任何话都可能作为对你不利的证据。而且,我质问你的时候,你有权利请个律师。如果你请不起,法庭会替你指定一名。但是咱们都清楚,你请得起,是吧?"

帕尔默微笑着说:"当然了,但只有有罪的人才需要律师,尼克。"

"你明白你所有的权利了,那要放弃这些权利吗?"

"我现在还不需要律师,因为我没什么好遮遮掩掩的。我已经告诉过你了,我打你的时候,真不知道你是名警察。对不起,当时我被吓坏了,行动有些过激。"

"我一会儿有个表需要你签名。"

"你让我出这个门的时候，我会很乐意签名的。"帕尔默愉快地回答说，但语气中有种迫不及待的感觉。

"我还有一件事情得谈谈。"

"要谈什么？"

"为什么要对我和街上的那个女人拔刀相向呢？"

"我说过了，我当时吓坏了。"他的话中又恢复了之前那种锋利的感觉。

"不好意思，我意思是说，为什么你要在包里放把刀呢？"

帕尔默叹口气道："你知道的呀，我是厨师嘛。"

"好吧，"尼克说，"但是你现在不当厨师了吧。"

"从窗户看见那点暗光之后，我决定出去看看，想起要带把刀。如果有人在监视我，而且为了某些原因还想袭击我，我当然要带把刀防身啊。"

"为什么你会觉得有人要袭击你呢？"

"我不知道，"帕尔默反驳道，"我有很多钱。我当时猜测，你可能是那些想绑架我要赎金的人。"

尼克笑了。"但是，维克多，"他开口道，"如果有人打算绑架你，那谁来付赎金呢？"

帕尔默看着尼克的眼睛，没有说话。尼克知道，这纯粹是虚张声势。帕尔默已经被逼得快要露馅了。尼克诱导着他进入了第二幕的高潮。现在屋门上响起阵阵叩门声，第三幕的帷幕已经拉开。

"怎么了？"尼克喊道。

门开了，克莱尔大步流星地走了进来。

"警探。"她按照预先的安排打着招呼，帕尔默却被她那种简单无礼的语气惊呆了。

"我们正谈到半截。"尼克假装对她的出现很生气。他俩很快都注意到帕尔默在逃避克莱尔的目光。

"她来这儿干什么?"帕尔默问道。

"我不知道,"尼克回答说,"她不该在这儿呀。"

帕尔默还是不敢相信自己的猜测。

"她到底是谁啊?"他又问。

"一个精神病医生。"尼克故作恶心状斜了一眼。

"我是一个精神科医师,"克莱尔还是那种简洁的语气,她猜测帕尔默不喜欢位高权重的女人。"我是克莱尔·沃特斯医生。如果你对我有疑问,可以问我,就不要问罗勒警探了。"

"好啊,医生,"帕尔默语气中充满了那种切切实实的鄙视,"那你为什么来这儿呢?"

"帕尔默先生,你不觉得你身上有一种令人羞愧的感觉吗?"

"什么羞愧的感觉?你还没回答我的问题呢。"

"你妻子被谋杀的羞愧感,"克莱尔说,"我就是那个来质问你的人……"

帕尔默的眼中燃起怒火。"你偷听我们说话?"他立刻插话道。

"每个字都听见了。"

"你拿着枪在我公寓外面!"帕尔默大声道。

"不完全是这样的,不是吗?"克莱尔反驳道,"该你回答我的问题了。请快点。"

帕尔默怒视着克莱尔,问道:"我为什么要为我妻子的死感到羞愧?"

"因为你对她做了不可告人的事情。"

克莱尔看了帕尔默一眼,他们四目相对。不到一秒的时间,他们便知道了对方的想法。"你觉得是我杀了她?"他还是不承认。

"她的尸骨被煮过。"克莱尔严厉地说,听起来有些刺耳。

"但是哥斯达黎加警方证明了我的清白!"帕尔默又喊道。

"是,他们跟我们说了,质问过你五个小时。你也很合作,还吓得要死,于是他们推断你不是嫌犯。"

"那你为什么还要提呢?"帕尔默怒道。

"因为你是个让人着迷的人,帕尔默先生,"克莱尔站在离他几英尺远的地方,靠在了墙上,"咱们昨晚在街上遇见之后,我就读了很多关于你的资料。你知道我找到什么非常让人感兴趣的东西吗?"

"我真的不想猜,你会告诉我的。"

"你管理酒店很多年后,还是每天都去圣克鲁斯或塔玛林度的农贸市场。"

"我对我们所提供的饭菜感到非常骄傲,而且这都靠我引以为豪的挑蔬菜的天分,"帕尔默立刻回道,"我喜欢用这种方式开始我新一天的工作。如果这就让你想不清楚,那我就不得不怀疑你的学历证书是不是真的了。"

听起来他有点心理失衡,但帕尔默说完,克莱尔便拉了把椅子,放到她敢和帕尔默面对面的最近的地方,然后把椅子转过来,跨坐在上面,双臂抱胸压在靠背上。

"那我告诉你,你为什么这么让我感兴趣,"克莱尔说,"因为在1978年至2010年间,在哥斯达黎加东海岸和西海岸的各个景点,共发现二十三具女性尸骨。她们全都是被谋杀的,但是警方无法了解她们当中任何一个如何死亡或者正式的死亡原因,因为凶手把她们都肢解了,然后烹尸,于是,肉就从骨头上脱离了。你不觉得很有趣吗?"

"为什么?"帕尔默嘴里只冒出一个词,"因为我妻子和她们的死亡方式一样?"

"不是的,我认为你是凶手,不是因为你妻子,而是所有这些年轻女性失踪的地点不是圣克鲁斯就是塔玛林度的农贸市场,和你住在哥斯达黎加三十二年来每天都去的农贸市场是一个地方。"

帕尔默怒视前方,一言不发,很明显是在想办法辩白。

"那是你寻找猎杀目标的地方,"克莱尔的话步步紧逼,"每个连环杀手都是一个人。你知道我怎么知道是你的吗?因为在你对罗勒警探编造的那个关于你妻子玛莎的小故事里,你从来都没有提过一次你爱她。如果你曾经爱过,又怎么可能不说呢?"

帕尔默再也装不下去了,大喊道:"我当然爱她!为什么咱们要讨论哥斯达黎加的案子呢?你又没权力管。"

"但是在纽约市,我们就有权力,"尼克说着打开文件夹,把一张照片推到帕尔默面前。"因为这个家伙,"他说,"他和你什么关系?"

帕尔默盯着乔纳·韦尔奇入狱时的存档照片,哈哈大笑。

"不认识,"他说,"我活到现在从来没见过他。"

克莱尔突然对着他的脸说:"移民到(*Emigrant hasta*)。"

"什么?"帕尔默狡辩道,不过眼里第一次显现出恐惧。

"你听到我的话了吧?"

"移民到(*Emigrant hasta*)?这到底是什么意思?"

"我认为你知道。"克莱尔说。

"我还认为你俩都是疯子呢!"帕尔默尖叫道。

克莱尔拿出了更多的照片，一张张摔在帕尔默面前：砰！罗莎·桑切斯。砰！她的尸骨。砰！布鲁克林失火大楼的地下室尸骨。砰！砰！最后，70年代的两个受害者的尸骨。她指着最后两张照片说："我们找到你以前，警察根本不知道这些尸骨的身份。1977年到现在，一直身份不明的两个受害者。"

"去你的吧！"帕尔默发出一阵嘘声，却不敢直视克莱尔的眼睛。

"那咱们回过头，简单看看你的过去，"克莱尔说，"你上小学的时候就有些问题，不是吗？就是和女孩相处方面的。你老是想摸她们，那种不恰当的摸。"

"你不知道你在说什么吧？"帕尔默大喊道，双手紧握椅子板，好像怕自己摔倒一样。

"有一段时间我们不知道，"克莱尔说，"但是我们现在确定无疑。我们找到了你的在校记录。六次袭胸事件。其中有一个不配合的时候，你打了她一巴掌。然后，你就开始旷课。不在父母的店里干活时，有交警发现你乘着地铁从一个区跑到另一个区。杀害两名不配合的女学生，没有让你变得更疯狂吗？"

帕尔默只是微笑着，没有说话。

"你记得她们的名字，"克莱尔接着说，"甚至她们搬走了，你还记得。但你只是等待，然后你设法找到她们。西莉亚·多纳托和卡米尔·潘扎。"

即使帕尔默知道她们的名字，也丝毫没有表现出来。克莱尔继续逼问："警察一直没能确认死者身份，是因为你杀害他们然后弃尸在布鲁克林之前，她们都搬到了纳苏县。她们的父母都死了，纽约市也根本不可能接到她们的失踪报告。他们从来不会想到，过了这么些年，我们找到了他们的女儿和凶手。"

帕尔默玩弄着手指,手指的关节咯咯作响。

"我不知道你所说的事情。"

尼克指着罗莎尸骨的照片,然后抽出一张收据的照片,都快贴到帕尔默的脸上了。"移民到(*Emigrant hasta*)是什么意思?"尼克质问道。

但是,帕尔默只是两眼空洞地盯着尼克,指着那两个词,大喊道:"天啊,那甚至都不是我的笔迹!为什么我要用两种语言写这两个词?而且两个词放在一起也没有什么意义。你们这些人是怎么了?"

尼克扫了克莱尔一眼,便知两人在考虑同一件事情:虽然帕尔默狡猾地否认了前面的几件事,但这一次是在单纯的恐惧推动下说出来的话,而且听起来也不像假话。太真实了。于是,为了证实他俩的猜想,尼克"砰"的一声,一拳捶在那些尸骨的照片上。

"三十五年,二十四名受害者,全都以同样的方式作案,发生在你所在的地方。我把这些都给陪审团,他们就能看出猫腻了。"

"那我很欢迎你去试试,"帕尔默简简单单地说,好像事情就这么定了,"但是我不明白,为什么你们指控我犯下这么骇人的罪行,包括杀害我所珍爱的妻子。我已经承认我打了你,警探,而且我也说了为什么这么做。哦,对,我还为我所做的事情表示无地自容,请求你的原谅。但仅此而已。"

这会儿,他的眼球来回地动着,就像在桌上飞来飞去的乒乓球,好像他在确认他们能把他大声说出的话听得清清楚楚。

"只要我还活着,我就绝对、永远不会承认我没做过的事情。"

第十九章

"我们漏了什么?"尼克沮丧地问道。他和克莱尔、维尔克斯站在监控显示器前,帕尔默坐在审讯室的桌旁,监控的摄像头对着他。

"我不知道,"维尔克斯喃喃地说,"但是我得说,这个婊子养的太能装了。"

帕尔默已经确认并放弃了自己的权利,并在确认表格里签上了名字。面对他的挑衅,尼克和克莱尔只好先把他留在审讯室。他们两个没能让帕尔默招供,担心维尔克斯对他俩破口大骂。

维尔克斯却说:"你们这两下子。"听到这话,尼克和克莱尔大为吃惊,"全是按脚本干的,他已经相信了和我们比起来他聪明透顶。"

"他把那些女人碎尸这件事,我们必须要证明。"克莱尔说。

维尔克斯摇摇头。"你得耐心点,医生。这家伙干这事都四十年了,还没能被定罪。我要告诉你的是,他知道咱们很了解他。这个混蛋就是想让咱们想办法证明。"

"那咱们赶紧回去,再看看那些证据吧,"尼克提议,"或许咱们忽略了什么。"

克莱尔脑子转得飞快:"好,我问你,咱们三个都看了整个审问录像,从头到尾。哪一个时间点他最愤怒?"

"还用问吗,医生?"维尔克斯反问道,"难道你忘了吗?"

"我有结论,"克莱尔答道,"我只是想知道你们是不是和我想的一样。我不说是不想影响你们的判断。"

"移民到(*Emigrant hasta*),"尼克说,"就是这个让他很激动。"

"我也这么认为。"维尔克斯说。

"我也是,"克莱尔肯定道,"他否认知道这两个词是什么意思,还指出那不是他的笔迹。他知道有些东西咱们能够证明。"

"等等,"尼克说,"他说这两个词是用两种不同的语言写的。一种恰好是西班牙语。帕尔默住在哥斯达黎加,他能流利地说西班牙语。"

"那有什么含义呢?"维尔克斯问道。

"你说西班牙语吗?"尼克问。

"咱俩认识多少年了,尼克?"维尔克斯反问道,"该死,我到现在西班牙语说得还不怎么样。"

"好,那你和只懂西班牙语的人交流时,你怎么办?"

"你的意思是,如果我找不到懂西班牙语的警察给我翻译的话?"他的脸上慢慢浮现出领悟的表情,"我会用我知道的词配上英语说。"

"就和其他任何人在这种情况下都会做的一样。"克莱尔说。

"所以,你是说,一个住在说西班牙语的国家三十多年的人,写出的词是不会混着两种语言的。"维尔克斯总结道。

"这我就有点不明白了。"尼克说。

"你是说他疏忽了什么吗?"维尔克斯问道。

"不是,"尼克说,"我是说,他本不应该对自己没有犯的错误感到这么愤怒,尤其是他确定,咱们不能拿他的笔迹和收据上的笔迹做比对,就更不应该着急了。"

253

维尔克斯说话的声音有些粗又有些沙哑："但是，你不是一个疯子，不可能站在他的角度考虑问题，而他的所作所为仍然会让他觉得自己现在就是个疯子。"

"医生，"他柔声道，"说实话，我现在脑袋里全是这些事。你是脑袋方面的专家，或者至少了解一些。"他示意了一下屏幕上的帕尔默，说，"他脑袋里装的是什么呢？"

自认识维尔克斯以来，她还是第一次感到和他有些亲近。

"你别费劲想这个问题了，因为我也不知道，"她安慰道，"这是个难题。咱们再确定一下和罗莎尸骨放在一起的收据上面是不是帕尔默的字迹。"

"咱们最好快点确定，"维尔克斯看看手表，"时间正在流逝，那个混蛋没错。如果我们只能以袭击尼克的罪名来起诉他，那他就能获得保释。咱们绝不能让这个王八蛋跑了。"

一个半小时后，笔迹鉴定专家应纽约警局之邀来到总部，却让情况更加迷离。

"不确定。"说话人叫诺尔玛·拉宾，她至少有七十岁了，头发是淡金色的，深蓝的眼影让尼克想起了他的奶奶。尼克、维尔克斯和她合作过很多次了，对她非常信任。这时，她指出收据和米兰达表格上面字迹的相似处，说："写字时的力道，字母't'横竖交叉的样子，'c'看起来像个'g'，这些方面都一致。但是，也有很多不一致的地方。"

克莱尔觉得"不确定"意味着，他们需要考虑这个收据上的字是否真的是帕尔默写的。于是，她请求离开，剩下维尔克斯和尼克接待诺尔玛。但即使是帕尔默写的，还是不能解释为什么他要用两种语言来写。

克莱尔来到维尔克斯办公室的白板前，把两个词"到移民（*hasta Emigrant*）"用大写字母写在上面。是什么意思呢？

她开始从字面上翻译这个词。在西班牙语中，"*hasta*"是直到的意思。"*Emigrant*"当然就是离开一个国家到另一个国家的意思。表面上，帕尔默说得没错，克莱尔心想。两个词放在一起就讲不通了。

他脑子里在想什么？

这是一条信息吗？是他把另一具尸体留在某个国家，然后逃走了？还是一种告别，直到下次？Hasta la vista, Baby？（西班牙语：再见，宝贝。）

或者完全不是这个意思？

信息可以加密，或者重组。难道是这个意思？他在和我们玩一个恶心游戏？他是想扰乱我们的视线？

她看着那两个词，突然，她想到了。

扰乱我们的视线……

她快速地在白板上用黑色马克笔写下了几个大大的大写字母。

A-N-A-G-R-A-M（字谜）

是这样吗？帕尔默是不是在告诉他们什么信息？克莱尔不敢相信，"anagram（字谜）"这个单词的字母取自"hasta emigrant"这个词组，然后拼在了一起。这是个巧合吗？但是这样一来，还剩下六个字母没用过：H-S-T-E-I-T。她全神贯注地看着这个单词，在"anagram（字谜）"

255

旁边写下了另一个单词。

T–H–E–I–S–T（有神论者）

她刚写完，办公室门开了，尼克走了进来，吓得她把马克笔都扔在地上了。

"天啊，尼克——"

"对不起，吓到你了，"他说，然后看见了白板上写的字，问道："这是什么？"

"我把单词拆开，然后用那些字母组成了两个新的单词。"克莱尔说。

他看着单词："有什么特殊的理由吗？"

克莱尔给尼克快速地讲了一下自己的思路。

等她说完后，尼克说道："嗯，我知道字谜是什么意思，但是'theist（有神论者）'是什么意思呢？"

"'theist（有神论者）'意思是相信上帝是造物主的人。"克莱尔说。

尼克恍然大悟，脸上挂着得意的微笑。"很难相信帕尔默，或者真正写下这词的人，信上帝或者别的神圣的东西，你懂的，像人命。但是我还是不明白'anagram theist（字谜有神论者）'是什么意思。"

"或者，他觉得自己无所不能，"克莱尔提醒道。

"因为他在三十五年间杀害了这么多女人，而且还逍遥法外？"

"现在，他扔在我们面前的是一个字谜……"

她突然停了下来，不知道自己是不是想得太偏了，只是为了给这些不能解释的东西找一个合理的解释。

尼克感觉到了她的怀疑。"理论毕竟只是理论，"他说，"就像我对你班上的那些孩子们说的那样,如果证据没有联系,那就把它们联系起来。咱们联系一下哥斯达黎加警方,看看他们是不是也找到了和尸体放在一起的神秘信息。这会儿先跟我来。"

"去哪里?"克莱尔问道。

"罪证实验室。和萨瓦雷斯、维尔克斯一起。咱们再仔细检查一下证据。或许有人能找到照片里看不到的线索。"

如果长岛铁路旁这座四层轻质砖公寓楼翻修成的建筑,外面不是停着这一队道奇凌特厢式车,你绝对想不到这是警局最先进的罪证实验室。小楼的两角都是监控摄像头,门上是身份卡刷卡器,让人第一眼就觉得这座大楼没有看起来那么简单。尽管如此,克莱尔看到这座建筑没有任何标志或牌子,还是感到很诧异。

楼上有位实验室技术员,名叫蕾妮·埃克特,虽然已经四十五岁左右了,但一头红发梳在脑后打成发髻,高高的颧骨,脸上没有一点儿皱纹,依然人见人爱。她把罗莎·桑切斯谋杀案里少得可怜的证据放在了桌上,上面都贴着标签卡,有的是"斯塔滕岛森林",有的则是"洋基体育场附近垃圾桶"。第二张桌上是70年代两宗杀人案的证据,和罗莎的案子比起来,证据更少。

"就这些?"维尔克斯问道,"布鲁克林失火案件的东西呢?"

"你是说我们三个技术员在弗洛伊德·本内特海军基地筛出的那堆灰吗?"她问道,显然对此很生气。

"没错,"维尔克斯也克制着情绪。"如果有东西可找的话,你们还要花好几个星期。"

"唯一的证据就是那些骨头,但是也不多,"埃克特说。她那浓重的口音一听就知道是布朗克斯本地人。"我认为你们用不上这些东西。"

尼克检查了一下可能煮过罗莎尸块的大锅,"不知道再看一遍这些东西能对咱们有什么帮助。"

这些桌子上所有的证物他们仔细看了半个小时,最后得出结论:这些证物都不足以给帕尔默或者其他什么人定上杀人的罪名。

"我觉得咱们这次白跑了一趟。"维尔克斯在等电梯的时候说。

"但仍然值得一试。"尼克此言也只是宽慰自己罢了。

电梯门打开了,里面的人是犯罪现场调查组的特里·艾特肯。

"嗨,伙计们,"他兴高采烈地向大家打着招呼,"警督,"他职位比较低,所以对维尔克斯毕恭毕敬地说,"是什么风把你们从'迷宫'吹到我们阳光明媚的世外桃源于?"

"'骨头'的案子,"尼克说,"我们只是想再来看看你有什么发现吗。"

"看你们的样子,没有什么发现吧。"艾特肯说。

"你这是去哪个泥坑走了一遭啊?"萨瓦雷斯低头发现他的靴子上都是泥浆,便问道。

"爱莉潭公园,"艾特肯所说的公园是皇后区最东边和纳苏县交界处的一个公园。"就是北方大道南段。第111分局接到报警电话,于是派巡逻车去小颈湾查看,结果在海湾的烂泥旁发现了一具男性死尸。"

"怎么死的?"维尔克斯问道。

"事实上,我们认为是自杀,"艾特肯回道,"但是又很奇怪。他在自己的肚子上切开一个大口子,然后又拿沙滩浴巾捂住,不让血流出来。"

"真的吗?"克莱尔的好奇心一下被挑起来了。

艾特肯被她的反应吓了一跳:"虽然这么说很抱歉,医生,但我还是想问一下,你对恐怖的事情有特别的爱好?"

"你刚才在一个句子里说了'特别'和'恐怖'这两个词?"维尔克斯半开玩笑地说。

"显然,你不了解你的这个连环杀手的过去啊,警督。"克莱尔也幽默地责问道。

"整件事我就不想知道多少。"维尔克斯嘟嚷着说。

尼克却听出了克莱尔的弦外音,便问道:"你是说有人以前干过?"

"不过没伪装成自杀,"克莱尔说,"那是20年代的时候,一个叫威廉姆·爱德华·希克曼的神经病,诱拐了一个小女孩,然后将其分尸,把她开膛破肚之后,用毛巾吸干了流出的血液。"

她说完便不再吭声,好像还在脑中回想刚才自己说的话。

"呀,医生,这都是从哪儿看到的?"维尔克斯问道,"是《法医精神病学大全》?"

克莱尔又扭过头,眼神严肃地看着艾特肯,问道:"你确定是自杀?"

"烂泥里只有受害者的鞋印,"艾特肯说,"而且他手中还拿着那把刀。"

"我就不明白你们怎么能那么没脑子,居然认为有人会自己做那种事情。"萨瓦雷斯听了艾特肯那确定的语气后说道。

但克莱尔却对这件案子很认真:"这家伙身上还有别的线索吗?"

"如果你说的是身份证的话,那没有。只有一个香烟盒,几乎是空的,还有一盒火柴。"

"附近没别的东西了吗?"克莱尔又问道。

259

"我无意冒犯,医生,但是你这么问开始让我觉得自己像是遗漏了什么。"艾特肯说。

"才没有呢,警探。"克莱尔安慰道。

"那你想干什么呢?"尼克问克莱尔,不知道她一直追着这案子问是什么目的。

"我猜,我是想抓住咱们的救命稻草,"克莱尔回道,耸耸肩,刚开始那股兴奋劲也没了,"祝你们早日结案。"她又对艾特肯说。

"谢了,我一旦有什么相关证据,会在开庭前联系你们的,"艾特肯答道,"不过,当着你们大家的面,我想问一下,谁知道'淫乱吱吱声(Fornication cheeps)'是什么意思?"

维尔克斯大笑道:"听起来像克雷格网站上一个文盲妓女的广告。"他又追问,"怎么了?"

"我调查的那个家伙在他的火柴盒上这么写——"

艾特肯才说了半截话,克莱尔突然抓住他的胳膊。

"你这么抓着我真的很疼,医生,"这位年轻的探员接着说,"你吓了我一跳。"

"那个火柴盒在哪里?"她问道。

"我搭档乔伊刚拿到实验室,"他说,"你想看看吗?"

不到一分钟,他们又都回到办公室。艾特肯戴上手套,把这件案子的证据——火柴盒彻底检查了一遍。

"你认为这是字谜里的一个词吗?"尼克揣测道。

她只说了一句:"把罗莎犯罪现场的收据给我拿来。"

尼克跑去拿收据时,艾特肯把火柴盒拿来展开,托在戴手套的那只手上。

"字谜？她到底在说什么？"维尔克斯冲着尼克大声道。他又对着克莱尔说："你们在说什么呀，医生？"

克莱尔这才想起，一个多小时以前她在白板上所推断的那些，维尔克斯并不知道。"警督，和我一起看这个，"克莱尔说着和维尔克斯一起看向火柴盒上的单词，"你一看就明白了。"

"淫乱吱吱声（Fornication cheeps），"维尔克斯念了出来，"这到底是什么意思？"

"我认为这没有什么实际意思，"她说，这时尼克拿来了装在证据收集袋里的那个收据，"这些单词里的某些东西或许很重要。"

维尔克斯更是一头雾水，便问尼克："她说'这些'到底是什么意思？"

但是尼克和克莱尔两人都忙于比对收据和火柴盒上潦草的笔迹，没有时间回答他的问题。

"不好说，"尼克对克莱尔说，"火柴盒上的字看起来像是匆忙写下的，而收据上的字看起来斟酌过。咱们得让诺尔玛·拉宾看看。"

但是克莱尔的心思并不在这儿，而是问道："有电脑能让我用用吗？"

"在这儿呢，"艾特肯说的是外勤小组用来登入证据的电脑。他在电脑上输入自己的密码，打开了。"你需要什么？"

"能上网就行，"克莱尔赶紧走了过来。她在谷歌上输入两个词——字谜解算器，电脑上立刻显示出了一大堆链接，她在其中一个网页的搜索引擎里输入了'淫乱吱吱声（Fornication cheeps）'。此时，尼克和维尔克斯走了过来。

尼克在侧面看着，心想万一她的推理不正确，该怎么来安慰她。

"甚至都没有证据能证明这是一宗他杀案件,"他柔声道,"而且还在别的区,受害者是男性,不是女性。"

但克莱尔只顾看她的搜索结果,大概有几千个。她突然意识到不能在罪证实验室查这些东西,而且还有别的事情要做。

"你能给验尸官打个电话吗?看看咱们现在能不能过去。"

"现在?"维尔克斯问道,"为什么?"

"那样咱们就能一起把所有案子的人骨都仔细检查一遍。"

尼克踌躇道:"他觉得,咱们认为是他把事情搞砸了。"

"告诉他,他不可能把还没开始调查的事情搞砸。"克莱尔回道。

"咱们到底在找什么?"维尔克斯问道。

"我现在还不清楚,但是有些不对劲。"

维尔克斯开始有些不满,说:"那你先搞清楚再说吧。"

他还没说完,克莱尔便插话道:"我知道你和我一样迫切,甚至比我还迫切想要弄清这件事,警督。如果你真的这么迫切,就直接给罗斯医生打电话,我现在觉得,答案就在这些骨头里。"

过了一个小时,维尔克斯、萨瓦雷斯、尼克和克莱尔才赶到。他们走进一个不常用的旧验尸间。验尸间里,四副尸骨各放在一个验尸台上,分别是四名受害者的遗骸。他们进来时,正看见罗斯验尸官在遗骸之间走来走去,好像他是一位21世纪高科技密室的看门人。

"这又不是西班牙宗教法庭[1],"罗斯风趣地说,"你们怎么一个个看起来跟托克马达[2]似的?"

1　1480—1834年的天主教法庭,以残酷迫害异端著称。
2　西班牙宗教法庭的首领。

"这家伙就是个爷们儿，"萨瓦雷斯指着克莱尔说，"这是她的主意。"

"哦，至少沃特斯医生和我有共同语言，"罗斯说。

"过奖了。"克莱尔说。说话间，她掏出一副手套，眼睛开始盯着这些骨头看来看去。"读研究生时，我和医学院其他学生一样，做过病理学方面的研究，但我还算不上一个专家，还需要您的帮助。"

"您的愿望就是对我的命令，"罗斯说着，伸出一只胳膊在尸骨上扫过，"咱们要找什么？"

"找每副尸骨不同的地方。您是按照我说的那样摆的吗？"

"我确实是那么做的，"罗斯答道，"我不告诉您，您绝对不知道哪副尸骨是谁的。"他拿起两把放大镜，给了克莱尔一把，"您的放大镜，神探。"

三名警察站在后面，看着克莱尔仔细地端详每一块骨头。她看完第一副，摇摇头，继续看第二副。过了一小会儿，还是没什么发现。但刚看了第三副尸骨没一会儿，克莱尔就突然在死者肩部停了下来。

"过来，"她对罗斯说道，"看看这个。"

罗斯赶紧走过来，拿着放大镜仔细地盯着看。

"看见没？盂肱关节内侧。"

罗斯移到膝关节。"这儿也有，相同的痕迹。"

"你是要我们了解一下这个验尸大秘密呢？还是让我们在这儿站着，眼睁睁地看着却说不上话干着急？"维尔克斯能做的也只是问一下。

罗斯指着验尸台的遗骸，说："这三名受害者——两个1977年的和前几天在布鲁克林大火中发现的无名氏，都是被用同样的手法肢解的，几乎达到了外科医生的操刀精度。如此熟练地将尸体肢解，说明凶手对解剖学的应用知识还是很了解的。"

然后,他又走到克莱尔还在检查的那副尸骨前。"但罗莎·桑切斯的情况有所不同,她关节处的缺口和手法几乎看不出来。和其他的尸体比起来,罗莎的尸体好像直接被人劈开,而不是以灵巧的解剖学手法分尸的。"

"或者这个人十分愤怒,或者急于分尸,"尼克有些不满地盯着罗斯,语气中有些指责的意味,"我不会排除任何可能性……"

"不可能,罗勒。"罗斯反驳道。

"他没错,尼克,"克莱尔也同意道,"罗莎的骨头上有很多其他的痕迹,很可能是在嫌犯的车里被打造成的。我在关节上发现的痕迹很容易被误认为是殴打造成的。"

她抬头看看这几个人。"至于嫌犯匆忙所为,尼克,我不同意,"她论证道,"罗莎是在斯塔滕岛上的森林里被肢解的。走好几英里都看不见一个人。为什么帕尔默在那儿还要匆匆忙忙地呢?"

"或许怕被人看见吧,"萨瓦雷斯说出了自己的意见,"他需要尽快离开那儿。"

尼克想了一下,答案电光石火般闪现在脑中。

"或许不是帕尔默。"他说。

"我想是这样的。"克莱尔肯定道。

维尔克斯此时只能拼命憋出一句:"和之前的状况一样,你们已经给帕尔默的罪行找到了铁证,怎么会不是他呢?"

克莱尔把放大镜放在验尸台上。"你站在帕尔默的角度来想。不是一个外科医生,而是一个厨师,这意味着他知道怎样才能不费力地把一块肉分解开。他为自己的作品感到骄傲。1977年他在布鲁克林杀害了两名女性,那两具尸体被抛诸脑后,因为既没有线索,大家又都在忙着找山姆之子。然后,他移居到哥斯达黎加,继续他疯狂的杀人行为。把警察叫来这里,警督,给我一个星期的时间就行。验尸官要确定这二十二名受害者的尸骨保持初始状态,不能有一个缺口、划痕或者其他痕迹。"

维尔克斯对萨瓦雷斯说:"打电话。"说完,又看着克莱尔,"继续说,医生。"

"好,帕尔默谋杀了他的妻子,然后搬回了纽约。据我们所知,他所杀的女性比我们发现的还要多。但先假设不是他杀的。然后,他突然听说在离洋基体育场三个街区的垃圾桶里发现了一整具人骨。"

"我的神啊,医生,"维尔克斯打断道,"你是说帕尔默会怒不可遏,是因为他没有杀害罗莎·桑切斯,而是有人山寨了他的作品?"

"她就是这个意思。"尼克答道,语气中透出一股自信。

"这就能说通了,因为罗莎的尸体是唯一一具被剁开的。帕尔默对自己的作品一向引以为豪,所以便杀害了这里的那位无名氏。"克莱尔所说的无名氏是布鲁克林大火中发现的受害者遗骨。"因为他是个完美主义者,没有人会像他那么精细。他要向每个人展示——"

"等等,"维尔克斯举手示意,"只有一个问题。罗莎·桑切斯的案子还没进展呢。我们一直都盯着这件案子。帕尔默怎么知道她死了——"

说到半截,他看了尼克一眼,不再说话。尼克意识到警督已经自己找到了答案。

"帕尔默的朋友,警察局局长,"尼克恍然大悟,"他肯定是在晚宴还是什么场合上告诉他的。"

"这就解释了为什么如果帕尔默被定为凶手,他就要辞职了,"维尔克斯说,"因为如果帕尔默不知道罗莎已死的话,这位无名氏现在可能还活着呢。"

"真他妈难以置信啊。"罗斯说。

"你一个字都不要跟别人说,"维尔克斯对罗斯道,"对你们头儿也不要说。我们还有几个问题需要解答一下。"他又转向克莱尔,"比如说,你是怎么从皇后区的另一具尸体联想到这些的?"

"哪一具?"罗斯问道。

"爱莉潭公园的离奇自杀案。"尼克对他说道。

"你是说那个想把自己切成两截的家伙?"罗斯回道。

"很有可能是一起他杀案件,"克莱尔说,"也是一个山寨案,模仿的是20世纪20年代那个小女孩的谋杀案。联系就是受害者的火柴盒和罗莎尸骨旁那张收据上的字。"

维尔克斯竭尽全力想把这些事想明白。"那咱们这个疯狂杀手就是个和咱们玩文字游戏的、不知名的山寨连环杀手吗?为什么?"

"警督,因为像帕尔默一样,这个疯子也是一个完美主义者,而且他想知道咱们是不是和他一样完美。"克莱尔答道。

尼克突然想明白了:"他在测试咱们大伙的智商。"

"没错,"克莱尔说,"是时候让他看看结果了。"

克莱尔坐在重案组办公室的电脑前,重新浏览着"字谜解算器"的网站。现在已经没有理由让克莱尔藏在维尔克斯办公室偷偷摸摸地进出警局大楼了。短时间内,这里会完全开放,当然也包括让她参与案件调查。克莱尔怕被登上晚报寻人启事,便给菲尔伯恩打了电话,事无巨细地对她说了一遍,并向她保证所有的事情几天内就能办好,恳求导师大人能宽限两天。菲尔伯恩为人谨慎,而克莱尔也知道导师的耐心快磨没了。但克莱尔心里明白,刚才讲的事情都结束了以后,菲尔伯恩会为她感到骄傲的。

不过,克莱尔也要对自己有信心,需要明白凶手的动机并不充分,给维克多·帕尔默定罪的证据也不足。克莱尔必须搞清楚这些词的意思,才能弄清杀害罗莎的凶手是谁。

在搜索引擎上已经输入了"淫乱吱吱声(*fornication cheeps*)",电脑搜出了数百条解决方法。她仔细地看着搜索结果,不知道什么时候那个显而易见的答案会突然蹦出来。尼克走到她身后,站在一侧看着电脑,问道:"进展怎么样?"

"慢,"克莱尔说,"你那边怎么样了?"

"定了,今晚七点,他们提名你去。"

"可以,我已经从菲尔伯恩医生那儿得到许可了。"

"你也让她发誓保密了吧,我想。"尼克说着,拉过一把椅子坐在她旁边。

"是的,"克莱尔答道,眼睛却一直没有离开屏幕,"而且我也没有告诉她所有的事情,总之。"

"克莱尔,"尼克对她说,严肃的语气吸引了她的注意。她转过身,面朝尼克坐着,问道:"怎么了?"

"他们想让你和我们一起上台。"

克莱尔目瞪口呆:"你不是要告诉我,你不——"

"我没那本事。"

除此之外,只有一个可能。想到这,她大吃一惊。"维尔克斯?"

"他告诉警长、局长和市长,没有你帮忙的话,根本不可能走到今天这一步。尽管他考虑得很长远,但你确实是我们的一员。他说,如果他要颁奖的话,会亲自为你别上一个金色的警盾奖章。"

克莱尔没有反应,尼克这才看见,她已经盯着屏幕上的内容又陷入了沉思。

尼克问道:"你听见我的话了吗?"

"完美,"她看着屏幕说道,"这是和完美有关的意思。"

尼克也顺着她的视线看去。在一堆关于"淫乱吱吱声(*fornication cheeps*)"的字谜列表中,克莱尔正看着三个以"完美(*perfection*)"开头的组合。

"完美?"

突然,她看到了正在苦苦寻找的那个词,便抓过身边一个黄色的笔记本写在上面。

淫乱吱吱声(fornication cheeps)= 完美在混乱中(perfection in chaos)

"你们两个到底在干什么?"维尔克斯一边急匆匆地往这儿走,一边问,"咱们已经——"

他看见克莱尔写在黄色记事本上的字。

"你确定是这样的吗?"他问克莱尔。

"我非常确定,"克莱尔说,"这儿还有些别的。我觉得,他还想告诉咱们他是谁,或者至少是他认为自己是谁。"

她在记事本上写下"字谜有神论者(*anagram theist*)"。

"你说过,'有神论者'是说他相信上帝。你现在还觉得这个屠夫相信上帝吗?"尼克问道。

"或许他相信自己就是上帝。"维尔克斯半开玩笑地提到。

"差不多,"克莱尔说着,又写了一遍"字谜有神论者(*anagram theist*)"。"如果我把'有神论者(*theist*)的前三个字母拿出来,组成一个词'那(*the*)'。如果我把最后三个字母加到'字谜(*anagram*)'后面……我知道了……"

克莱尔用加粗的印刷体,写下两个词:"那位字谜人(THE ANAGRAMIST)"。

"这就是他认为自己是的那个人。"克莱尔说。

维尔克斯摇摇头,有些不相信。"或许他的朋友小丑、谜语先生、企鹅人或者猫女[1]能帮我们找到他,"他风趣地说,"这案子比漫画书的情节还疯狂。"

"我们要改写发言稿了,警督,"克莱尔说,"只要改一点点。"

"你去改那个该死的玩意儿,"维尔克斯看看表回道,"赶紧做,还有一个小时,就该你大秀风采了。"

"谢谢各位今天光临,"纽约市市长马克·格拉斯曼站在总部大楼一层大礼堂的发言台上,对着身前的一丛麦克风说道。

礼堂挤满了记者和警局高层人员,市长说了几句,然后介绍了一下站在他左边的警察局局长法雷尔。法雷尔虽然是被逼无奈,但还是着装得体、表情严肃地站在一旁。他们后面站着多兰警长和维尔克斯警督。克莱尔则站在他俩身后,尼克和托尼·萨瓦雷斯站在她两边,

---

[1] 都是漫画《蝙蝠侠》里的反派人物。

盾形警徽别在他们制服上衣的胸前口袋。

法雷尔简短的讲话是关于从他至爱的警局退休的事情，不过台下相机的快门声几乎湮没了他的声音。克莱尔知道这都是扯淡，法雷尔提交辞呈是为了避免万一被人发现他告诉维克多·帕尔默的事情，那场必然降临的污言秽语的风暴。他还宣布帕尔默因1977年的两宗谋杀案和纽约东部的无名氏谋杀案而被捕，并以此作为送给市长的分别礼。这段讲话大约用了五分钟，在此期间，克莱尔得站在那儿，脸上用力憋出严肃的表情。在类似的新闻发布会上，所有与会人员都是这种表情。这也是事先安排好的。

"在我回答大家问题之前，我想介绍一下布莱恩·维尔克斯警督，他是重案组组长，他所带领的警探调查并侦破了此案。"

维尔克斯走上发言台，克莱尔不禁想知道，他会不会在发言中不小心说个脏字。不过，她从没见过维尔克斯专业的、光鲜的警局政要的一面。

"我不是有意在说我上司所言不实，"维尔克斯开口道，"但是没有来自曼哈顿州立大学医院的克莱尔·沃特斯医生无价的帮助，我们不可能逮捕维克多·帕尔默。这是沃特斯医生第二次与我们并肩作战，纽约警局和纽约市都应该对她心存感激。沃特斯医生还会继续在其他两件案子中，以特殊顾问的身份来协助我们。接下来我要向大家公布这两件案子。"

所有的相机"咔嚓"声和对焦声齐响，不过这些镜头对准的都是克莱尔。她还是全神贯注地站在那儿，目视前方，听到对自己的高度赞扬，不时点头认同。维尔克斯开始念稿子的时候，她的表情变得庄严起来。

"逮捕帕尔默先生,是对两个多星期以前发生的凶杀案调查得出的结果。你们每个人都会拿到一份新闻通稿,里面有我的讲话内容和新闻通报以及嫌疑人照片。受害者名为罗莎·桑切斯,二十三岁,布朗克斯人。失踪四天后,其尸骨被发现于洋基体育场三个街区外的垃圾桶里。刚开始,因为作案手法和帕尔默所犯下的其他案子很相似,我们怀疑帕尔默先生是谋杀桑切斯女士的凶手,但事实并非如此。因此,该谋杀案仍悬而未决,将凶手绳之以法是本局第一要务。我们现在正在寻求帮助,任何人只要有桑切斯女士的信息,可以拨打屏幕上的电话联系我们。现在,我来回答各位的问题。"

克莱尔放松了膝盖,尽力表现得不紧张。本次新闻发布会的最重要时刻还没到呢。

"您有什么线索或者嫌疑人吗?"一名经验丰富的电台记者问道。

"得了吧,路易,你知道我们不能在这儿公布掌握的信息。"此话一出,引起下面记者团一阵笑声。在镜头前毫不拘谨,这是维尔克斯的一贯风格。"但是我们相信桑切斯女士是被一名山寨杀手随机选中的受害者。"

"你是说,有人模仿了维克多·帕尔默的作案手法?"台下又有人喊道。

"他还犯有其他案件,"维尔克斯答道,"有一个案子我们正在调查,现在还不能告诉你们,那宗案件很可能与此相关。虽然我可以告诉你们那宗案件的作案手法和桑切斯案子完全不同,但是明显的细节和大约一个世纪以前的谋杀案很相似。"

一名《时报》的记者问道:"你能详细说一下是什么让你们认为帕尔默先生没有杀害桑切斯女士吗?"

"可能和你想听的有些差距，玛丽莎，"维尔克斯说，"但是我可以告诉你的是，和帕尔默案件相比，这个山寨杀手的手法更为残忍。"

"您说的'残忍'是什么意思呢？"另一位记者问道。

"呃，可以说帕尔默模仿者手法拙劣，作案缺乏调查和准备。而对帕尔默来讲，谋杀就是一种艺术。和他相比，这个冒牌货的手法就像学龄前儿童的手指画一样粗糙。他是一个非常业余的选手。"

克莱尔却没有在意投向维尔克斯的问题。虽然脸上表情依然严肃，但她的心里却更加有安全感，对自己所做的工作也心满意足。因为，维尔克斯刚才所公布的是她写的稿子中最重要的部分。杀害罗莎的凶手或许会败在这些话上。

他们只需静观其变。

他看着镜头拉近，对准克莱尔的脸，负责调查的维尔克斯则在一边不停地讲话，他记不清他叫什么名字了，不过这不重要。发布会一开始就让他有些小惊喜，那两个新闻已经过了这么些年，最后他还是成功地把维克多·帕尔默的恶行公之于世，这下他心里只有喜悦。

然后，他把刀放进羊肠线袋里。把帕尔默比作梵高，而他是冒牌货，他的手法与其相比，还不如幼儿园小孩的手指画？粗劣？业余？

这些低能的警察到底他妈的以为自己是谁？他们把自己面对的对手当成谁了？好吧，他们会知道的。

他抓起床边那盏仿古瓷灯，一把摔到屋子的另一头，瓷灯支离破碎。然后，他抓起七岁时妈妈买给他的闹钟，表盘上是罗马数字，电镀的金壳，上面还有一对小铃，又摔到一边。他抓住什么就摔什么。愤怒、憎恨、嫉妒，向他席卷而来。

摔向电视,摔向克莱尔的脸。

屏幕上显示克莱尔脑袋的那块儿被砸得七零八落,电视里面冒着火星,渐渐地黑了,最后就像罗莎·桑切斯一样,死去了。

虽然对这个被称为警督的家伙所说的话根本就没放在心上,但克莱尔出现在那里就告诉他,他需要了解一切。站在发言台上的那个白痴是个傀儡。他知道,维尔克斯嘴里说出的词都是克莱尔写的。他挚爱的克莱尔,他的英雄,是他永恒的爱与无尽的恨发泄的目标。

因为她揭露了这一切,她想方设法弄清了事实,而这就意味着他是一个失败者。克莱尔比他要聪明……

那就意味着他需要更聪明。

那咱们看看她有多聪明吧,他心想,她把我想错了,就像医学院不允许我进去读书一样,是个错误。

他还有招数使给她看,给所有人看。

他走近墙上那个大格子,抓起马克笔,似乎这就是他的屠龙剑,杀死那个母夜叉——克莱尔。愤怒!他开始在格子里面、上面、下面和已经填上的字周围写道:

罗莎·桑切斯
詹姆斯·富兰克林
罗伯特·纽曼

他为下一个词留下了一个特殊的位置,就是那个中间的位置,他不希望用到这块地方。但是现在,毕竟所有的事情都已经发生了,她已经预料到了每一件事,他别无选择。他拿起一支红色马克笔,写道:

再度杀戮(KILL AGAIN)

他看着墙上血红的字母,脸上的笑容绽放如花。又在"再度杀戮"下面写道:

碱杜松子酒(ALKALI GIN)

这是纷乱尘世造就的又一个完美字谜,他想。

他后退几步,用崇敬的眼神欣赏着自己的作品。然后他想起来,他把最重要的单词给漏掉了,于是他又走到墙根,慢慢地、认真地在纵横字谜的格子里写道:

克莱尔·沃特斯

她竟然敢超越他,在她的临终之日一定会后悔的。

因为现在,超越她已不足以解他心头之恨。

第二十章

夏季已经到来，外面暴风雨中的隆隆雷声透过砖墙，传到了警局总部大楼的一间屋子里，几乎盖过了维尔克斯的说话声。他和克莱尔、尼克正大步流星地走进重案组办公室，屋里熙熙攘攘，每张桌子上都放满了东西，每个警探都打着电话。"如果你们想惹字谜人生气，医生，你本来就该这么做，"他说，"干得漂亮。你站在那里，甚至就和我们的人站在那里一样。"

才刚刚晚上八点，但克莱尔很累，她看得出来尼克也弓着腰走路，因为睡眠不足，他随时可能倒下，而且还承受着脑震荡的影响。看出尼克疲态的不只是她一个人。

"你怎么看起来像一坨狗屎啊？"维尔克斯对尼克说。

"我没事。"尼克答道，努力装出一副没事的表情。

"该死，"维尔克斯的语气听起来更亲切了一点，"你回家吧。"

尼克还想继续："咱们还有工作要做呢。"话刚说完，他就差点被椅子腿绊到，幸亏克莱尔抓住了他的胳膊。

"我没事。"他说着把克莱尔的手拨开。

但是维尔克斯却没听进去。"我亲自命令你，警探！"他以眼神示意克莱尔来帮忙。

"你得休息,"克莱尔说,"否则可不太利于你的脑袋痊愈。"

尼克知道他们没错,但又不想承认:"这件案子结束前,我哪儿也不去。"

"对于你和现在的状况来说,已经结束了,"维尔克斯义正词严地说道,"你不是这里唯一的警察。而且,实际上咱们不知道字谜人到底是谁,所以没有太多工作可做。咱们明天早晨再集合吧。"

"你确定?"尼克知道他又在给自己做工作了。

"我确定,如果医生不带你回家,我就送你回医院,"维尔克斯声音不高,语气却很坚定,"咱们只要祈祷这个疯子今晚别出来物色目标就行,但不是说咱们怎么都阻止不了他。"他又转向正在打电话的萨瓦雷斯,"托尼,那个字谜解开了吗?"

萨瓦雷斯捂住话筒:"我们已经通知各指挥台,只要今晚发现一起可疑的命案,就会直接报告咱们。我、比利和弗农今晚会奋战一晚[1],接各地来的电话。"

维尔克斯为了让尼克放心,说:"你看到了吧?所有的事情都有人做了。医生,你的材料明天早晨要准备好,明白吗?"

"是,长官,"克莱尔毕恭毕敬地答道,"字谜人的档案会准备好的。"

"好,"维尔克斯说完,看了尼克一眼,"现在赶紧收拾收拾往家滚蛋吧。"

克莱尔在尼克数不清的钥匙里摸索着,最后终于找到了,打开家门。

---

1 他所说的"奋战一晚(go to the mattresses)"是电影《教父》里的俚语,指他今晚要支起便携的帆布床,在重案组过夜。

尼克刚走到门前，西斯科便摇着尾巴一路小跑过来，尼克却无暇顾及，用尽最后一点力气挪到了客厅的沙发上。他双手好像有些不听使唤，把女儿们放在上面的时尚杂志推到一边后，他重重地躺倒下去。

"你明天还是别去了。"克莱尔建议道，坐在了配套的双人小沙发上。尼克伸个懒腰，西斯科也躺在沙发前的地上伸个懒腰。

"不可能。"尼克的话有些含混不清。克莱尔希望这是累的，而不是脑震荡造成的。尼克又伸个懒腰，沙发旁边的落地灯被碰得倒在了他身上，克莱尔扶起灯，打开。

"睁开眼睛。"克莱尔说。

尼克缓缓睁开眼睛，克莱尔低下头，两人的脸只有几英寸的距离。然后，她打开手机上的闪光灯，照了一下尼克的双眼。

"啊！"尼克大叫一声，突然的强光照进眼里，让他十分难受，"你还嫌我瞎得不够快是吗？"

"我想看看你瞳孔有没有散开。"克莱尔感到稍稍安心。

"哦？"他没好气地反驳道，"那结论呢？"

"用我们行话，那叫诊断结果，"她不慌不忙地说，"你会……"

"爸爸！"吉尔穿着长睡衣，上面有流行歌手阿黛尔头像的印花，很显眼。她大喊着跑到尼克身边，亲了他一下。这时，她看见尼克后脑勺上包扎了一天的薄纱绷带，愣了一下。"老爸，你没事吧？"吉尔问道，不等尼克说话，就转向克莱尔，"你对他做什么了？"

"他抓杀人犯的时候撞到脑袋了，"克莱尔说，"你爸又当了一回英雄，但是他不知道适可而止。"

"那是因为他就是头倔驴。"吉尔边说边抚摸着父亲的头发。

"你才是英雄，"尼克对克莱尔低声道，"我只是晕过去了，而你拿着枪制服了他。"

吉尔感到他们两人之间比之前多了一点什么。"谁来告诉我,他有事吗?"她的话打破了短短的一阵沉默。

"我没事。"尼克说。

"他多休息就没事了。"克莱尔安慰道。

"我知道自己什么情况。"尼克一边否认,一边挣扎着坐起来。

吉尔又把他按到沙发上。"放松点,大个儿,"她柔声道,"她是医生,听她的就行。你就听一回话吧。"

"想让我留下的话,尽管说。"克莱尔向吉尔提议道,尼克一听就抬起头。

"多谢关心,"吉尔心存感激地答道,"我真的很感谢你的帮助,但是你一定也很累了,我能照顾他。"

"凯蒂在哪儿呢?"尼克无力地问道。

"睡觉呢,"吉尔说,"我跟她说了,你正在办一件大案子,她就什么都没问。"

克莱尔想留下。因为从医院出来后没让他休息够,而且自己也没有坚持,她觉得应该为尼克的伤负责。克莱尔懊恼得直想踢自己两脚。但是,她知道尼克从来不会听她的话,现在也同样不会答应让自己照顾他。"那我走了,"她说,"但是明早我一起床就过来。"

"你不用起太早,"尼克说,"汽车前排座椅下面粘着一套房门钥匙。"

"说起找钥匙,咱们伟大的警探总有心理障碍。"吉尔对克莱尔说。

"如果需要我,就给我打电话,"克莱尔又强调了一遍,"你有我电话。"

尼克不知哪儿来的力气，振作精神坐了起来，说："我送你出去。"

"别出去，爸，"吉尔命令道，"外面正下大雨呢。"

"是，大小姐，"尼克说着，还很搞笑地敬个礼，"就送到门厅。"

他用力从沙发上站起来，要把克莱尔送到门前。

克莱尔努力告诉自己，那天尼克在车里吻她的时候，她已经感觉到了他的关爱。这种感觉在她承认以前便已经有了。克莱尔很困扰，为什么她不能接受、相信自己的感情？这种感情是出于对他救命之恩的感激吗？她恋上的不是尼克本人，而只是想成为他们家庭的一员，要照顾他和他的女儿们吗？抑或是，她只是简简单单地爱上了他？如果是这样，为什么还要对自己的感情置之不理？

他们走到门厅，克莱尔明白，那不是害怕承诺。以前和伊恩订过婚，一起做过奖学金计划项目，不可否认，克莱尔确实爱上了伊恩，那份爱情却以悲惨的结局收场：一天，她发现伊恩在他俩合租的公寓里被残忍地杀害了。至今，她想起那场景仍然瑟瑟发抖。

然后，她才意识到，或者说想明白：或许就是这样。我喜欢的一切都会死。我再也不想爱上任何人了，包括自己。

"多谢你把我带回家。"尼克说着，轻抚克莱尔耳后的秀发，把她从自己的思想中唤醒。

"你需要上床歇着。"克莱尔说。

"什么意思？"

"意思是，如果你觉得不妙，就不要逞能，否则可能造成永久性脑损伤……"

她还没说完，尼克便更温柔地低下头吻了她。这次，她没有犹豫，只是闭上眼睛享受其中。这是伊恩死后她第一次让自己去感受这种亲昵。四唇如胶似漆般缠绵了不到一分钟,尼克松开了。

尼克只说了一句:"哇!"

"对不起。"克莱尔结结巴巴地说。

"不用道歉,是我先吻你的。"

"我早上再过来。"说着克莱尔便急匆匆地下楼了。

外面已亮起街灯,克莱尔从车后窗的玻璃上看看自己,头发凌乱,心想:今晚父亲在公寓吗?她不想让父亲看见自己这个样子,也不想回答父亲必然会问的问题。

趁乘电梯上楼的空当儿,她稍微冷静一下,保持着那种对父亲期待的兴奋,盼着父亲来看看自己,和自己说说话,听听他冷静却很舒心的声音。但是,等她打开公寓房门的时候,很显然,父亲不在。在警局大楼的两天让她筋疲力尽,她径直走到卧室,衣服不脱,鞋也不脱,一头栽倒在床上,合上双眼,沉沉地睡去。

睡着睡着,她突然被床头柜上的手机铃声吵醒了,睁开眼一看,屋里都是刺眼的阳光。她伸手拿起手机,睡意蒙眬地答道:"喂?"

"克莱尔,宝贝儿,"妈妈的嗓音听起来特别紧张,让她一下子睡意全无。她瞥了一眼电话号码的归属地,立刻惊慌起来。"妈,你怎么在罗切斯特总医院?"虽然这么问,但她心里却害怕听到妈妈回答。

"别害怕,别赶飞机……"

"妈!"她打断妈妈的话,从床上跳起来,边说边跑到衣橱前,"告诉我,是我爸出事了?"

"是的,但是他们认为你爸会好起来的。"

"他们认为?发生什么事了?"克莱尔问道,担心他突发心脏病或者中风。

她听见母亲在电话那头深吸一口气，说道："他今早发生车祸了。"

克莱尔记得昨晚有种想和父亲说话的冲动，后悔没给他打电话。然后，她用医生的口吻说：

"告诉我医生具体怎么说的。"

"是德布·汉特，"电话那头答道，克莱尔这才有些宽慰。汉特和她们家是世交，恰好也是这家医院急诊科的负责人。"她已经让医生做全面扫描了，说你爸没事，还说虽然发生了车祸，但他的状况已经是不幸中的万幸了。"

"到底发生了什么，妈？"

"呃，你知道你爸去体育馆有多早……"

明白了！"妈，别——"

"对不起。他在东大街卡尔弗路上过十字路口，当时是绿灯，所有的目击者都这么说的，但是一辆公共汽车速度很快闯过红灯，把你爸撞得老远。"

克莱尔有些不解："目击者？早上五点半？"

"感谢上帝，你爸一看见车冲过来便加大油门，所以只撞到车尾，车子打着转扎进了一个电话亭。"

克莱尔有些听不懂母亲的话。"慢点，妈，别突然说这么多。那个公交车司机喝高了还是怎么了？"

"他们不知道开车的人是谁。"母亲答道。

"你的话讲不通啊，妈……"

"这件事就讲不通！"母亲在电话那头喊道，"所有人都说那辆车被偷了。"

"哇，"克莱尔从衣橱里拉出一个小行李箱，扔在床上，觉得父亲的

281

车祸有点……呃，匪夷所思，但是，为了母亲，她得赶紧去找他们。

"哦，至少我爸没事，我能跟他说话吗？"

"他们在给你爸做最后的检查，我想是电脑断层扫描。他一下扫描床，我就让他给你打电话。你也知道，他们不允许在扫描间里用手机的。"

克莱尔不禁无奈地翻个白眼："我知道，妈，我就是医生，你忘啦？"

克莱尔母亲在电话那头神经质地笑笑，说："不好意思，宝贝，今天早上发生的事情太多了。"

"我想象得出来。"克莱尔的声音有些颤抖。

"我怎么听你的声音不对劲啊？"

母亲居然能听出她的恐惧，克莱尔大吃一惊。"只是……我昨晚有一阵强烈的冲动，想给你们打电话。"

"那为什么没打呢？"

"因为我连续两天没睡觉了，一躺到床上就睡着了。"

"别担心，亲爱的，"母亲尽量用安慰的语气说，"他现在没事了，你一会儿干什么啊？"

克莱尔看着床上还没装衣服的行李箱，暗下决心。"工作，妈。"她没有对母亲说实话，其实今天的工作地点是警局大楼，和尼克及别的警探一起查案。"只要你把手放在《圣经》上，对我发誓我爸真的没事，我就去上班。你得保证，等他一出检查室，你就让他给我打电话。我想听他亲自说话。"

"我保证。"

"两个小时以内没接到你的电话，我就打回去。"

"我手放在《圣经》上保证。"母亲风趣地说。

两人互相道了别,然后挂了电话。克莱尔又把行李箱扔到衣橱里,匆匆忙忙地洗了澡,穿上宽松的长裤,浅棕色衬衣,外面套上一件灰色运动夹克,穿上平底鞋。她没吃早饭,慌慌张张地下楼了。外面的天阴沉沉的,走到昨晚停车街角处,她怔了一下。吉普已经不翼而飞了,一辆大众甲壳虫在那儿停着。

深吸一口气,你昨晚太累了,你确定是停到这儿了吗?

她四下张望,视线落在街灯下,那是她昨晚从吉普车窗看自己模样的地方。她在原地转来转去,找这个街区的停车标志,看是不是自己非法停车被拖走了。不过,没理由把一辆吉普拖走啊……

"嘿,小姐!"一个男人的声音传来。

她转过身来。一个年轻的看门人看着她,说:"你迷路了还是怎么了?"

"我想,我的车被偷了,"克莱尔说着指向停车的那个地方,"我是说,我朋友的车。昨晚我就把车停在那儿了。"

"是辆什么样的车?"

"红色的吉普切诺基,80年代那种老式的、四四方方的切诺基。"

"只能说,我到这儿以后没看见,"看门人一口浓浓的布鲁克林腔,"建议你最好报警,希望能帮到你。"

克莱尔脑子里突然冒出一个主意。"或许你可以帮我,"她说,"你们大楼有安全监控摄像头对着这条街吗?"

"有吗?你想,那个该死的 CIA[1] 在这儿,他们的摄像头还有什么地方照不到?想检查一下录像吗?"

---

1 美国中央情报局。

"我听起来可能有点发疯了,但是请查一下,好吧?"

看门人自称名叫卡尔,布鲁克林区卡纳西人,他说,他一找到人给他替班,就尽快给克莱尔提取视频。克莱尔给尼克打了电话,告诉他车丢了,本来还一直担心,但听到尼克安慰的话,心里又有些高兴。

"别挂,"尼克说,"我打个车,马上过去。"

因为堵车,这个"马上"结果变成了半个小时。不过也不打紧,卡尔也是找了半天才找到人来替班。

"至少我没抓狂。"克莱尔说。尼克站在她身边,卡尔用一个小显示器播放着监控视频。监控的屋子就在公寓大楼前台后面,也很小,里面放着一张桌子,上面乱七八糟地放着些纸,刚才卡尔在这堆废纸里摸索了半天才找到无线鼠标。

"我从来没认为你抓狂过。"尼克答道。今天感觉他又恢复成以前的那个尼克了。

克莱尔压抑住内心的冲动,没有问他感觉怎么样,因为知道他只会说他没事。她把注意力转移到显示器上,他们清楚地看见视频里的克莱尔冲着车窗照了照自己。"你这是要去约会还是干吗?"尼克嘴角上扬,风趣地说。

但克莱尔甚至没听见他说话。"那是谁?"她盯着屏幕问道。屏幕上,一个男人身穿深色衣服,宽檐的帽子挡住了他的脸,走近了吉普。他从大衣里抽出一根开锁钢条,从车窗玻璃缝伸了进去,一提,门打开了。他钻进车里,将手伸到仪表板下面,好像插进一把钥匙,然后把车头灯打开就开走了。整个过程不超过二十秒。

"呀,这家伙是专业的。"卡尔说。

克莱尔把视频暂停,吉普开到大街中央的画面静止了。尼克的语气变得非常严肃:"卡尔,给你上司报告一下,我需要这个视频,这是犯罪证据。"

"当然,警探,"卡尔一边往外走一边低声说,"世纪大案,电线打火,发动了一辆破烂车。"

"卡尔比他本身更接近真相,自己却不知道。"尼克说。

"你在说什么?"克莱尔问道,"我觉得旧车零件在第三世界国家倒值一笔钱呢。"

"我倒不是说我的车,目前看来,"尼克答道,"他没有用电线短路的方法打火,而是在仪表板下面找到了备用钥匙。"

"这辆车的钥匙?你说过,你一直把家里的钥匙藏在座椅下面。"

"我不光一直丢家门钥匙。我用胶布把车钥匙粘在转向杆下面,所以我手上一直会有一把钥匙。"

克莱尔示意尼克看屏幕。"这家伙轻易就找到了钥匙,就像是他放上去的一样。"克莱尔心中一凛,"他等我离开后立刻出现,好像在等我一样。"

尼克也已意识到这点。"我不得不同意你的想法,"他说,"要是这样,他应该知道你开了我的车,然后跟踪了你。"

"或者他一直在我的公寓楼外面盯梢。"克莱尔说。

两种可能都没让他们感到害怕。"先别管这件事了,"尼克提醒道,"咱们还有鱼要钓呢。"

"那视频怎么办?"克莱尔问道。

这个问题问到了关键。"我会给本地分局打电话,在审批下来之前,先派个警察盯着这片。而且,咱们也该去办公室了。"

此刻，重案组办公室聚了一屋子的警探，围着维尔克斯。"在接下来的两个星期，咱们要抓住这个恶心的王八蛋，局长退休前会感激咱们的。"维尔克斯对着满屋的警探说。现在那个山寨杀手人尽皆知，所以没必要把参与调查的警员数量控制在下限。目前为止，搜寻"字谜人（从报纸上截取的绰号）"的人员已经增加到十九人之多。

"找到这个疯子是我的首要工作，"维尔克斯接着说，"那也是十五楼的命令。我们已经拿到了开启这个王国的钥匙——无限的资料。我们所要做的就是走访，然后收集，"他以最慷慨的语气说道，不过对他来说有点过了。"我们会用到每一条情报，"维尔克斯补充道，"因为我们手上关于这个混蛋唯一切实的证据就是他将罗莎·桑切斯碎尸的手法。除此之外，没有任何可以确定其身份的线索——指纹、DNA，也没有留下任何该死的东西：汽车、轮印、轮胎，或者其他什么玩意儿，什么都没有。这个家伙不只是走运，而且还很精明。事实上，他的犯罪手法一直在变，这只是这坨狗屎上的调味料，因为咱们甚至不知道要找的是什么。"

克莱尔站在这些表情严肃、聚精会神的警探后面，背靠着墙。她深吸一口气，该她发言了，不过还是有些紧张，因为在新闻发布会上至少不用说话。

"我们要找的那个人行动有如鬼魅，"维尔克斯继续慷慨陈词，"我们都知道寻找鬼魅有多么困难。既然我们已经在电视上暴露了自己，他肯定知道咱们在抓他。所以，在这件事上，绝不能犯任何错误，咱们就在这里和他玩玩捉迷藏的游戏。现在是时候了，咱们要在这个家伙策划的病态游戏中超越他。"

他给克莱尔一个暗号，克莱尔走到屋子前面。"我不知道你们有多少人见过克莱尔·沃特斯医生,但她一直是这件案子不可或缺的主力,她现在以公职身份和咱们合作,协助抓捕这个神经病。市政府没有给她一分钱,她也没有提出要求,却在全力研究本案。该你讲话了,沃特斯医生。"

克莱尔走到了办公室前面,没料到这些警探竟突然给她以雷鸣般的掌声。她有些尴尬,感觉自己双颊绯红,根本不知如何应对。维尔克斯看见她的窘状,便上台救场。

"好吧,你们这些笨蛋,"他在掌声中大喊道,"别把医生吓尿裤子了。"警探们哄堂大笑。他对克莱尔说:"这里还是有些你的粉丝的,你博得了他们每个人的敬佩。"

克莱尔舒展了一下双肩,深吸一口气:"谢谢你们,谢谢警督。我非常感动。"

"他也是,"后面传来一个陌生的声音,大家又是一阵大笑。此时,克莱尔已经不再紧张了,她已准备好面对一屋子经验丰富的警察讲话。

"好,"笑声渐渐平息后,克莱尔说,"听到你们的笑声,我很高兴,因为我认为咱们的朋友——字谜先生不太好抓。"

她扫视了一下房间,从每个人的表情都能看出来,大家在集中精神听她讲话。"咱们的杀手是个连环杀手的学生,还是个无名小卒。我研究过'101位连环杀手'里的威廉姆·爱德华·希克曼,除了我,不知道你们有人听说过他没有。长话短说,1920年,希克曼在洛杉矶谋杀了一个小女孩,然后放光了她的血,"维尔克斯对大家说,"我们这位杀手也一样,他在皇后区杀了一个人,发现的时候已经死了,目前还没确定这个男人的身份,这个男人的死亡方式和希克曼谋杀那个女孩的方式很类似。"

"那维克多·帕尔默是怎么回事呢?"萨瓦雷斯问道,"最近我们才知道他杀害女性并将其分尸,字谜人是怎么知道他的呢?"

"除非他认识帕尔默,但这绝不可能,"克莱尔同意道,"他很可能是从网上搜了其他恐怖谋杀案,得到了两宗1977年谋杀案的信息。"

"然而,罗莎·桑切斯的谋杀案让我们重新回到调查维克多·帕尔默的轨道上来,"尼克站在侧面不远处,说,"首先,我们认为帕尔默杀害了罗莎,但是后来,我们又发现字谜先生只是模仿帕尔默的杀人方式。这话可能听起来有点别扭,不过我们还是得感谢字谜人帮咱们揪出帕尔默,给他定罪。"

"别忘了,字谜人是个山寨高手。他不只模仿系列谋杀案,还伪装成警察,"克莱尔说,"这就是他诱拐罗莎·桑切斯的方法。"

"妈的,"维尔克斯说,"托尼,派两个人追查一下字谜先生拿的那个看起来像缓刑官警徽的东西,任何从网上买这个、自称收藏爱好者的人。咱们就从这儿和地方警局的供应商店、警徽制造厂家查起。"

他示意克莱尔看屋子后面。"现在,如你昨晚所见,警督在电视上表现出色,不过他是按照咱们给他准备的稿子念的。稿子的目的是为了激怒凶手,我们希望他能因此留下蛛丝马迹。现在说这个到底有没有用或许还为时过早。警督称其为业余选手,目的在于触动他极度匮乏的自尊。他正想法让自己找到自尊,但他日子不好过,咱们把他公之于众后,尤其不好过。他崇拜、模仿连环杀手前辈们的手法。我猜,他现在想不出来自创的杀人手法,或者想出的手法没什么创意,因此正在挑选不知名的杀手,认为自己可以做得更完美,并为自己的聪明才智感到自豪。"

"以前有人干过这种事吗?"一个女警的声音从后面传来。

"有,但不是那种蓄意模仿的手法,"克莱尔说,"目前我们只能这么说。很多谋杀案是凶手想摆脱他们的妻子、女友或者生意伙伴,便把杀人的方式伪装成仍在作案的连环杀手的手法。但没有一件案子像这种情况。"

"那字谜游戏呢?"尼克问道,"为什么要给咱们留下这些字呢?"

"事实上,他想用这个传达更多的消息,他已经说出了自己的名字——字谜人,"克莱尔说,"他想声名大作,想把这个故事登上晨报和网站的头版头条,这种行为和大卫·伯克维茨很像,当时《每日新闻》开始称其为'山姆之子'。"

维尔克斯冲萨瓦雷斯喊道:"或许他就是伯克维茨的追随者。这个人可能进过监狱,获得假释后,决定要变得更出名。咱们派两个人去弗莱布许,和大卫·伯克维茨谈谈吧。他老早以前就信上帝了,应该会配合咱们的。问问他,看有没有人把他当神一样崇拜。接着说,医生。"

"我快说完了,警督,"克莱尔说,"还有最后一件事,关于字谜游戏的,这也可能是最重要的一件事。我们要抓的人通常会相信自己比其他人聪明,以此来给自我形象做一些润色。请不要认为我下面的话很无礼,这样的人通常会这么想:一帮'笨蛋警察'——我只是说一下,不是我本意——永远不会解开这些字谜。"

"或许他是正确的,"维尔克斯谈道,"因为我们没能解出来,是你解出来的。"

克莱尔并不想以此作为这次简短讲话的结尾,于是,她为大家爆了一个大笑料。"但是你能找我还是很聪明的,警督。"她用纯真的语气说出这句话,警员们如她所料笑声一片。

维尔克斯脸红了。他不太喜欢成为别人调侃的对象。"等咱们把这

289

个案子结了,医生会给咱们来段即兴表演,"他说,"你们也有自己的任务。咱们要工作两个'十二小时',就是从半夜到中午,再从中午到半夜,如果有什么事情发生,还会调整。现在咱们开始工作,为纽约市拔掉这根肉中刺吧。"

克莱尔很庆幸简短讲话完毕后没人再鼓掌了。大多数警探都出动了,只有一个还坐在椅子上——比利·西姆斯。这位年轻帅气的黑人警探在整个简报过程中一直在听电话,这会儿才挂掉,然后示意维尔克斯过去。

"怎么啦,比利?"维尔克斯一边问着,一边慌慌张张地走过去。

"拿到爱莉潭公园那个伙计的身份信息了,头儿!"西姆斯说。

维尔克斯把尼克和克莱尔叫到西姆斯这边,让他们一起听。"他的名字叫罗伯特·史蒂芬·纽曼,四十三岁,新泽西斯普林莱克人。"说着他从电脑上调出来一张纽曼的驾照照片。屏幕上,此人样貌英俊,头发深棕,身穿灰色西装,打暗红色的领带。

"这不有点奇怪吗?"维尔克斯低声道,"他怎么从一个海边城市到小颈湾泥地里去了?"

"问得好。最后有人看见他是大前天早晨,他正坐进那辆淡黄色的2008款保时捷折叠篷跑车,地点在蒙茅斯县的高级法院外面,是开车走的。"

"高级法院?"尼克问道,"知道为什么吗?"

"新泽西的州警称,他是一宗人身伤害案件的律师,还兼职做公设辩护律师,他去那儿是为了让自己手上的一个案子休庭。他当晚没有回家,他的妻子报了警。他们在全州范围内发布公告,寻找他和他的座驾。"

"把那个公告给咱们的人和所有的长岛警察包括州警都发一份,"

维尔克斯命令道,"浅黄色的保时捷,咱们可以试试,或许有人看见——"

"已经有人看见了,"西姆斯说,"昨天,在大西洋城机场的停车场里。"

"我猜,这个卑鄙的混蛋没有留下登机,甚至买票的记录,"维尔克斯说道,语气中有浓浓的讽刺意味,"不可思议。谁第一个搞清这个可怜的家伙不开车,怎么从大西洋城机场到了皇后区的泥地里,我就给他升职。"显然,这件案子让他烦透了。"我想,得多派几个人调查纽曼的案子,看看有没有他过去或现在结仇的人可以列入调查目标。"

"新泽西警方正在调查……"西姆斯提醒道。

"那好,我想让咱们的人和他们一起调查。"维尔克斯严厉地说。

"尼克,"一个名叫斯塔克的警探在屋子那头喊道,"3号线。"

"你能帮我听一下吗?"尼克问道。

"是你孩子的学校打来的,"斯塔克探员说,"听起来很急。"

尼克就近找了个电话,一把拿起话筒。

"我是罗勒警探。"他说。

"你好,警探。我是道恩·弗兰顿,校长助理……"

"我认识您,弗兰顿女士,"尼克说。他记得这名女士的名字。她是吉尔所在高中的老师,尼克妻子自杀后,她帮了大忙。"吉尔没事吧?"

"我给您打电话就是想问一下,"她说,"因为吉尔从来没旷过课,但是她第七节历史课没有来——"

"您知道她去哪儿了吗?"尼克问道,话语中的恐惧把脑子搅得一团乱,克莱尔见状也走了过来。

"不知道,但是她的朋友马尔尼告诉我们,吉尔接到您小女儿凯蒂打来的电话后,就跑出了大楼。"

"非常感谢您,"尼克说,"如果吉尔回来了,请跟我说一声。"

"吉尔找不到了?"尼克一挂电话,克莱尔便问道。

"凯蒂给她打了个电话就走了。"尼克扔下话筒掏出手机,按了一下自动拨号上的吉尔。没过几秒,他停止了呼叫。

"直接进入了语音邮箱。"尼克说着挂了电话,按了自动拨号里凯蒂的电话,同样很快就挂掉电话。他心中的恐惧蔓延到脸上。

"怎么啦?"警督问道。

"尼克孩子的事。"西姆斯答道。

尼克慌乱地在手机电话簿中找凯蒂学校的电话,然后加入到快速拨号。"您好,132号话务员。"电话那头传来一个女性的声音。

"嗨,我是尼克·罗勒,凯蒂·罗勒的父亲,"尼克语速很快,"您知道凯蒂现在在上哪节课吗?"

"罗勒先生,没事,"电话里说,"一切都在处理中。"

"什么意思?"尼克问道。

"哦,我们让您派来的警探把凯蒂带走了。"

"什么?"尼克问道,"我从来没有派任何警探去接我女儿。"

维尔克斯听到后飞速走到这边,其他警探不管在做什么,也都停下手中工作,从座位上站了起来。"发生什么事了?"维尔克斯问道。

克莱尔伸手按了一下尼克的电话,声音转成了外放。

"噢,他自称是您的朋友,但凯蒂说不认识他,他说是您借给他车来接凯蒂的。他把凯蒂带到外面,凯蒂说那是您的车,所以我们认为没事……"

她还没说完,尼克就扔下电话。"罗勒先生?您还在听吗?罗勒先生……"

克莱尔挂掉电话,对维尔克斯说:"就是他。"

"你这么认为吗?"维尔克斯反问道。他用手抓住尼克的胳膊,以防他晕倒。

尼克扫视了一下办公室,同事们的表情对他来说已经无关紧要。他看了克莱尔一眼,眼神中充满了恐惧,这是克莱尔第一次看见他这么害怕,也不知道怎么来安慰她。

几乎与此同时,维尔克斯大喝道:"发出通报。目标:尼克·罗勒的私人汽车,1988年款,吉普,切诺基,红色;被挟持人员:两名十几岁女孩;嫌疑人:可能携带武器,危险人物,接近时须谨慎。各隧道和大桥设置路障,拦下这辆汽车。各地铁和站台安排警员,以防万一。"他看了尼克一眼,以便让他冷静下来。"咱们假设此人已挟持了尼克的两个女儿,"他接着喊道,"我要局里每个警察都通知到。斯塔克,你来负责电话,夜班人员从现在起要加班,所有人都去街道巡逻,两人一辆警车。你们在巴特里到克洛伊斯特一带行动,一找到他们,你们就立刻动身。"他在"一"字上着重强调一下,明确自己的意思。然后,他又转向尼克,安慰道:"这个脑残带着两个孩子,离不开这个岛的。咱们快点走吧。"

他话一说完,全屋的警探就立刻开始行动。克莱尔也走到跟前,把手放在尼克肩膀上,尼克没有抗拒。克莱尔什么也没说,她心里清楚,说什么都没用,跟他说"一切都会好起来的",只会让他更难受。

"你们两个,"维尔克斯冲他俩大喊道,"咱们走吧,我需要你们!"

"去哪儿?"尼克这才回过神来,问道。

"凯蒂的学校,"维尔克斯回过头来喊道,边说边往房门走去,"我正派犯罪现场调查组去这个混蛋碰过的任何东西上收集指纹。"

五分钟以后，他们都坐上了维尔克斯的维多利亚皇冠，萨瓦雷斯开着车顺着罗斯福路向南行驶，在巴特里转弯，沿西大街向北。一路上鸣着警笛，闪着警灯，只要不堵车的地方都全速前进。那种熟悉的感觉让尼克恐惧的无力感稍稍减轻。维尔克斯控制了局面以后，尼克说出的话第一次超过一个词。

"他一直跟踪你，"尼克对克莱尔说，"因为他想要那辆车。他拿着同样的警徽给学校的那些笨蛋们看，就跟诱拐罗莎一样，那样凯蒂才会跟他走。"

"然后，他用凯蒂把吉尔骗走。"克莱尔说。

"31号巡逻车，请求指令。"警车的无线对讲机里传出声音。

车上的无线电话和警长办公室的座机是连着的，维尔克斯拿起电话，说："我是警督维尔克斯。"

他把听筒放在耳边，过了几秒才说："收到。我命令全员向此地出发。"他挂断电话，对萨瓦雷斯说："茵伍德地区，佩森、戴克曼大街交叉口。"他命令的语气非同寻常地冷静，但不乏坚定和迫切。

尼克和克莱尔听到这种语气吓了一跳，萨瓦雷斯一言不发，只是按照命令加快车速，驶向北面的曼哈顿西区。"怎么了，警督？"克莱尔问道。

维尔克斯转过头来面朝他俩，两腮的肌肉紧绷，道：

"巡逻车找到了你的汽车，尼克。孩子在里面，还活着，这个王八蛋没有动他们。"他平时说不出话的情况极少，但现在却顿了一下，"但是情况不妙。"

第二十一章

尼克和克莱尔到达警察的包围圈时，汽车的警笛和警灯已经关掉了。曼哈顿最北端附近的茵伍德一带异常安静。天气晴朗，维尔克斯的福特车玻璃颜色更深了。此时，尼克隔着玻璃更难看清外面的东西，只能模模糊糊地看见他那辆吉普停在一个街区那么远的十字路口中间。

他下了车，视线也只是稍微好了一点点，只能分辨出拆弹小组的两个警探穿着拆弹防护服正在检查吉普。他们的装备看起来好像深海潜水穿的巨型抗压服一样。

尼克看不见车里的两个宝贝女儿，但他知道，她们一定被困在里面。

维尔克斯这才告诉他们来北区时发生的事情。绑匪很可能就是字谜人，他把车停在了茵伍德山地公园外的十字路口中央，然后从车上下来，挥舞着炸弹遥控，警告说，如果把孩子们从车门或者车窗救出来，汽车就会爆炸。据女孩们对第一个到达的警察所说，他已经藏到林木茂密的公园里了。

尼克想也不想便往黄色的警戒线走去。

"你去哪儿？"克莱尔问道，意在提醒尼克前方的状况。

尼克没有说话。他刚要从警戒线下钻过去，维尔克斯便抓住了他的胳膊。"你疯了吗？"他大喊道，"你不能去那儿。"

尼克猛地一扯，摆脱了他，维尔克斯旋即又抓住了他。"尼克，求你了。别干扰拆弹组的人工作。"维尔克斯恳求道。

"我是她们的父亲，"尼克说，"就算她们要上天，我也得陪着。"

"这正是那个卑鄙的家伙想要的。"维尔克斯说。

"你要阻止我，除非把我抓起来。"尼克说。两人四目相对，警督看得出他眼中的失望，尼克也知道，一直罩着他的老大不想让他走。但是维尔克斯知道，他别无选择。片刻之后，他松开了尼克的胳膊，尼克点头以示谢意，向吉普跑了过去。

看着这一切在眼前发生，克莱尔心里的内疚感化成一阵剧痛，她不该把尼克卷入罗莎·桑切斯的案子里，她根本没想到会给尼克和他的家人带来这么大的伤害。

现在已经不能改变了，但或许能把伤害减小。于是，克莱尔也朝着黄色警戒带走去，趁没人注意时正要钻过去，维尔克斯一下抓住她的肩膀，把她拽了回来。

"不可能，医生。"

"我能让他们冷静下来，"她也哀求着，"求你了。"

"我连尼克来到拆弹现场都找不到正当理由，更别说你这个平民了。我让你过去，汽车爆炸的话，就算警局不处罚我，我也会在单间牢房过后半辈子的。"

克莱尔一言不发，只得听从维尔克斯的话。她接过维尔克斯递来的一副望远镜，站在黄线后面，将望远镜放到眼前，她看着尼克接近他的汽车，不知道尼克是不是比她还感到无力。

尼克看到两个女儿在后排座椅上缩成一团，紧紧抱着对方，呜咽着。

"爸爸！"凯蒂尖叫道。

拆弹组的一名警探像在月球漫步的宇航员一样缓缓转过身来。他发现尼克身上的防护只有那件100%纯羊毛的精纺毛衣和炭黑色的细纹西装，大喝一声："不要动！离开这里！"

"这是我的孩子。"尼克冷静地说，这一句话好像就解释了一切。

他在离吉普后门一步远的地方停步，思维又变得清晰起来，那双不好使的眼睛记录着每一个细节。他注意到的第一件事是，汽车的四个门都留了一条缝。

谢谢上帝的恩惠，他想，至少这个婊子养的还给孩子们留了缝隙让她们喘气。

尼克不碰车门，尽量向前探着身子。

"我在这儿呢，我不会留下你们两个不管的，"他对孩子说，"这些警察是最棒的。要保持冷静，我们会把你们救出来的。我保证。"

孩子们吓坏了，什么也说不出来。尼克转向拆弹组的人，问道："炸弹在哪儿？"

"伙计，我只能告诉你，"拆弹组的警探说，"我们已经检查了三遍汽车，外部没有任何东西，就是这样。"

尼克扭头看看后门，隔着玻璃说："吉尔，你看见车上有一个带着线的装置了吗？"

吉尔四下看看，双臂却一直没松开凯蒂，凯蒂的头仍埋在姐姐的大腿上。

"什么也看不到，爸爸。"吉尔说。

"好的，宝贝儿，"尼克尽量保持冷静的语气，"告诉我事情发生的经过，从他接你们一直到他下车。"

吉尔颤抖着回忆每个细节："我到了学校外面，上了车。他说他要

297

带我们见你,但是后来他开着车上了西区高速公路,往北走了。"

"然后呢?"尼克追问道。

"他戴着一个耳塞,你见过,就像特工戴的那个一样。我问他要带我们去哪儿。他说你在新泽西等我们,我就立刻给你打电话。然后他掏出一把枪,让我和凯蒂把手机交给他。我不敢相信我当时怎么那么傻。"

"你不傻,你很聪明,"尼克安慰道,"有人拿枪指着你,就按照他说的做。告诉我后来的事情。"

"他本打算上乔治·华盛顿大桥,然后突然又直走。他开车四处游逛了一会儿,好像在找什么东西。然后,他就停在这儿,告诉我们,如果我们下车的话,车子就会爆炸。"

"你看见遥控了吗?就是那个他说能引爆炸弹的东西。"

"嗯。"吉尔说着,努力不抖得那么厉害。

"能给我说说是什么样吗?"尼克问道。

"看起来像开车门的那种电子钥匙。"吉尔说。

尼克沉默了几秒钟,做出了决定。他希望这个决定是对的,因为孩子们的生命、自己的生命都在此一举。

"咱们这么做。"他对吉尔和凯蒂说,同时伸手叫拆弹组的警探们过来。他掏出记事本在上面写了一会儿,然后给每个人都看了一下。"所有人一个字都别说,点头回答。明白吗?"他问道。

孩子们照着做了。他又转向拆弹组的警探,他们也点头示意。

克莱尔站在黄色警戒线外面,通过望远镜看到了这一切。"我想他们有什么计划了。"她对维尔克斯说。

"别瞎说了,神探,"警督回道,"祈祷吧,医生。"

"我一直祈祷着呢,警督。"克莱尔说。

一百码之外的尼克深吸一口气。

"好,"他说,"听我数:一、二、三!"

他猛地拉开后车门,抓住凯蒂就跑,吉尔也匆忙地从哪一边跳出来,拆弹组的人护着她周身要害,跟着她一起跑开,直到跑出了五十码,才有人回头看。

什么也没发生,吉普还在那里,一点动静都没有。

尼克抓住女儿们拉到身边。受到刚才本可能发生的事情惊吓,两个孩子都颤抖着哭了起来。拆弹组警探缓缓走回汽车,往里面看了看,检查了一下车座下面、备胎仓、引擎盖,又用镜子看看车底盘。

过了一两分钟,其中一个大喊道:"安全!"

尼克和孩子们在吉普和警戒线中间的位置停了下来,拥抱在一起。克莱尔和维尔克斯朝他们跑去。

"这到底是怎么回事?"维尔克斯跑到跟前问道。

"那个家伙的杰作。"尼克说完,又开始呼吸了。

"你写了什么给大家看?"克莱尔边跑边问,上气不接下气。

尼克掏出记事本,给他们看上面的内容:

这是场骗局

数到三咱们都跑

"你怎么知道?"维尔克斯松了口气,诧异地问道。

尼克把吉尔告诉他的事情又说了一遍。"字谜人扬长而去时就已经编好了,"他接着说,"他一定是用耳塞接入了一个咱们的警用频率。他听到中央指挥台下令在桥上设置路障,因此就突然下了坡路,找到

299

了第一个出口,从那儿出来,实行B计划——谎称汽车有炸弹,这样就有时间逃脱。"

克莱尔走过来,抱住了还拥在一起的孩子们。"她们没事吧?"维尔克斯问道。

"她们还没缓过来,"克莱尔答道。天气又热又潮,两个孩子却瑟瑟发抖。"得送医院检查一下。"

维尔克斯也同意了。"那你带她们去看医生吧。哥伦比亚长老会医学中心有紧急救援。"他说道,然后又对孩子们说:"我们这边需要你们的帮助,女士们。你们是唯一见过这家伙样子的人。我会派一个画家去医院找你们,听你们描述一下他的样子。就这样,行吗?"

两个女孩还是说不出话,只是点点头。维尔克斯做个手势,克莱尔用双臂揽着两个女孩,陪她们往救护车方向走去。

"头儿……"萨瓦雷斯气喘吁吁地跑过来。

维尔克斯说:"等咱们拿到画像,我要发给三百英里以内的所有执法机关。这个混账东西终于露马脚了,不管是死是活,我都要把他抓住,"他钢铁般坚毅的双眼盯着那辆吉普。"让犯罪现场调查组把这车拖到停车场拆了。或许这个家伙很笨,会给咱们留下指纹或者DNA什么的。"

"让我先看看,"尼克说,"我想我看到有些地方有新弄坏的痕迹。"

他绕着吉普看了看,有些看起来很新的凹痕,红色的车身上还有一长道白漆。"克莱尔!"他大喊着,招手示意她过来。

"医护人员会把你们带到医院,我在那儿等你们。"克莱尔对吉尔和凯蒂说,然后匆匆忙忙地赶到尼克那边,低头看着凹痕。"这是什么?"她问道。

尼克跪在车旁,指着凹痕说:"你记得吗?那天晚上停车的时候,这儿有没有凹痕……"

突然,他听到公园方向很远的地方有声音,立刻不再讲话。如果不是他听觉敏锐,可能也会忽略这个微弱的声音,就跟一个气球爆炸似的,"啪!"

克莱尔感觉尼克的手抓住了她的胳膊往下拽,同时感到背部右下方一阵灼热的剧痛,就好像有人用烧红的烙铁按在上面一样。然后,一切都慢了下来,她的头有点眩晕。

"有枪!"她听到尼克大喊着。她顺手抓住了吉普的门把手,没有摔在地上。她感到很虚弱,剧痛让她有些坚持不住。

"克莱尔!"尼克尖叫着站起来想抓住她,但她倒下得太快了。

克莱尔无力地躺在地上,看着蓝蓝的天空,心想,多么美丽的一天啊,不知道明天是不是还会这么好看。耳边所有的声音都渐渐淡去,她陷入了自己的幻觉中,有点想睡觉。

维尔克斯警督低头看着她,好似梦中的场景一般,他的脸还是那么严肃。

"把那辆车开过来,快!"她听见警督的说话声,他所说的车就是停在附近的救护车。很奇怪,他的声音小得就像窃窃私语一样。她又听见他说,"她中枪了……中枪了……中枪了……"声音在耳边一直回荡。接着她又听见身边有尼克的声音,但她只能盯着蓝天,还有软蓬蓬的白云……

"不要睡过去,跟我们说话,"尼克轻轻地说,"我们这就送你去医院。"

她知道,她得用尽全力让自己睁着眼睛。

但是她做不到。

第二十二章

克莱尔首先听见了"嘀嘀"的响声，感觉自己好像在雾里一样，她用尽全力将眼睛睁开一条小缝，照进来的光几乎让她感觉快要瞎了。她把感受到的一切拼凑到一起：一堆杂乱的声音、消毒水的味道，一台监视器的屏幕上有根线，有节奏地在屏幕上移动。她这是在医院。

"她醒了，"一个女性的声音传来，她记得这个声音，但不知道是谁，"知道她父母在哪儿住吗？"

克莱尔的瞳孔开始适应光线，双眼也变得清晰起来。她知道，自己在曼哈顿州立大学医院的术后康复室，这是手术室里的一间。她以前来过这儿，每次都是来观看神经外科手术的过程，但她想不起为什么会在这儿躺着了。

"克莱尔。"

还是那个女人的声音。克莱尔向左扭头，菲尔伯恩站在那里，面带微笑，脸上却流露出关心的样子，眼睛红红的。为什么？哭了？

为我而哭的吗？

"嗨。"克莱尔有些破音。

"别说话，"菲尔伯恩说，"他们十分钟前刚取出你的气管插管，歇歇吧。欢迎回来。"

回来？从哪儿回来？我去哪儿了？

然后，克莱尔才记起那明亮、晴朗的蓝天，维尔克斯站在一旁。

"尼克。"她的声音很轻。

"在这儿呢，"菲尔伯恩说，只是答得有些太快，"他在等候室，这好像是警察的习惯。"

"我中枪了，"她说，半清醒的脑袋里突然冒出了之前的记忆，"打在哪儿了？"

"你的腹部，"菲尔伯恩说，听起来好像她就是确诊医师一样，"你流了很多血，亲爱的。菲尔·麦克林给你做手术止住了血。"

克莱尔记得后背上灼热的感觉。虽然以前从没受过这种伤，也没有接受过手术，但她感觉肚子上紧紧的，一定是肚子上有刀口。

"开腹手术？"她问菲尔伯恩，"我哪里出血了？"

"子弹打中了你的右肾动脉，打进了肾脏，停在了肾盂里，"菲尔伯恩说，想起那一刻，她仍然心惊胆战。"创伤面积过大，右肾保不住了，因此菲尔切除了你的右肾。"

麻醉剂的效用还没完全消失，克莱尔晕乎乎的，几乎没记住这句话。"没事，有一个就行了，"她说，"看到你在这儿，我很高兴。"

菲尔伯恩挤出一丝微笑。"我也很高兴你能回来，"她又说了一遍，忘记了几秒钟以前才说过，"你父母马上就来了。他们的飞机已经在肯尼迪机场着陆，警局正派直升机去接他们，一会儿就到楼顶上的直升机停机坪了。就跟你从上城那儿一路飞过来一样。"

克莱尔更听不懂导师的话了。"我飞到这儿？"她问道，麻醉剂的影响让她还有些口齿不清。

"这是即将离职的法雷尔局长的好意，"菲尔伯恩肯定地说，"他觉

303

得这是他唯一能做的了。"

克莱尔记起尼克抓住她的胳膊时,她感觉到的子弹的灼热。"尼克想救我,"她说,"告诉局长也帮帮他。他没事,对吧?"

她抬眼看着导师,但导师的眼睛却看向别处,躲闪的目光中有说不清的感觉,那晶莹的泪花好像告诉了她一切。"求你了,是不是他也出事了?"克莱尔以前从没这么求过菲尔伯恩。

菲尔伯恩握住了她的手,轻抚着。师徒之间深深的信任,让彼此都掩藏不住内心的想法。"还有一枪打中了尼克。"

"严重吗?"克莱尔追问道。

"他很走运。子弹打断了他的左臂尺骨。"

"他本来会被打死的。"克莱尔的眼泪簌簌地流了下来,脑中突然闪现出子弹击中尼克手臂的画面。

"不会的。"菲尔伯恩不得不从嘴里挤出一个词。

"什么?"克莱尔问。

菲尔伯恩吸了一口气。"他当时在轮床的床头,胳膊就在你的左耳旁。"

克莱尔本来听得云里雾里,不知怎么突然明白了导师的意思。"本来该中枪的是我的脑袋。"

"但是你没有啊,"菲尔伯恩说,"你还在这儿呢……"

"吉尔和凯蒂呢?"克莱尔忽然问道,想起了孩子们在吉普里瑟瑟发抖,然后尼克把她们救了出来。

"是尼克的女儿吗?"

克莱尔点点头。

"我不知道,亲爱的,"菲尔伯恩说,"但是警察会找到她们的。维尔克斯警督说,没有人会再受伤了。"

克莱尔依旧能感受到菲尔伯恩的不安,好像导师——也是医疗师,躲避着什么重要的信息。

"你还有事没告诉我吧?"克莱尔说。

菲尔伯恩摇摇头,诧异地看着克莱尔,居然现在这个状态还能感受到她的犹豫。"是你肾的事。但是我想,等你更清醒一点的时候,你才能理解我,因为这很重要……"

帘子一下子分开了,菲尔伯恩没有说下去。维尔克斯警督陪着克莱尔的父母慌慌张张地走了进来。

"噢!我的上帝啊,"她母亲夏洛特带着哭腔喊道,父亲弗兰克也在一边强忍着。她努力地想起来,但是父亲轻轻地把手放在了她肩上。"别动。"弗兰克·沃特斯说。

克莱尔看见父亲额头上的绷带,记起了那场车祸。"你头受伤了?"她问道。

"别担心我。这次你就不要关心大家了,让大家都关心关心你吧。"

"我们马上给她转个病房,你们稍后再来看她吧。让她休息一下。"菲尔伯恩对大家说,不过话语中命令的语气比建议更强一些。

这是克莱尔睡着前听见的最后一句话。

她看见了艾米,正在被温斯洛先生带走,就是那个绑架她的人。他把克莱尔最好的朋友推进他那辆白色的宝马里,艾米从后窗往外看时,克莱尔才看见她的脸。但克莱尔看见的不是艾米,而是一个和自己长得一模一样的小孩,脸上也长着雀斑,也是一头棕发,而艾米是金色的头发……

这个女孩是谁?克莱尔很想知道。为什么她和我长得一样?

她感觉自己在移动。眼睛微睁,荧光灯从眼前划过,她有些恍惚,意识到自己被推到病房。困意又一次救了她。

等她再睁开眼睛的时候,灯光暗多了。她向窗外看去,西方的天边泛着最后一缕从粉色过渡到橙色的余晖,这正是纽约的日落。

"很漂亮,对吧?"夏洛特·沃特斯坐在床边说。这一次,麻醉剂的影响没有那么大了。克莱尔注意到,她母亲总是很整洁的金发有些乱了。

她睡着了,就坐在我床边的那把椅子上。

"嗯,"克莱尔说,声音大了些,"很漂亮。"

"感觉怎么样?"夏洛特问道。

"能看到日落,我很开心。"

她知道自己在医院的大楼里,但是这间病房看起来不像是之前看到过的曼哈顿州立大学医院的病房。

"我在哪儿呢?"

"医院。"

"我知道,妈,医院的什么地方?"

"VIP 病房,"夏洛特说,声音中流露出一点自豪,"菲尔伯恩给办的。我得提防着点,她会取代我这个母亲的。"

"没人会取代你的。"克莱尔安慰道。

"这些人都很关心你。"夏洛特看看病房四周,"他们这么照顾你,菲尔伯恩医生、那个警探、警督,我都说不上名字来,好像你对他们非常重要。"

她好像从来不知道自己女儿取得了多么大的成就。克莱尔知道,这是妈妈常用的套路,这是在间接地说她有多么自豪。夏洛特·沃特斯一直是个不善流露感情的人,这一点克莱尔知道。

她又扭头看向窗户,问道:"我在这儿待了多长时间了?"

夏洛特看看手表。"他们让我三点以后进来,现在快八点了。中间大多数时间你都在睡觉。你一直在说梦话。"

噢!糟了,克莱尔心想,我都说什么了?

"你一直喊着艾米,"夏洛特接着说,好像看透了女儿的心思,"你记得吗?"

克莱尔想起了她的梦,但不想谈她童年时期的朋友。

夏洛特说:"宝贝儿,你可以告诉我。只要是你想说的,我都想听。"

克莱尔听了大吃一惊。

我有太多想对你说的话了,妈妈。我不知道你是否准备好了听我说。不过,我还有什么可失去的呢?

"我还是为艾米的事情感到自责,"克莱尔盯着太阳落到曼哈顿中城的大楼那边,"但是在我的梦里,被绑架的不是艾米,而是我,长着和艾米一样的金色长发。"

夏洛特没有说话,克莱尔觉得,母亲可能又一次想不出正确的词语来表达了。

夏洛特抽噎了一声便扭过头去,眼里流出一滴泪水。克莱尔从来没这么近看过母亲哭泣的样子,不知道她心中居然触动这么大。

"妈?"

"别管我。"夏洛特抽泣着说道。

"我会好起来的。"

"我知道。"母亲说着,站起来抹抹眼泪,把椅子推到一边,以便面对克莱尔。

"什么意思？"克莱尔问。

"你睡觉的时候，"夏洛特说着，又坐到椅子上，"菲尔伯恩医生进来了，你爸也在。她告诉了我们一件事，我一会儿就说给你听。"

克莱尔点点头。

"我知道你和菲尔伯恩医生的关系很近，"夏洛特说，"她不光是你的上司，对吧？"

"她还是我的治疗师。"克莱尔坦白道，主要是想让母亲对她的导师少点抵触。

"嗯，她告诉我们，因为你切除了一个肾，不管是为了什么吧，他们化验了一下你的组织。"

克莱尔不明白为什么母亲要说这个。"这是标准流程，妈，没什么好担心的。"

"我不是担心你的肾，医生说你的肾没问题。"夏洛特停了下来，不知道该怎么接着往下说。然后，她深吸一口气，"她告诉我们，你肾脏的DNA和你血液的DNA不同。"

过了好久，克莱尔才明白了夏洛特的话。她知道，这种现象只有一个解释。

"我是一个嵌合体，"她说着，回忆起了在医学院学胚胎学的日子，她记得嵌合体的形成是在妊娠初期，一个胚胎细胞吸收了另一个胚胎的细胞。

克莱尔转向母亲，从母亲脸上的忧伤看得出，这个故事还没结束。

"怎么了，妈？"克莱尔问道，"你一直都知道，是吗？"

"是的，"母亲答道，"我怀孕的时候用超声波检查过，是一对双胞胎。但是后来我再去检查的时候，医生说双胞胎没了一个。"

克莱尔目瞪口呆。

这就解释了为什么总是感觉身体好像少了什么一样。

夏洛特看出了克莱尔眼神中的痛苦,伸手握住了女儿的手。

"自从你可以说话的时候,"夏洛特说,"你就一直问'另一个女孩'的事。虽然你从没说出来,但我知道你能感觉到,你一直想伸手去接触那个人,对她满怀思念。我还知道你很想念她,因为我也一样。"

"妈,我是医生,我知道这是怎么回事,是在胚胎期发生的。这绝不是我的错,也不是你的错,谁都没有错。"

"我不敢说我的头脑一直很理性,"夏洛特脱口而出,"不过,过了一段时间,这好像变得没有那么重要了。你长大后,好像也没影响到你的生活。"

妈,如果你只知道这件事对我的生活有多么大的影响,又怎么能帮我摆脱那种纠缠不休、怅然若失的感觉呢?

"我没错,对吧?"夏洛特接着说,"或者,我只是一直在否认这对你产生的影响。"

好像母亲又一次看透了她的心思。

"什么意思?"克莱尔问道。

夏洛特和女儿四目相对:"你去年找到艾米的遗骸时,始终无法接受她遇害的现实。"

"我知道那不是我的错,妈。"克莱尔说。

"或许你理智上明白,但是在感情上你一直不能接受,甚至到现在都不能接受。这种生者的负罪感,这么多年来你一直无法摆脱,艾米出事前你就是这样。"

麻醉剂的影响让她无力思考这件事情。

"你为什么这么想？"她问道。

"因为从你出生的那天起，你就无人能挡，"夏洛特不假思索地说，眼泪也淌了出来。"你手碰到的、眼睛看到的一切，都能掌握，就好像是两个人在做这件事一样，又像是为了弥补你生活中缺失的什么。我也不知道是因为什么，或许两个原因都有。你就是那个结合体……"

她声音越来越小，最后开始轻轻地抽噎。克莱尔找到升起床头的按钮，又让床头抬高了一点。"妈，别……"

夏洛特抬头看看女儿："对不起，我……"

"没事，"克莱尔想安慰一下母亲，"没错，艾米被绑架以前，我确实感觉到了什么。我就是两个人的结合体，你刚才说了我才知道是怎么回事。"

夏洛特从手袋里找出一张纸巾，擦了擦眼泪。"我多希望能早点告诉你。"

"你自己都不知道，怎么说呢？"克莱尔宽慰道。

"但是我本来能帮你的。"母亲满怀歉疚地答道。

克莱尔嘴角微扬，浮现出一丝难以察觉的笑意："你刚才就帮到我了呀！"

夏洛特破涕为笑："我想，这就是晚知道总比不知道强吧。"

"我爸知道吗？"

"知道，我们两个同时知道的，他已经憋在心里好多年了，之所以没告诉你，是因为我一直不让他说。"

克莱尔知道，父亲对她和对母亲一样，都是那么专注。她刚想说多么希望父亲不听母亲的话，弗兰克恰好拿着一个硬纸板托盘走了进来。托盘上面放着两个大杯子，还有一个白色纸袋，闻起来好像装的是汉堡和炸薯条。

"感觉怎么样?"父亲满面春风地问道。

克莱尔不知道父亲脸上的笑容是不是因为母亲把他心里憋着的事情都说了出来。"我知道孪生姐妹的事了,爸。"

"终于说了,"父亲说,"你的菲尔伯恩老师告诉我们之后,她主动提出说她要告诉你,不过我本来就打算让你妈当坏人的。"

"好想法啊,"克莱尔不禁打趣道,"你这辈子当坏人当得已经经受了太多折磨。"

她想打破沉重的气氛,结束这次讨论。她先对父母笑笑,表明自己的意图。弗兰克明白了克莱尔的意思,转身对妻子说:"我给你买了杯冰茶,一个什么都不夹的汉堡。"

"恐怕你得去外面吃,"克莱尔说,"我受不了那个味儿。"

但是恶心的感觉很快就过去了,她没什么事。这会儿,父母正低头吃着晚饭。克莱尔接着刚才的坏人字眼,问起了父亲车祸的事情:"警方查出来是怎么回事了吗?"

"我的上帝啊,我们还没跟你说后来的事情呢,"弗兰克说,"显然这不是孩子爬过栅栏,偷了公交车开着玩那么简单。还发生了一起谋杀案。"

"谋杀案?"克莱尔警觉地问道。

"公交车停车场的保安。近距离开枪,打在了头上。警察通过视频看到了整个过程。"

"他们查到是谁干的了吗?"

"没有,"弗兰克说,"开枪的人很了解摄像头的分布,所以摄像头没有拍到脸。因此,警方判断这是一起内部人员盗车案。"

"但是这没道理啊,"昏昏沉沉的克莱尔努力逼自己思考这件案子,"为什么他为了偷一辆公交车就杀人?"

"问得好,"父亲答道,"所有的警察都知道,这辆公交车撞了我的车后,我开车冲进了电话亭。后来,他开着公交车在离公交车停车场两个街区的地方被监控拍到,他在那儿下了车,钻进一辆吉普车逃跑了。逃跑的路上又撞了一辆别的车。所以,警方正在寻找一辆车身某处有白漆的红色吉普。"

如果有足够的力气,克莱尔肯定会坐起来。"你确定那是一辆红色吉普?"

"现在新闻上都这么报道的,老款红色吉普切诺基,挂着纽约的牌照……"

克莱尔听到这儿,急忙把被子掀开就要下床,父亲自然没有继续说下去。

"你要干什么?"他把女儿的双腿抬回床上。

克莱尔非常激动,抓着父亲的手说:"把我手机拿来。"

"你现在还能给谁打电话呢?"母亲从椅子上站起来,一边翻衣橱,一边问道。

"维尔克斯警督。我得告诉他父亲的事情。"

夏洛特拿起女儿的手袋,在里面找手机。"但是宝贝儿,这是罗切斯特的案子,"父亲说,"为什么纽约市的警察要了解呢?"

"因为这不是一场交通事故。"

克莱尔看见父母两人面面相觑,他们恐怕是觉得女儿所遭受的精神和身体创伤让她脑子有些不正常了。

"那辆红色吉普是尼克·罗勒的。"

"你那个警探朋友?"弗兰克想了起来,"我很确定他不是纽约州或者其他州唯一一个有那辆车的人……"

"你不知道,"克莱尔一边说,一边努力让自己清醒过来,"我昨晚还在开那辆车,然后把车停在了我公寓楼附近的街角。今天早晨车就没了,被偷了。下午的时候,那个偷车的人绑架了尼克的女儿。救下他女儿后,我看见那辆车上有个凹痕还有一道新蹭的白色车漆。偷车的那个人就是绑架尼克女儿和开枪打我的人,他是我们一直在寻找的杀手。"她又面向父亲道,"他还想杀了你,因为你是我父亲。"

不到一个小时,维尔克斯就来到克莱尔的病床边。现在,克莱尔十分清醒,手术刀口开始作痛,但她却没有按呼叫器。她想以痛苦为代价,保持头脑清醒。

维尔克斯听了克莱尔所说的事情后,说道:"我们已经知道这个家伙开着尼克的吉普去了罗切斯特,也已经告诉那边的警察我们拿到了这辆车。"

"他知道自己偷了车之后要去哪儿。他想杀死我父亲绝不是一时兴起。"

"没错。"门口传来一个声音,克莱尔抬头一看,是尼克。他看起来精神不错,只是左臂打着石膏,外面裹着玻璃纤维布。

"尼克。"克莱尔脑子里只有这两个字,脸上泛起笑容,尼克的出现让她暂时忘却了疼痛。尼克走过来,在她的脸颊上亲了一下。

"他们对我说,只是尺骨被打断了。"克莱尔说着伸手去摸他手臂上的石膏夹。

"只是尺骨断裂,裂缝细得跟头发丝一样。"尼克告诉她。

克莱尔向父母介绍了尼克,父母一眼就看出,两人之间的关系可不只是都受了伤的同事。

"好吧,"维尔克斯终于耐不住性子了,"既然团聚结束了,咱们是不是要回去干正事了?"

"是,长官,"尼克答着维尔克斯的话,扭过头面对克莱尔,"我那天晚上把这车给你之后,这个混蛋就一直跟踪你。显然他觉得这车太棒了,没有别的意思,只是要撞伤你父亲,然后再打伤你和我,这辆车是不二选择。"

克莱尔知道这个时候没什么可以多说的,因为想害她的人已经干得非常漂亮。接着,她想起了吉尔和凯蒂,还想起了字谜人仍逍遥法外。

"孩子们呢?"她问尼克。

"保护了起来。"尼克答道。

"那她们现在安全了。"克莱尔松了一口气。

"她们非常安全,"维尔克斯保证道,"在长岛那边,和我妻子、三个孩子一起住在我家。外面有十几个萨福克县的警察和五名我们的应急部队成员,手持自动步枪,层层把守,就和我们派到你门前站岗的警察一样,医生。不管你父母在这儿还是回罗切斯特,都有警察保护。等我们抓住了这个疯子,我们再召回安保人员。"

克莱尔觉得泪水涌了上来,努力忍着不让眼泪流出来。

"你也知道,尼克为了保护你而受了伤。"维尔克斯说。

"只是在正确的时间,站在了正确的地方。"尼克打趣道。

"不过,等他发现你还活着,我们确定他还会试图杀你的,到时候你的状况就更加危险。你那个在新闻发布会上激怒他的策略起作用了,或许有点过了。我不得不认为，这就是他对你穷追不舍的原因。"维尔克斯继续说道。

这可是克莱尔父母最不想听的话。"你们一定要尽快抓住他。"弗兰克对维尔克斯说。

"沃特斯先生，我向您保证，除了二十多个警探在执行这个案子的保护任务，纽约市没有一个警察不在搜寻此人，"警督说，"甚至还有市民请假，自愿加入我们。"

"谢谢您。"弗兰克语气诚恳地说。

"说谢谢的人应该是我，我代表纽约市的其他市民谢谢你们，"维尔克斯对克莱尔的父母说，"您女儿在这里所做的事情，令我们彼此都感到骄傲。"

"您觉得能抓到他吗？"夏洛特问道。

"目前为止，很不幸，这个家伙一直神出鬼没，"尼克看着克莱尔说，"但是现在，神也好，鬼也罢，他留下指纹了。"

"什么？"克莱尔惊奇地大喊道，这个消息让她又充满了希望。

"聪明蛋先生疏忽了，"维尔克斯说，"他倚过尼克小女儿学校里的铁邮箱，我们在上面采集到了指纹。这是好消息，坏消息是指纹和数据库里的所有人都没匹配上，FBI的数据里也没有，说明他从来没有被逮捕过，而且找到此人的可能性不大。我们已经派了两名警探带着从克莱尔体内和罗勒警探前臂取出的子弹，乘飞机去罗切斯特和那宗谋杀案的子弹进行比对。但即使吻合，也只能让我们肯定那就是我们要找的人，却无法追查弹药的来源。"

"你还能做什么呢？"克莱尔闭着眼睛问道，疼痛的感觉又涌了上来。

"孩子们对我们的画家如实描述了这个婊子养的样子，"尼克说，"只要一画好，这些模拟画像就会分发到各处，警察、联邦政府工作人员、媒体都会拿到。他已经登上了FBI的'头号通缉犯'名单。我们正等别人把他认出来。"

克莱尔终于扛不住了，按了一下呼叫按钮，很快就会有护士拿着麻醉剂让她从背上的剧烈疼痛中获得解脱。

"只要我能做到，我一定会帮你，警督……"不等她说完，维尔克斯便哈哈大笑。"很好笑吗？"克莱尔问道。

"医生，"他说，"我觉得，过去的这两年，你已经为纽约市和我们的工作流了太多血了，比大多数警察在整个职业生涯中流的血还要多。你一直说不是在为我工作，但我还是要给你下命令，而且你也要遵守。我已经准了你的病假。只有等你好到我满意的时候，我才能让你归队。在此期间，我不想让你插手这件案子。如果你需要听听新闻，给我打电话。命令从现在生效，明白吗？"

"是，"克莱尔不情愿地答道，"但是还有一件事情我想问问你，你们两个，"她又看向尼克，说，"算是帮忙。"

"说吧。"

"我想同步收到这件案子的消息，"她说，"求你们了。"

维尔克斯说："只要你和那些消息不出这间屋子就行。"

"谢谢警督。"

"等我们抓到这家伙再谢我，"维尔克斯说，"我们会抓住他的，我不知道怎么抓住，但是一定会的。"

克莱尔抬头看看维尔克斯，泪盈于睫，维尔克斯也是。

"别这么对我。"维尔克斯迅速抓了一下她的手，然后转身走向门外。

一种令人心安的解脱感涌上克莱尔心头，麻醉剂消除了痛苦，一阵酸软，她睡着了。

克莱尔睁开眼的时候，感觉眼前全是明亮的颜色。她定睛一看，才知道原来是花。不过不是真花，而是长袍上的花纹。身穿长袍的是个胖胖的护士，里面穿着一条白色长裤，她的胸牌上写着"丽塔·格兰茨"。

"嗨，"格兰茨护士笑道，"我叫丽塔，今晚我来照看你。还疼吗？"

克莱尔感觉刀口处还有些不舒服。"有点疼。"说话仍旧无力。她伸手想再按一下呼叫按钮，再来一针吗啡。

"再来一针麻醉剂前，我先检查一下你的生命体征，"丽塔说着按了一下按钮，克莱尔右臂上的机械血压袖带开始充气。丽塔看了一下克莱尔床上的心率和血氧水平检测显示器。

"大家去哪儿了？"克莱尔问道，她觉得屋里太空了。

"探望时间结束后，警察把你父母带去了酒店……"丽塔护士还没说完，克莱尔就打断道："现在几点？"

"凌晨1:25。"丽塔说。克莱尔胳膊上的血压袖带开始自动放气。"一切正常，需要我给你带点什么吗？"

克莱尔觉得口干舌燥，便问："我能喝水了吗？"

"只能喝碎冰水，"丽塔说，"但是梅克林医生让我扶你站起来。"

"现在？"克莱尔觉得晕晕乎乎的站不起来，甚至想都不敢想。

"是的，医生，"丽塔很有礼貌地说，"你知道为什么吗？"

"因为不想有血栓形成，"克莱尔说，"好的。"

丽塔放低床帮一边的栏杆，缓缓地把克莱尔扶起来坐在床上。

"啊!"克莱尔惊叫一声,手术刀口疼得她脸上表情都有些扭曲。

丽塔把医院的拖鞋穿在克莱尔双脚上。"准备好了吗?"

"准备好了。"

在丽塔的帮助下,克莱尔双腿用力站了起来。丽塔宽大的身躯挡在她前面,胖胖的双手扶在她腋下。

"好了,亲爱的,现在抓住输液架。"克莱尔按照丽塔的话用左手抓住输液架,丽塔挪到了她的右侧,克莱尔眼前豁然开朗。

这时,她看见一个男人蜷缩在对面墙根下的沙发上。

克莱尔从左臂上的石膏夹认出了是谁,问道:"尼克?"

"我猜他也是保护你的警察之一,"丽塔说,"加把劲,走几步就能到过道,你能做到的。"

"我能做到,"克莱尔虚弱地迈着双腿,一步一步往前挪,但眼睛却没离开躺在沙发上睡觉的尼克,"他在这儿待多长时间了?"

"换班的时候他就在这儿,"丽塔答道,"还有两个在外面睡觉呢,都全副武装,好像觉得会有人入侵似的。"

克莱尔一出了门就看见他们在外面。和维尔克斯保证的一样,每个人肩上都挎着一把突击步枪。他们满怀敬意地向她点点头,克莱尔也向他们挥手致意。她觉得没力气继续走了。

"第一次出来走已经很棒了。"丽塔说。

一回到房间,克莱尔的目光立刻又锁定在尼克身上,他还在睡觉,轻轻地打着鼾。看到他躺在那里,克莱尔心中明白,他不只是一个保护她的警察、朋友或者同事,更是一个她深爱的男人。

丽塔把她扶回床上,克莱尔说:"不用管我们了。"

"你知道呼叫按钮在哪里吧,医生?"丽塔走前提醒道,"我就在外面。"

丽塔一出门，克莱尔的眼泪就淌了出来，看到他为了保护自己躺在那里，那种说不清的感情涌上心头。"对不起，我不该把你们都卷进来，"克莱尔开始抽泣，"不该让你的女儿们经历这些，没有孩子应该……"

"她们没事。"屋子那头传来尼克带着睡意的声音。

克莱尔闻声强忍着心中的悲伤。"你应该和她们在一起。"她努力把每个字都说清楚，不过还是有些结巴。

"不，"尼克说着把双腿从沙发上放下，站了起来，"在我们抓住这个家伙之前，我要尽量离她们远一点。"说话间，他走到了克莱尔床前。"她们没事的，我保证。"尼克从床头柜上的盒子里抽出一张纸巾，轻轻拭去她脸上的泪水。"她们从维尔克斯的妻子那儿能得到一些安慰，嗯，是这样的，"他坦白道，脸上挂着笑容，"还有她们所需要的爱。"

克莱尔虚弱的脸庞露出微笑。"能嫁给他那样坏脾气的人，肯定不简单。"

尼克嘿嘿一笑："你以为他把我们呼来喝去是跟谁学的？她已经把维尔克斯变得有些娘娘腔了。"

尼克坐到床边。"孩子们会没事的，"他安慰道，轻轻地抚摸着她的额头，一举一动中都是爱意，"现在，这就是我应该在的地方。"尼克看着她的眼睛。克莱尔表情痛苦地尽力往旁边挪了挪。尼克缓缓躺在她身边，握住了她的右手。

"还疼吗？"

"好点了，"她回道，"我们现在要做什么？"

尼克回答前稍微顿了一下。

"让他付出代价。"说着他闭上了眼睛。

夜里,他醒来了,突然把被子掀到一边,将双腿从床上移了下来。他不喜欢光着脚在冰凉的镶花地板上走,于是穿上了泡沫塑料拖鞋。

他看了一眼床边的闹钟,深夜两点,已经睡了十三个小时了。睡前忙了二十个小时,把他累坏了,虽然还想再睡一会儿,但是他得去看看新闻,了解一下状况。

他拖拖拉拉地从床边走到屋子另一头的书桌前,随便按了键盘上的一个键,电脑从休眠模式切换了回来。他坐下去,简单浏览着每一条提到他猎物命运的新闻。

没花太长时间就找到了。沃特斯医生和罗勒警探都列入了"保护名单",开枪者已经逃脱,警方对罗勒警探两个女儿的下落缄口不言,但是据猜测,为保护她们,警方把她们监视了起来,以防被绑架者再次绑架。

他哈哈大笑。他从来就没想要孩子们的命,事实上,他甚至对她们的父亲也没有太大兴趣。是的,他第一枪瞄准得太低了,打在了她的肚子上,但是如果罗勒的胳膊没在那个婊子脑袋前面挡着,第二枪就堪称完美了,因为那枚空尖弹会打穿她的中脑。

她本来离生命结束只差毫厘,他知道自己已经赢了,而克莱尔输了。

赢她的人比她强得多,聪明得多。

但他只是想让这个游戏继续玩下去。实际上,这样的话或许更好一些。现在,他只想看看克莱尔的生命力有多强,不知她能不能从自己给她创造的逆境中站起来。他已经用那辆偷来的切诺基把她父亲逼到了死亡边缘,并成功绑架了尼克·罗勒的孩子。她爱孩子们吗?爱那个警察吗?

如果尼克死了,会怎么样?她能活下去吗?

他等不及要看看答案了,经历了那么多困难才走到今天这一步,已经走了很远。冒了这么多风险,也证明了自己每走一步所展现出来的力量是多么强大。他用了十二小时往返于纽约和罗切斯特,开了将近八百英里的路。公交车停车场的那个懒蛋居然还想阻止自己把公交车开走,杀了他也不为过,因为车理所当然是自己的。杀这个婊子的老爹时失手了,不过没有大碍,那个老家伙的反应真是太快了。之所以晚上做就是怕被警察抓到,不过他也准备好了,哪个废物州警敢破坏他毕生的事业,就送他上西天。

他站起来,走到自己的杰作——纵横字谜前面。已经差不多填好了,马上就能完成,不过,他知道还是得等一等。他现在还不能冒险杀死那个半残的婊子,要等她好得差不多了才下手。现在还是耐着性子等候时机到来吧。

现在最费力的就是按捺住冲动,不是吗?

321

第二十三章

"我数学考试得了个 A 耶！"凯蒂·罗勒欢喜地大叫。尼克正扶克莱尔走进家门，后面还拉着个行李箱。

"我猜，都是在医院做的辅导起了作用。"尼克说。

凯蒂跑过来，感激地说："谢谢你教我怎么分解小数。"

"那是因为你很聪明啊。"克莱尔答道，腹部还是隐隐作痛，让她不得不咬着牙对凯蒂微笑。

"轻点碰克莱尔，"尼克责备道，轻轻地把凯蒂的胳膊从克莱尔的肚子上拿开，"她今天早上才拆的线。"

凯蒂突然一副要哭的样子，问道："我弄疼你了吗？"

"一点都不疼，"克莱尔安慰道，"在医院的床上看了你三个星期，今天能和你一起站在这儿，就是最好的止痛药了。"

她在凯蒂的头上吻了一下，说心里话，中枪后还能恢复过来，虽然走路不稳，但已经是万幸了。手术后第三天，因为伤口感染，她高烧不退，不得不在医院打吊瓶输抗生素，又多住了一周。她的主治医生梅克林本打算让她住院四周，但是尼克插了进来，说他的公寓可以腾出一间房给克莱尔疗养，这样她也不会老是一个人。

克莱尔不愿给任何人添麻烦，本想拒绝尼克的提议，但尼克一直坚持，还把两个女儿带上一块劝克莱尔。

"你一直在照顾我们，"吉尔说，"现在该我们照顾你了。"

一进门，克莱尔才知道决定来尼克家里是没错的。凯蒂迎了上来，吉尔也从厨房出来了，穿着一条及膝的围裙，上面还印着几个熟悉的字——美好的生活。

"嗨，宝贝儿！"克莱尔招呼着，吉尔小心翼翼地抱了她一下。

"你的房间已经收拾好了，"吉尔说，"我正在做晚饭。"

"让我帮你……"

"不可能，你要休息。半个小时就好了。"

吉尔笑着快步走进厨房，只剩克莱尔和尼克站在过道里。

"她们都爱你，知道吗？"说着，尼克用胳膊揽住了克莱尔。

"感情是相互的，"克莱尔脱口而出，"一切还在进行吗？"她在医院住的那段时间，根本就不知道字谜人的案子进展得怎么样了。

"如履薄冰啊，"尼克说着，把她从门厅扶到舒适的客厅，小心翼翼地不让左臂的石膏夹碰到她。"不只是找那个疯子的事，还有那个新任局长，传言说维尔克斯要跳过他的顶头上司们直接做警长。"

克莱尔知道，这个消息有利有弊。"对你有什么影响呢？"她问道。

尼克耸耸肩，说："不知道。维尔克斯对我说了好几次，只要他还掌权，就会一直罩着我。"他面向克莱尔，"或许根本一点儿影响都没有。"

他紧紧握住克莱尔的手，十指交叉。克莱尔觉得那一刻自己心脏都不跳了。她不禁想道，自己活着的这每一天、每一秒，心脏怎么才能一成不变地跳得这么有节奏，这么平稳？不论她做什么或者想什么，不管她有没有意识到胸腔中的那块肉是多么可靠，她浑身一直流动着生命的力量。接着，她又想：

这是我的心脏,还是我姐妹的心脏在跳动呢?

克莱尔知道,这无关紧要。不管怎样,只要知道在生命最初,她曾和另一个生命共存过,虽然时间短暂,但却令她心安。

或许她可以安心地和另一个自己共享生命。

在菲尔伯恩的办公室里,克莱尔面对导师坐着,第一次感觉这么放松。

和平时不同,她抱着一种防御的心态开始治疗。克莱尔如此尊敬导师,生怕她会对自己的某些话进行严厉批评。然而现在,导师却很平静。

"你母亲把双胞胎的事情告诉我了,"菲尔伯恩终于首先打破了沉默,"你感觉怎么样?"

"有点悲伤,"克莱尔说,"我不知道他是男是女,也不知道他长什么样子。"她往后靠了一下。"所有的DNA都在那儿,那个卵子本有可能发育成一个人……但却没有。我感觉失去了什么熟悉的人……但是好像又没有。"

"知道你身体的一部分不属于你,而是吸收了双胞胎的另一个,"菲尔伯恩说,"这很难想象吧。"

"但这也解释了很多,"克莱尔说,"我总是感到有人在催我,做决定时也会犹豫不决。"

"就像你对尼克那种矛盾的感觉?"菲尔伯恩问道。

"嗯,"克莱尔说,"但我知道我现在对他的感觉了。"克莱尔闭上眼睛,尼克的样子出现在她湛蓝的眼睛前,"我知道那种矛盾已经放开了我,内心的斗争也结束了。"

克莱尔睁开眼睛,看见菲尔伯恩正在对她笑。

"等你觉得自己能干活的时候,再回来照看你的病人吧,"菲尔伯恩说,"沃尔特·麦克卢尔也准备好等你回来接着执教了。"

"我已经准备好了,"克莱尔说,"如果还不回来工作,我的精神会比现在更错乱。"

"只要你别感觉压力太大就行。"菲尔伯恩说。

"再不继续生活下去,我的压力会更大。"克莱尔答道,"谢谢你。"说着,她站了起来,感觉手术刀口处还是有些不适,不过已经轻多了,就好像肩上扛着的重物轻了一些一样,不过,这种重物是要一生背负的。

第二天早晨,克莱尔回到了课堂上,麦克卢尔教授站在旁边。他跟台下坐着的六名学生一样,都很渴望听听她所经历的事情,他们的手机和笔记本电脑都没拿出来。

"除了告诉你们新闻上报道过的事情,我不能说更多的细节了,"她对大家说,"因为警方想保留只有当事人知道的细节,以防有人冒名顶替。这种事情发生过。"

她看看屋里的每个学生——柯里、卡拉、米格尔、韦斯利、贾丝婷和莱丝丽。"但是我可以告诉你们,"她说,"我希望你们当中不会有人经历任何这样的事情,永远不会。我能回答的问题我会说的。"

除了麦克卢尔,每个人的手都立刻举了起来,柯里不等点名就问:"为什么警察会称其为'字谜先生'呢?"

"这是我不能回答的问题之一,"克莱尔答道,"但是答案很快就会公之于众。我敢说,你发挥自己的想象力再加上自己的理论,会得出答案,当然我既不会承认也不会否认。"

"那我们把这些写在白板上吧。"麦克卢尔教授提议道。克莱尔刚要站起来,麦克卢尔将手按在她的肩上,"不是你,医生,你现在还在康复中。"他看看学生们,说:"卡拉、韦斯利,来帮帮忙。"

一头金发的卡拉和年轻帅气的小伙子韦斯利听到命令站了起来,走了几步就来到白板前,各从笔托中拿了一支马克笔。"很好,"麦克卢尔决定帮克莱尔度过复职的第一天,"我们不想让你太累,医生,所以给大家按时间顺序讲讲你所经历的重要事件吧。"

于是,卡拉在白板上用紫色马克笔标了出来:吉普被偷;字谜人杀害罗切斯特公交车停车场保安,偷了车子,撞了她父亲的车;逃跑的时候撞了别的车……然后,克莱尔讲到了吉尔和凯蒂从学校被掳走;吉普车上的炸弹恐慌;然后自己中枪。

克莱尔说完后,米格尔感叹道:"天啊,好惊心动魄啊。"

"这应该也是我最后一次经历了吧,"克莱尔说,"我很幸运。"

"他或许还想杀你,你觉得害怕吗?"贾丝婷问。

"警方不会给他机会的,"她说着指向教室门,门窗都被站在那里的人挡住了。"所以我的答案是,只要这两个拿着冲锋枪的警察在,我就不害怕。"

全班爆发出一阵笑声,克莱尔脸上也露出笑容。

"为什么你会认为他想杀你父亲呢?"莱丝丽问道。

"连环杀手喜欢揣测人的思想,尤其是那些一直在追捕他的人的思想,"克莱尔答道,"我猜,这位'绅士'认为,伤害了我的父亲就是伤害我。不过,他好像两个都没伤害到。"

"我有一个问题,"麦克卢尔教授说,"你第一次站在新闻发布会的台上时,警方将有关谋杀案的一连串事实公之于众,是你准备的吗?还是警方想让你站在那里?"

"事实上,两者兼有,"她说,"维尔克斯警督讲的每一个字都是我写的,他也想让我站在那里。"

"你想登上发布台吗?"站在黑板旁的韦斯利问道。

"刚开始不想,"克莱尔承认道,"但后来我想,如果我上台作为诱饵,激怒这个家伙,那么他就更可能留下什么线索。结果证明,我是对的……"

她稍微停顿一下,突然意识到自己差点说多了。"当然,我不能告诉你们那些线索是什么。"

卡拉立刻把手举起来。"你们称他为'字谜先生',是因为他通过字谜向你们传达信息吗?"

克莱尔没有说话。这个棘手的问题让她很难作答,如果说'是',她就有可能妨碍调查;如果说"我也说不准",肯定没什么两样。

"淫乱吱吱声(*Fornication cheeps*)。"柯里·马蒂斯突然说。

"什么?"克莱尔赶紧追问,没能掩饰住惊讶的表情,"你怎么可能知道这个呢?"

"或许他就是那个杀手,"贾丝婷·于笑道,"他看起来就像个杀手,不是吗?"

"闭嘴,"柯里立刻回道,把笔记本转向克莱尔,"在这儿呢,crimetimenews.com这个网站。"

他把电脑推到克莱尔面前,她看了一下上面的内容,才明白没什么大碍,只有一个字谜,而且这些内容还是从其他新闻中摘过来的。她知道,这些东西登出来只是迟早的事,不过还是得给尼克打个电话,让他有所准备。

但是现在,她为什么不利用一下这个机会呢?

她看看站在白板旁的韦斯利,问道:"韦斯利,把这些词写在白板上好吗?"

"当然,"韦斯利立刻答道,然后对柯里说,"能重复一下吗,伙计?"

"淫乱吱吱声(Fornication cheeps)。"柯里说。

韦斯利写完第一个词就停了下来,疑惑地说:"我已经写下'淫乱(Fornication)'了。但是你说的那个'吱吱声(cheeps)'是'吝啬鬼(cheapskate)'里的拼法,还是鸟叫那个单词(cheep)的拼法?"

"鸟叫的那个,"柯里答道,"两个'e'。"

韦斯利写完了第二个单词。

"警察知道这是什么意思吗?"柯里问道。

"我不知道,"克莱尔用开玩笑的语气答道,"不过,更重要的是那个网站知道吗?"

"不知道。"柯里坦白道。

"那我还是讲讲我的故事吧。"克莱尔故作镇静地说。

"或许是和鸟性交那种怪癖吧?"贾丝婷说出了自己的想法。

米格尔嘿嘿一笑,嘲讽道:"或许可以拿着你的狗屁分析让警察给你开工资了。"

"或许这家伙在宠物店工作呢?"莱丝丽说。

"为什么咱们不自己把这些谜语破解了呢?"卡拉提议道。

"我觉得可以是'淫乱话(fornication speech)',"贾丝婷说,"但是他没有对受害者进行过性侵,受害者有男有女?"

"我组成了'鸡窝经营许可证（hencoop enfranchise）'，"柯里大笑道，"但是这些字谜什么意思，我一点头绪都没有。"

韦斯利在白板上写下这两组重新拼成的单词，检查了一下，看看是不是每个字母都用到了。"这两个都对。"他确定道。

"还有吗？"克莱尔刚一起身，突然感到一阵眩晕，又重重地坐在椅子上。

"你没事吧，克莱尔？"麦克卢尔教授问道，韦斯利和卡拉都扔下马克笔，赶紧上前。

"我想我只是缺水了，"克莱尔说，"或许我太勉强了。"

麦克卢尔听懂了话里的意思，便对学生们说："今天就到此为止，咱们下周再继续。"学生们收拾完书包，陆续往外走时，他对克莱尔说："需要我送你回办公室吗？"

"不用了，"克莱尔答道，"我确定这只是暂时的症状。如果需要帮助的话，我的警卫也可以。喝点水，歇一会儿就好了……"

"我去给你拿水。"麦克卢尔说着几乎全力从屋里跑了出去。克莱尔又用力想站起来，这时听到后面发出刺耳的声音。她转头看去，是韦斯利在擦他和卡拉写在上面的字。

"别擦，稍等会儿，"克莱尔说，想确定一下要告诉尼克的事情，"先别擦，好吧？一会儿我来擦。"

"好的，沃特斯医生。"韦斯利说完，拿着外套和背包起了，临走前说了一句"希望你能好起来"。屋里只剩克莱尔一个人了。

克莱尔努力克制想站起来的冲动，掏出 iPhone 对着白板照了几张照片。

克莱尔用尼克家的微波炉热了一碗西红柿汤，然后放在桌上，自己坐下来。虽然感觉不饿，但她知道自己得吃点什么东西。中枪以后，她瘦了将近十磅。尼克的女儿们在学校，尼克也去工作了，她只能自己在家待着，但是这种养伤的日子她并不想要，她想要的是回到调查行动中去。不过，维尔克斯警督已经发话了，也就是说，在他觉得克莱尔能回来之前，她是禁止去总局的。

克莱尔掏出手机，有两条语音邮件，一条是父亲发来的，一条是母亲发来的，都是问她现在怎么样了。克莱尔出事以前，很少和母亲打电话闲聊，现在母女俩至少一天得打一次电话。让克莱尔意外的是，她居然很享受她们的闲聊时刻。不过，给父母回电话之前，她还是想先看看用手机拍下的白板上的字能不能看清。

她点开手机上的相册，最后一张是近焦拍摄的字谜照片，她感到很震惊，这种消息居然能流传到真实犯罪记录的网站上。

淫乱吱吱声（*Fornication cheeps*）

她盯着这组词看了几秒钟，就好像她从来没见过一样。然后，她滑回更早的一张照片。正要锁住手机屏时，她又回去看了一下最后一张照片。

淫乱吱吱声（*Fornication cheeps*）

什么意思？想来想去也想不通。这些词想表达什么？

这些词肯定不是慌乱拼凑而成的，"混乱中的完美（perfection in chaos）"，是这样组合的吗？这些字母……

F-o-r-n-i-c-a-t-i-o-n c-h-e-e-p-s

她仔细地看着这些字母，心中一阵厌恶感席卷而来，就像被飞驰的公交车溅了一身脏水一样。

我靠！

她身上又充满了新能量，突然从餐桌前站了起来，挪到前门，一打开，惊讶地发现两个应急部队的警察还在门口站岗。

"没事吧，沃特斯医生？"其中一个问道。

"咱们得走一趟。"克莱尔答道。

尼克坐在重案组办公室的桌前，从头到尾看着他的笔记。从枪击事件发生到现在已经三个多星期了，字谜人的影子都没看见。

他到底在等什么？难道是要引诱？

尼克并不想再死一个人，以确定这个混蛋没有放弃作案。但是，大家昼夜不停地忙了二十一天之后，都陆续办别的案子去了。人手少了，尼克已经停下了大多数工作。虽然日复一日的劳累让他本来就在消退的视力变得更差，不过还是经常加班。

门打开了，他转过头一看，一个穿着牛仔裤和运动衫的人走了进来。尼克只能分辨出是一个女人，却看不清她的脸，直到她走到面前，才知道是克莱尔，他一下就从椅子上蹦了起来。

"你疯了？"他喊道，"维尔克斯看见你……"

"我得冒这个险。"克莱尔说着掏出了手机。

"你应该先给我打个电话。"

"我打了，直接就转入语音信箱。办公室电话也没人接。"

"他们正开会……"

克莱尔在屏幕上点了几下，用命令的语气对尼克说："我把一张照片发到你的工作邮箱，你帮我打印出来。"

"打印照片不能从……"

"我不能错过这个机会。求你了别问,照办吧。"

她急促的语气让尼克只好照办。他向前倾身,在电脑上把电子邮件调出来,点击克莱尔发来的邮件,打印。然后,他走到打印机前,把打印结果拿了过来。他拿着那张纸,边走边仔细地看,上面的词让他停了下来。

"这个是从哪儿弄的?"他问道。

"今天早晨麦克卢尔班里上课的时候,写在白板上的……"

"有人写在这个板子上,让你发掘线索?"

"不是,"克莱尔从他手上拿过那张纸,"不知怎么回事,这个泄露到了一个真实犯罪记录的网站上,我的一个学生发现的,但是现在这个不是重点。"

"我可不这么认为。"尼克说。

"听着,后面发生的事情才是重点,另一个学生把它抄在了白板上,你看。"

"我看了,"尼克说,"淫乱吱吱声(*Fornication cheeps*),怎么了?"

克莱尔深吸一口气,问道:"你用草体字书写的时候,怎么可能插进来印刷体的字母呢?或者用印刷体写字时,又怎么会写出草体字?"她指着纸上的词,"尼克,这个'n'和这个'p'。"

"我看不清,所以不明白你的意思。"尼克沮丧地答道。

不过他还是继续看着,克莱尔从他办公桌上拿过来一个资料本。她对办公室的一切都太熟悉了,要用的东西放在哪儿都很清楚。

"现在你看……这个。"她翻到火柴盒照片的那一页,紧张得有些喘不上气来。

"纽曼谋杀案犯罪现场的泥地里发现的火柴盒?"

"只看，别他妈说话！"克莱尔大声说道。

尼克低头看去，又突然将头抬了起来，和克莱尔四目相对，好像明白了什么。

"你是对的，"他说话的声音激动得有些颤抖，"两个'n'和's'都有相同的突起，'p'和's'分成了两笔写，那一竖和半圆没有连起来。"

"咱们还得让专家验证……"

"咱们没有时间让专家看了！"尼克说着便拿起电话拨号，看起来好像快要爆炸了似的。

"帕蒂，"他对着电话大喊，"让维尔克斯下来，还有……"

维尔克斯像巴塞罗那的公牛一样，气势汹汹地推门而入，怒容满面，好像早已知道克莱尔擅自进了警局大楼一样。

"你他妈在这儿干什么，医生？"他大声咆哮道，尼克也放下了电话。

"我们知道他是谁了，警督。"尼克说。

"谁是谁？字谜人？扯淡！"他正要大发雷霆。

"这次没有扯淡。"克莱尔立刻回道，眼睛毫不畏惧地看着他。

"那这个婊子养的叫什么？"警督问道。

"韦斯利·菲尔普斯，"不过，克莱尔还有些不敢相信，"他是我的一个学生。"

几分钟后，他们全都坐在了维尔克斯的办公室里。警督挂掉了电话，说："诺拉说，那些线条倾斜的角度、书写风格、字母'p'的特殊书写方式，都证明你俩是对的。你的学生就是在罗伯特·纽曼案子里找到的火柴盒上写字的人。"

"话虽这么说,但是咱们没有足够的证据。"克莱尔说。

"可不只是两个字母。不过凶手就是他,"维尔克斯答道,"所以我需要了解他的一切。"

"除了他是我课上的学生外,我真的不太了解,"克莱尔摇摇头说,"他就站在我的面前。真是不敢相信。"

"那就相信吧,"尼克边说边盯着维尔克斯的电脑屏幕,"这个混蛋是一对夫妇的遗孤,他们二人在三年前的一场清晨大火中丧生,当时韦斯利还在上大学。"

"起火原因呢?"维尔克斯问道。

"原因不明,"尼克把屏幕上的字念了出来,"或许是地下室的线路问题引起的,但油漆稀释剂可能是火灾的触媒。韦斯利接受了新泽西州里弗埃奇警方的盘问,他有确凿的不在场证明——在四十英里外的大学宿舍睡觉。"

"也可能不是,"克莱尔说,"半夜溜出来也不难,再在别人醒前溜回去。"她走到尼克身边看了起来。"还有别的吗?"克莱尔问道,"未成年时期有没有法律问题?虐待动物的投诉?"

"咱们不必大费周章去证明这个疯子是不是神经病,"维尔克斯说着点点头,"我打赌,这个王八蛋肯定虐待过动物,也放过火,就跟小孩尿床一样正常。"

"别这么急着下结论,"尼克说,眼睛还盯着屏幕,"还有一件事。他申请纽约警局,要当一名警官,但是后来,在参加背景调查官面试和警局心理医生面试前,他突然弃权。"

"这并不能证明他是个连环杀手,"克莱尔说,"但这绝不是巧合。他一定认为,与其冒险被警局心理医生看出破绽,倒不如不冒被抓的危险。"

"他就是我们要找的人，"维尔克斯说，"在他伤害任何人之前，我们要抓住他。"他掏出手机，"我认识一个法官，他能秘密地给咱们开一个拘捕令，但这事也要保密。你们两个，除非我同意，不要让别人知道这事。"

"我会查一下菲尔普斯先生的课表，"克莱尔主动提出，"你可以在他上课的时候搜索他的住处。"

"我来派几个人跟踪他，确保他不会中途回来打断我们。"尼克说。

"今晚托尼和西姆斯会在他的公寓蹲点，"维尔克斯说，"明天我派几个便衣缉毒警察去校园跟踪他，直到最后合法将其抓获并控制住。"

他看着克莱尔，抓住了她的手。"这一次，在他再次伤人之前，"维尔克斯保证道，"我们会抓住他的。"

第二十四章

韦斯利·菲尔普斯从他的地下室公寓出来，沐浴着阳光，走在切尔西区第二十四大街西街上。他单肩挎着背包，向西走去。这条路线他几乎每天早晨都走，步行一段就到了第八大道和第二十三大街交叉口处的地铁站，从这儿乘坐北去的地铁去上城的学校。

他注意到门前这条大街在早晨的时候总是很拥挤，今天更是完全堵住了。他东望望，西看看，知道了原因：一个爱迪生电力公司的员工打开了地下井盖，正在进行检修，他们的大卡车和设备挡住了半条街道，剩下的宽度只能让汽车或卡车勉强通过。

这时，身边突然响起了鸣笛声，把他吓得跳了起来。"快给我他妈停下来！"韦斯利冲着一个胖墩墩的中年秃头男人大喊道。这个没有礼貌的人开着一辆刺眼的银色宝马，手指夹着一支又粗又长的雪茄，从打开的车窗往外吐着烟。

有时真希望能把他们都杀掉，韦斯利心想，从那个他觉得是非人类的混蛋旁边走过。实际上，他觉得除自己以外，任何人都可以这么评价。他要把他们一个一个地杀掉，一个，又一个。

但是韦斯利明白，克制自己的冲动，正是他和其他所有那些无名小卒杀人犯前辈们的不同之处。他们不会像他一样精挑细选，也没有什么计划。什么希克曼，什么帕尔默，他们的名字之所以被人铭记，正是因为他！

只要等他把毕生的事业完成，他的名字也能为世人永远铭记。

韦斯利想到这里，脸上露出笑容，为自己能耐心等候时机而感到洋洋得意，心想，离这一切结束已经不远了。他活在世上的痛苦就要结束了。

终于，终于，能够休息了。

"他在移动。"爱迪生电力公司的员工轻轻地对着隐蔽在黄色马甲下的话筒讲话，那是他的工作服。

"他认出你了吗？"耳塞里传来一个沙哑的声音。

好像得到了什么暗示一样，韦斯利转过身来，看着那个工人的方向。看了一秒，他又转了回去，继续向前走。

"他刚才朝我们这个方向看了一眼，但是我觉得他没有看出破绽，"那个工人对着隐蔽的麦克风说，"他正回头往第七大道走呢。"

"收到，"耳机又响了，"盯紧，等我给你信号。"

那个工人按了两下袖子下隐藏的按钮，告知上司已经收到。事实上，他是纽约警局缉毒科的一个便衣侦探，但他不知道自己在这儿监视是为了什么。他和上司拿到的唯一信息是一个目标的照片和监视地点。

没人知道目标的姓名，耳机里下达指令的人就坐在两码以外爱迪生电力公司的厢式货车里，隔着帘子观察外面的状况。

"他现在在哪儿？"维尔克斯轻轻地说，语气十分耐心。他的上半身悬在厢式货车里面的小桌上，不过车当然不是爱迪生电力公司的，而是警局用于监控的伪装车辆。维尔克斯要求动用这辆车,是因为在这辆车上可以调取街上和银行里的监控,上面还配备了无线电话和笔记本电脑。

"他刚进入第八大道和第二十三大街交叉处的地铁站。"耳机里传来一个女性的声音。

维尔克斯按了一下"通话"按钮。"好了,谁都别动,等那个混……呃,我是说,目标上了火车。"

他把麦克风挂了回去。尼克和克莱尔也在车里,和维尔克斯一样身穿爱迪生电力公司的连衣裤和工作靴。

"这样真的有必要吗?"克莱尔问道。

"你想说干就干啊,医生?"维尔克斯立刻回道,"专业人士都是这么做的。现在只需要等托尼拿到搜查令,咱们就能动手了。"

塔尼莎·富勒,二十五岁,是一个漂亮的美国黑人。她将头发扎成一束,站在第八大道地铁站的站台上扫视着人群,刚打算转身往另一个车站入口走,一个深色头发的年轻人引起了她的注意。他身穿牛津纺衬衫和卡其裤,正通过十字转门,这时,一辆地铁由南向北呼啸而来,进站时发出一阵刺耳的刹车声。

富勒看着那个年轻人上了火车。车门关闭,车轮向前滚动时,她才敢掏出手机,看看上面的照片,以确定没有跟错人。

她抓住别在肩章上的无线电话送话器,按了一下,贴近嘴唇:"七号车厢大卫,你的人已经上车,方向向北,正数第三节车厢。"

"收到。"维尔克斯的声音传到了她耳中。

富勒把送话器放回肩章位置,朝出口走去,难以置信地摇着头。

她被安插到这里就为了确认他上车,那个深色头发的目标毫无察觉地从她眼前经过,她连他是谁都不知道。她从没想过会穿着日常的工作服——崭新的纽约警局初级铁路警察制服,这么明目张胆地搞秘密监视活动。

爱迪生电力公司的厢式货车后门突然打开了,维尔克斯、尼克和克莱尔钻了出来,身穿连衣裤,头戴黄色工作帽,急匆匆地走到菲尔普斯居住的褐石建筑的台阶上,与此同时,维尔克斯和尼克从衬衣里掏出他们脖子上戴的警徽。尼克握拳砸了一下门。

"警察!开门!"他大喊道。

克莱尔听见重重的脚步声,扭头往第六大道看去,是萨瓦雷斯,他也穿着和自己一样的衣服,正上气不接下气地跑过来,手里拿着一张纸。

"他在哪儿呢?"维尔克斯低声道。

这时门开了,出现在眼前的是一个瘦削的白发黑人,尼克认为他大概七十岁上下。

"他妈的有问题吗?"那个老人说。

"警察。"维尔克斯说。

"好啊,别废话,"他说,"这么大声敲门干吗?"

"这地方谁管事儿?"维尔克斯问道。

"诺伯特·米勒。"

"去哪儿能找到他?"

"你现在正看着他呢,小子。"米勒答道。

还在大喘的萨瓦雷斯把搜查令给了米勒。"这是奉命搜查你公寓里一个叫韦斯利·菲尔普斯的租客房间的搜查令,他住你家地下室……"

"神圣的耶稣·基督啊!"老人大声说道,"你们真的逼我这么做?"

"是的,你有什么意见吗?"维尔克斯粗声问道。

"这家伙是个混蛋,这就是我的意见,"米勒抱怨道,"两个月前下了场大雨,房子漏水,我去他屋里检修,还以为他要拿刀捅死我呢。"

"嘿,"维尔克斯说,"我们没有时间听这个,我们要进去,现在就要。"

"但是他在租约上有要求,要查看房子必须提前一天打招呼。"米勒恳求道。

"现在就要,否则我就以妨碍公务罪逮捕你。"维尔克斯毫不客气地说。

"好吧。等这个杂种回来的时候,你们在这儿给他解释清楚,我可不敢跟他说。"

"从今以后,他不会让你感到困扰了,"维尔克斯保证道,"现在把该死的钥匙拿过来,让我们看看。"

韦斯利从地铁站出来,人潮从地下涌上哥伦布圆环广场。他还是老习惯,停在了最喜欢的小吃车前面,买了一份每天都吃的早点:一个百吉饼,上面涂着奶油干酪,一杯黑咖啡。

"谢谢你,萨米尔。"他对那个来自西印度的摊主说,给的钱比早点价格多得多,剩下的就当是小费。

韦斯利朝第五十九大街走去,现在手里拿着早点,心里感觉好极了。他很饿,张嘴便咬了一口面包,比平时咬得都大,随便嚼嚼就咽了下去。然后,为了赶上绿灯,他匆匆忙忙地朝哥伦布大道走去。

快走到街角时,他感觉兜里有什么东西在震动,便冷静地站在那里,小心翼翼地把咖啡和面包放在旁边的车顶上,伸手去掏手机。

他知道,不管是什么,肯定不是好事,因为以前就没人给他打过电话。一个都没有!

他瞥了一眼屏幕,果然是他最担心的事情。

他把车顶的咖啡和面包拿下来,扔进街角的垃圾桶,拼尽全力朝地铁方向跑了过去,好像是什么生命攸关的大事一般。

他知道,很可能就是那件事。

诺伯特·米勒把钥匙插进韦斯利那间公寓门把手上的锁眼,锁簧可能被卡死了,也可能是他拧不动。

"怎么了?"尼克急躁地问道。

"你也看见了,"米勒发着牢骚,"我拧不开这该死的锁。"

"你确定是这把钥匙?"维尔克斯问道。如果拿错了钥匙,他就要大发雷霆了。

"是这把,我肯定,"米勒说,"拿枪的这小子肯定把锁换了。"他笑起来,露出了满嘴的大黄牙。"终于有理由把他赶走了……"

"往后站!"维尔克斯对米勒命令道。

"你要像电视上那样把门踹开?"

"如果我们能打开的话,也可以不踹开,"尼克说着把米勒拉到一边,给犯罪现场调查组的特里·艾特肯警探腾出地方,以便他施展本领。

"要用多长时间?"维尔克斯问艾特肯。

"锁没什么复杂的,"说着他把包里的开锁工具拿出来,挑出一件弯曲的工具熟练地插进锁眼,他长长的手指轻轻一叩,锁咔嚓一声便打开了。

"没穿鞋套没戴手套的人别进去,"维尔克斯命令道,"医生,我们给你弄了个浴帽,"他说,"我不想让这个家伙知道咱们来过。"

韦斯利喘着粗气跑到了地铁站,顺着自动扶梯旁边的楼梯两阶并作一阶地往下走。他从兜里掏出他的地铁卡,手扶着扶手尽量不摔倒。

下了最后一级台阶,看看两个方向的火车,他这才稍稍安心。每个人看起来都迈着平时的步伐,和平常没什么两样。

然后他听到身后一阵噪声。台阶上,一个女人大喝一声:"站住,你这混蛋!"

他一转身,两个和他年龄相仿的年轻人,背上背着包,正沿着楼梯飞奔,冲他跑来,他们的眼睛都盯着他,手也伸进了上衣里。

韦斯利知道自己时间不多,但他早已准备好了。

背包很快从肩上滑下,他伸手进去,掏出了九毫米口径的勃朗宁手枪,买这支枪就是为了应对这样的紧急情况。他抓住身旁走过的一个中年乘客,手揽住她的腰,往怀里一搂,她便挡在了自己身前。

他的人肉盾牌能让他摆脱即将发生的事情。

"警察!"两个年轻人在台阶上大喊,枪已经拿到了手上,声嘶力竭地大喝,"趴下!"

韦斯利开了枪,一枪,一枪,又一枪,打中了面前过往的乘客和那两名警察,为防止误伤人质,他们没有开枪。

他看见两个警察跌跌撞撞地踩着台阶下面的尸体靠近,得意地笑了。

"不许动！不许动！你这个杂种！"他们两人都向他大喊。

此刻，韦斯利离他们两人只有一尺远，便对准两人的脑袋各开了一枪。

人质大声尖叫："你这个禽兽！你怎么了？你缺乏母爱吗？放开我！放开我！"

韦斯利放开了她，不等她再叫出声，便一枪打进了她的左眼，这是莫尔·格林的杀人风格。"我母亲把她的烟头往我背上烫，婊子！"他对那个倒在地上已经死去的人质说完，把枪别在腰带上，跑进地铁站消失了。

克莱尔穿上鞋套，戴上手套，戴好浴帽，走进了韦斯利·菲尔普斯那间狭小但洁净的公寓。

眼前的景象让她喘不上气来。

"我的上帝啊！"她说。

她看见墙上用油漆画着一个巨大的纵横字谜，每一个词都是菲尔普斯受害者的名字，填在相连的方格中：尼克、吉尔、凯蒂、罗莎·桑切斯、罗伯特·纽曼、维克多·帕尔默、乔纳·韦尔奇，还有一个不是他的受害者，而是他所崇拜的神经病——威廉·爱德华·希克曼，1920年那个放干受害者血液的杀手名字也在上面。格子里面还写着其他的词，比如"血""尸体""脱离肉体"和"斩首"。

"只剩下十二个空格了。"她自言自语道，被眼前的名单震惊了。

"克莱尔！"尼克在后面喊道。

她转过身来，被对面墙上的字吓得屏住了呼吸：字谜。有几十对词语工工整整地用红色马克笔写在墙上，好像打印出来的一

343

样,开头就是"感染偷猎者(infections poacher)""章鱼授权(octopi enfranchise)""匹诺曹紧固件(Pinocchio fastener)"。在这个列表上面是两个词"聚精(GATHER STAMINA)",是用黄色马克笔写下的,然后用棕色笔描了边线。光秃秃的一个灯泡照亮这个方方正正的屋子,把墙上的"聚精(GATHER STAMINA)"二字照得发出了金色的光芒。

克莱尔走到墙前面,检阅着韦斯利复杂而精细的作品,被深深地吸引了,几乎像着了迷一般。"它展示着一种特别的辉煌。"她情不自禁地说。

"对你来说或许是,医生,"维尔克斯说,"对我来说,它只是另一个不一样的神经病的花园。"

克莱尔转向尼克,好像想听听他的反应。"这太烦人了,就和他的思想一样。他痴迷于完美,那就是他追求的目标。这就是他那个恶心名字的所有意思。"尼克说。

"'聚精(GATHER STAMINA)'?这他妈什么意思?"维尔克斯说,就和克莱尔、尼克一样恐惧。

"这俩词重新组合一下,就成了'字谜人(The Anagramist)'。"克莱尔答道。

维尔克斯明白了其中含义,便盯着这些字谜。"剩下那些词全都可以重新组合成'混乱中的完美(Perfection in chaos)'吗?"

"不全是。"克莱尔突然发现这间恐怖公寓的墙上还有两组大写字母拼成的词,字迹是红色的:ALKALI GIN(碱杜松子酒)和 ARTERIES CLAW(动脉利爪)。

克莱尔盯着这两组字母看了起来,尼克和维尔克斯也过来和她一起看。他们都面无表情。尼克出于保护的目的,用胳膊搂住克莱尔。"'ALKALI GIN（碱杜松子酒）'可以重新组合成'kill again（再度杀戮）'"。尼克温馨的举动好像给了克莱尔说出这些答案的勇气，"ARTERIES CLAW（动脉利爪）可以拼成我的名字。"

"他迷上你了啊，医生，"艾特肯在屋子那头说着，也走了过来。他戴着手套的双手端着一本剪贴簿。"来看看这个。"

他打开剪贴簿，克莱尔又屏住了呼吸。第一页是剪报，全是她和尼克的照片，下面是一个大标题：警医合作，发现真凶。标题下面是简单的叙述，讲了一年半以前，一宗案件偶然让他们开始合作，再往后就是破案的大致经过。艾特肯越往后翻，克莱尔越觉得害怕，都是用长焦镜头拍下的克莱尔照片：有的在街上，有的正往医院里走，有的正出公寓，还有在尼克公寓外面他俩的照片。

"我们怎么没看到他呢？"她问尼克。

"你还是检讨一下自己吧，"尼克阴沉沉答道，"至少我有看不见的理由。"

"看起来，他想成为我。"克莱尔盯着对准她脸部的一张近焦照片看了起来，旁边还有一篇新闻报道，对她成功破获艾米谋杀案的能力大加赞扬。"但是他还对连环杀手很痴迷，不是因为他想抓到他们，而是想成为他们。"

尼克补充道："这个家伙就是追求完美，他找到了一个完美的人可以学习。他一直关注着你。"

"最后还有你，"克莱尔说，"他想证明他比咱们俩都聪明，而且还能将我玩弄于这个变态的小游戏中，所以，他就杀害了罗莎。"

"他要打败你，"尼克说，"这就是他混乱世界中的完美……"

"头儿！"萨瓦雷斯迈着大步从外面跑了进来，"哥伦布圆环广场的情报人员发来暗号。"

"妈的,"维尔克斯怒喝一声,急忙往门口走。

克莱尔闻声对尼克说:"什么意思?"

"可能是目标对乘客产生威胁,或者已经袭击了乘客。"尼克说着和维尔克斯一起走到街上。

"发生什么事了,托尼?"维尔克斯问道。

"哥伦布圆环广场地铁站死了十几个人,"萨瓦雷斯无力地说,"铁警说其中两人是咱们派去跟踪菲尔普斯的缉毒警察。"

"菲尔普斯现在应该在上课,该死的!"维尔克斯咆哮着。

"我知道,他现在应该在上课,头儿,"萨瓦雷斯脱口而出,"但是总部在无线通话器中描述的地铁枪手很像菲尔普斯……"

"他知道咱们在这儿!"克莱尔突然明白了什么,跑回了公寓。

"克莱尔!"尼克大喊着追在后面。

"你会在现场留下痕迹的,医生!"维尔克斯大喊着,也跟着他俩跑了进去,只见尼克和克莱尔正在屋里找什么。"你们两个到底在找什么?"

"摄像头,"克莱尔指着墙角天花板上的一个小洞说,"找人拿个梯子上去把它取下来,警督,我打赌那儿肯定有一个。"

艾特肯检查了一下门。"这也有个东西!"他大声说。

尼克赶紧走上前去,问道:"什么东西?"

艾特肯指着嵌在门里的那个小圆铁片,外面相同的位置也有一个。"触发机关,"他说,"他把这个地方连上了电线。我认为他离开时肯定设置了警报,如果有人打开门,手机就能收到通知。得检查一下电脑。"

"也触发了摄像头,"维尔克斯说着瞥了那个小洞一眼,"那个混蛋一直用手机监控着我们呢。"

他对克莱尔说:"好,医生,这就是这个摄像头的作用。那他要往哪里跑呢?"

"他哪儿也不会去,警督,"克莱尔坚定地答道,"他得把这个字谜完成了才走。"

"他绝不会回这里。"尼克说出了自己的想法。

"他没必要来这里,"克莱尔说,"不管发生什么,他要完成他的杰作。"

尼克知道克莱尔的意思:"他在追杀咱们,还有孩子们……"

"托尼,"维尔克斯大喊,"派应急部队去第二十七初级中学和史岱文森高中,全员出动,把尼克的两个女儿接出来。"

"正在动员,头儿!"萨瓦雷斯边喊边往外跑。

"你们两个……"维尔克斯转向尼克和克莱尔。

"咱们得把这里处理一下。"尼克知道他要说什么,打断了他的话。

"什么都他妈别干了,"维尔克斯反驳道,"他知道你们在这儿,咱们不能冒这个险。我来负责保护你们,先把你们两个送到尼克的公寓吧。"

"警督——"克莱尔刚说出这两个字,维尔克斯立即打断道,"省省吧,医生。咱们现在就锁门走人。应急部队会把孩子们接回家,你们也回去,等菲尔普斯被抓进监狱或者躺到停尸房再出来。"

"包括两个警察在内,他一共杀了十几个人,他肯定会拼死挣扎的。"

"随便吧,"维尔克斯答道,"是死是活,我都要逮住他。"

"他们接到了凯蒂！"克莱尔在尼克家的厨房，一边喊着，一边拿着电话往客厅走，尼克则坐在客厅。

"他们还要多长时间才能到这儿？"

克莱尔坐到他旁边。"托尼说，应急部队会先带凯蒂去史岱文森高中和接吉尔的人会合，根据交通状况，大约需要半小时到四十分钟。"

"听起来万无一失。"尼克仍然心烦意乱。

克莱尔轻抚着尼克的背，说："没事，尼克，她们有拿着自动步枪的警察保护，不会有事的。"

"不是这样，"尼克说，"整件事就是个错误。菲尔普斯在外面，咱们却被锁在自己的监牢里。"

"真的监牢里可没有这里能享受到的快乐。"克莱尔在他脸颊上亲了一下，然后站了起来。

"等等，"他说，"我想更快乐。"

"我要做饭了。"她笑着走进了厨房。尼克站了起来，跟着走进去。

"如果需要的话，我可以帮忙。"尼克主动提议。

克莱尔低头在冰箱里拿东西，闻声抬头道："想帮我的话，就下楼去德·阿戈斯蒂诺的店里买一袋白葱头。"

"他们不允许我离开，记得吗？"尼克提醒道。

"你们头儿可没说不让你去超市啊。"她嗔道。尼克瞪眼看着她。克莱尔又补充道："只要带上一个拿枪的警察和你一起去就行了。"

考虑得这么周到，尼克没法反驳。"我想……"他最后还是说了半截话。

"你不会后悔的，"克莱尔向他保证，然后又说，"如果你二十分钟内不回来，我就叫警察。"

"祝你好运吧，"尼克说着俏皮话往门口走，"你身边可没有警察哦。"

五分钟以后，整间房子安静了下来，只能听见平底锅里的橄榄油加热时发出的"滋滋"声。克莱尔把蒜切好了，放下手里的尖刀。这是孩子们最喜欢的家庭自制意大利面的酱汁原料。她把蒜片撒在加热的油锅上，把炉子调成中火，然后打算把剩下的蒜放进冰箱。

正要开冰箱门时，克莱尔停顿了一下，看看冰箱门上尼克和两个女儿的照片。照片是在中央公园的沃尔曼溜冰场照的，用一块心形的磁铁吸在冰箱上，磁铁上还写着：父亲节快乐，爱你的，吉尔&凯蒂。

父亲节，克莱尔想着，下一次父亲节，我和尼克还有孩子们一起过的时候，我得送点什么东西。

"好美满的家庭啊！"身后传来一个声音。她怔了一下，知道这不是尼克的声音。"你好，克莱尔。"那人又说。

克莱尔转过身去，只见韦斯利·菲尔普斯站在六英尺开外，脸上挂着温柔的笑容，手里拿着一把黑森森的枪。她拼尽全力压制住席卷而来的恐惧。

"我不知道咱们的关系已经亲密到可以直呼其名呢，韦斯利。"她语调平平地说。

"当然可以了，"韦斯利答道，"要是一个女孩没去过一个男人家里，直呼其名才不合适呢。"

"门外可有两个拿着机枪的警察呢，韦斯利。"克莱尔警告道。

"已经没有了。"他好像早已知道。

"你绝对打不过他们。"

"噢，对门的肯纳夫人帮我看着他们呢，"他扬扬得意地说，"她已经把警察们请进家里了。"

"你怎么进了肯纳夫人家？"

"这个老太太人很好，我从太平梯下到她家窗口，说有人追我，她就放我进去了，然后她就出门去请了那些警察。小菜一碟。"

克莱尔发觉自己开始颤抖，不过用尽全力克制住了。"我能帮你，韦斯利。我非常了解你现在的情绪。"

"所以你打算帮我？"韦斯利反问道，"发生了这么多事情，你是要说我有多么变态、多么扭曲吗？你什么时候擅闯了我的公寓？什么时候偷窥了我的生活？"

"就在你来到我的公寓不久前，"克莱尔愤怒地回道，"我看见了你那本小剪贴簿。"

"你让我很不高兴，克莱尔，"他用嘲弄的语气说，"我原以为，你终于知道了有人在关注你的一举一动，应该会感到非常荣幸。去年你未婚夫的事情之后……"

"我现在已经有喜欢的人了，韦斯利。"她说道。

"我知道，但那人是你真心想要的吗？"他问，"我的意思是，算了吧，你为什么要和这样的男人交往呢？他甚至连能看你的时日都不多了。"

"他随时可能回来。"克莱尔想让他知难而退。

"噢！我知道，"菲尔普斯干脆地说，"还有两个女儿呢，就等着他们……"

她一个箭步冲到炉子旁边，抓住那个平底锅扔向他，还在"滋滋"响的橄榄油溅到了他的脸上，痛得他睁不开眼睛。他扔下枪，痛苦地抱着脑袋。

"你这个婊子！"他大叫着朝克莱尔扑了过来，赶在克莱尔抓住案板上的刀子前用臂弯锁住了她的喉咙，用力一勒，克莱尔的意识开始有些模糊。

"我不用按顺序把我的字谜完成，"他说。克莱尔的脸上渐渐没了生气。"我要干掉你，等尼克还有他的女儿们回来，我再把他们干掉……"

砰！一发子弹打穿了韦斯利右腿的腿肚子，他吃痛大叫一声，松开了克莱尔，伸手去抓案板上的刀子。

克莱尔面向厨房的过道倒下，韦斯利也跟着摔在地上。尼克正站在门口，手里拿着一把AR-15半自动步枪。

"我还小的时候，每个星期二两点都会看见肯纳太太去超市旁边的发廊，从来没有漏掉过一天，但是我今天没看见她……"

"你敢开枪打我，你这个卑鄙小人！"韦斯利抱着中枪的腿叫喊着。

"细节决定成败，韦斯利。"尼克上前一步，拿起了韦斯利扔在地上的枪，将两支枪都指向他，克莱尔也爬到了尼克身后。

"我还没完成我那该死的字谜！"他尖叫道。

"你已经玩完了，混蛋！"尼克讽刺道，"你不是这个房间里最聪明的家伙。你已经被我的女人和一个警察打败了，感觉怎么样？"

"我还没输！"韦斯利大喝一声，把什么东西投向尼克。

砰！尼克身上着火了，他顺手一枪打中韦斯利的左肩，但是太晚了，没能阻止韦斯利的反击。韦斯利拿起一把削皮刀捅在尼克的腹部。

"尼克！"克莱尔哭喊着。

尼克肚子上露着一个刀柄，伤口周围的衬衫很快染满了血，他咳嗷一声，还站在那里，但是已经被惊得目瞪口呆，手中的突击步枪掉在了地上。韦斯利见机扑向步枪。

"现在是谁玩完了呢？"韦斯利反讽道。

砰！一发子弹打进了韦斯利的身体。他嘴里咳出了血，抬头看看，是克莱尔。她双手握着尼克的右手，手指扣在扳机上，枪口正指着韦斯利。

韦斯利笑了。

"快救他。"尼克对克莱尔说。

克莱尔松开双手："但是你……"

"刀刃不长，没伤到内脏，"他说，"别让他死了。"

克莱尔跌跌撞撞地抓过擦碟子的干布，跪在韦斯利身旁。韦斯利脸色苍白，血慢慢地从伤口中渗出来。克莱尔努力帮他止血，他却使出仅存的一点力气把她推开了。

"你很强，"他用微弱的气息说，"你不是寄生虫。你才是混乱中的完美之人。"

然后他闭上了双眼。

第二十五章

克莱尔从来没写过日记，因为她不想写出自己不想承认的感觉。一旦写在纸上，就真实地存在了，就在那白纸黑字间，无法忽视。

韦斯利死后，克莱尔决定，是时候正视写在纸上的想法和感情了。把这些写在纸上，是愈合自身创伤，了解这个心理极度失常的年轻人的一种方法。她决定买一个精美的笔记本，于是在一家小文具店里找到了一本。本子的页面是空白的，因为她不喜欢线条的束缚，而喜欢空空的画布。本子的封面是紫色的蜡染布，有点异国情调，上面带着橙黄色、亮黄色和荧光绿的斑点，让她想起了彩虹。大学的时候，她用各种荧光颜料在本子上涂上颜色，就和这个封面一样。她知道，在这个本子上写下她的想法会感觉很舒服。这就是她所谓的"脑书"。

8月8日——第一篇

韦斯利·菲尔普斯

何人？

韦斯利于1976年1月5日出生在新泽西州的里弗埃奇，其父母分别名为雷·菲尔普斯和埃伦·菲尔普斯。他是独生子，没有患过重大疾病,没有长期住院治疗过,也没有犯罪记录。父母已故(韦斯利大学期间,家里失火,身亡)。唯一在世的亲属是苏珊·兰茨,韦斯利的姨妈,即埃伦的姐姐。兰茨女士报告称,其父母非常担心他的"怪异"行为,因此韦斯利并没有从父母那继承到任何遗产。他的事登上报纸后,兰茨女士回忆,韦斯利从来没养好过任何宠物,他的宠物猫、宠物狗都"跑了"。但是几年前,雷·菲尔普斯在花园种菜的时候,刨出了十几只动物的尸骨。没人能证明这是韦斯利"丢失"的宠物,不过埃伦·菲尔普斯对她姐姐吐露道,她担心韦斯利可能还杀死了邻居家的宠物,因为几年来邻里间的宠物一直在丢失。

菲尔普斯先生和菲尔普斯太太给韦斯利留了一笔信托资金,由兰茨女士代为掌管。他们明确告知兰茨,这笔钱要用来支付韦斯利的大学学费、研究生学费以及期间的其他开支,每月给他发放两千美元的固定金额生活费。等他年满三十五岁并通过精神病学评估测试以证明其能力,则可继承这笔数额巨大的遗产。如果发现他有精神疾病,或者按照兰茨女士所说的那样是"一个真正神经的小毛孩",这笔资金就捐赠给"沉默之友联盟"。

兰茨女士报告称,韦斯利并不认可这份遗嘱,他读了遗嘱之后的行为让她感到非常害怕。因为他没有发脾气,而是咯咯地笑着,看着兰茨直摇头。从那以后,她就再也没见过他了。

她听说外甥的所作所为后,责备自己没有看到他的"心魔"。她还补充说,总是觉得韦斯利是个"古怪的小孩",因为每当有人受伤时,他总是不合时宜地大笑。她甚至怀疑,在其父母死后,韦斯利还想杀害她。他走后两个月,兰茨新买的本田汽车居然刹车失灵,发生了惨烈的车祸。

沃尔特·麦克卢尔——给韦斯利上课的教授，报告称，他的学生"想成为最棒的"。他告诉麦克卢尔教授，他"敬佩"我的成就，希望自己也能在法医精神科学的硕士项目中表现出色，从而进入医学院。麦克卢尔还称，我开始带他们的课程时，韦斯利告诉他说他想成为一个法医精神病专家，想"复制"我的成功路线，把我教的一切都学会。

韦斯利崇拜连环杀手，痴迷到复制了他们犯罪的每个细节。某种意义上，我相信这些杀手就是他性格的另一方面。韦斯利非常渴望得到人们关注连环杀手的那种关注度，于是模仿了这些心理病态的罪犯，但是认为自己可以做得更完美，而且永远不会被抓到。他相信，如果可以除掉我，并且逍遥法外，他就堪称"混乱中的完美之人"。

或许韦斯利患有精神分裂症。我不知道他是否有视觉或听觉幻觉，但他的表现确定无疑是妄想症患者的症状。他内心深处对其他连环杀手的认同表明，他可能真的认为自己已成为威廉姆·爱德华·希克曼那样的著名连环杀手。

韦斯利·菲尔普斯的内心是什么样的呢？人格的另一面，不断斗争，想要控制住身体吗？想要被倾听？我们永远都不得而知。

某些方面，我认为韦斯利和我是一样的。我们都有心魔。

就像我体内的异源嵌合体……

我内心也有某些东西在斗争，想要控制我的身体。我毕生都在尽力忽视另一声音——双胞胎中另一半的声音。

此时我写下这些，是因为我必须听从自己的声音，它告诉我，我必须愈合创伤，为了心中对尼克的深爱和照顾他的女儿们的渴望。

我想自由自在地感受生活给我们带来的一切。

我想过我自己的生活。

克莱尔走进尼克的卧室,里面很凉爽。刚刚七点,东方的云缝中洒下缕缕阳光,因此屋内光影斑驳。她俯身轻轻地吻了尼克的双唇,然后掀起盖到他下巴的毯子。尼克睁开了眼睛。

"早上好,阳光小姐。"他笑着说。

"今天感觉怎么样?"她问道。

"比那个中了枪的家伙好点。我居然在一个月内被同一个家伙伤了两回,"他风趣地说,"昨晚去哪了?"

"我昨晚写完我的脑书,就在沙发上睡着了,"她承认道,有些羞愧,"我送孩子上学去吧?"

尼克把毯子掀掉,双腿挪下床,"算了,我去,你去上班吧,"他说着眨了一下眼睛,"好像今天是你重要的日子,而且某人还要养家糊口呢。"

"你想见我?"走进菲尔伯恩的办公室后,克莱尔问道。她注意到导师脸上的表情很严肃。

"尼克怎么样了?"导师问道。

"他很好,"克莱尔说,"他明天就能自己上班去了。"

"孩子们呢?"

"她们也没事,还没从上次炸弹恐吓事件中恢复过来,不过,她们不再害怕菲尔普斯会回来了。"

菲尔伯恩指了一下丝绒沙发,示意她坐下,然后坐在了她旁边(菲尔伯恩可从来没这么做过)。

"如果你要养活这一大家子,那就需要一个真正的工作。我只是想告诉你,你可以在这儿工作了,如果你喜欢的话。"

"但是我研究员还没毕业呢!"克莱尔说。

"我已经没什么可以教你的了,"菲尔伯恩答道,"你已经很棒了。"

"但是招聘委员会……"克莱尔只能想起这些。

"整个研究工作过程中,还没有一个像你这样,在过去两年取得如此成绩的候选人,是他们让我问你的。"

"但是我没有获得相应的资质,怎么能入职呢?"克莱尔问。

"今年十二月,等你完成研究计划,就可以获得资质了。到时候你就能正式入职。现在,我想先指定你接手这个工作,准备好担任这个重要角色。"

"我都不知道该说什么了。"克莱尔结结巴巴地说。

"你只需要说,你接受这个工作,"菲尔伯恩劝道,"求你了,我们需要你。"

克莱尔还在等心中的那个声音告诉她怎么做——接受,还是不接受,她向来都是这样。不过,这次没有声音,她非常清醒。

"好,"她自信地说,"我接受。"

克莱尔伸出手和菲尔伯恩握了一下。

"我觉得这样没什么不合适的,"菲尔伯恩说着站起来和她的明星学员拥抱了一下,"你是一个非常勇敢、顽强、不听话的学生,我很荣幸认识你,"她打趣道,"保罗·科廷听说你接任了他的工作,肯定也会引以为傲的。"

"谢谢你,医生,"克莱尔说,"没有您,还不知道我现在在哪儿瞎忙呢。"

"你做什么都是最好的,亲爱的,"菲尔伯恩说,"我没有帮你,一直都是你自己努力得到的。"

克莱尔离开了菲尔伯恩的办公室,还在沉思着她最后的那句话。她回到办公室,坐在办公桌前,看着窗外。

或许她的意思是,我不应该再如此怀疑自己,而应该相信自己。不要生活在过去了,前进吧!

她的目光落在外面站着的一个年轻女人身上,那女人棕色的头发向后梳成一个马尾辫,从后面看,像极了罗莎·桑切斯。克莱尔凝望着,那个女人也转过身来,好像在看着这扇窗户。克莱尔挥挥手,满怀希望地想再见罗莎一面。那女人好像也朝她挥挥手。不过,那肯定不可能是罗莎。这时,一个小女孩走上前去,原来那女人不是朝克莱尔挥手。那女人伸手拉着那女孩的双手,在原地转啊转。克莱尔发出了和那女孩一样的笑声,笑声中充满了单纯的快乐。

这是她第一次感受到自己内心单纯的快乐,甚至自出生以来都没有这么开心过。这种感觉让克莱尔明白,她会没事的。

TITLE: KILL AGAIN
AUTHOR: NEAL BAER AND JONATHAN GREENE
Copyright: © 2014 BY NEAL BAER AND JONATHAN GREENE
This edition arranged with KENSINGTON PUBLISHING CORP.
through BIG APPLE AGENCY, INC., LABUAN, MALAYSIA.
Simplified Chinese edition copyright:
2016 BEIJING ALPHA BOOKS. CO., INC.
All rights reserved.

版贸核渝字（2012）第040号
图书在版编目（CIP）数据

字谜犯／（美）贝尔，（美）格雷著；徐宁译.--重庆：
重庆出版社，2016.1
书名原文：Kill Again
ISBN 978-7-229-10510-5

Ⅰ.①字… Ⅱ.①贝… ②格… ③徐… Ⅲ.①侦探小
说—美国—现代 Ⅳ.①I712.45

中国版本图书馆CIP数据核字（2015）第237191号

字谜犯
ZIMIFAN

［美］尼尔·贝尔　乔纳森·格雷　著
徐宁　译

| 出 版 人：罗小卫 |
| 出版监制：王舜平 |
| 策划编辑：张慧哲 |
| 责任编辑：王春霞 |
| 责任印制：杨　宁 |
| 营销编辑：刘　菲 |
| 装帧设计：荆棘设计 |

重庆出版集团
重庆出版社　出版
（重庆市南岸区南滨路162号1幢）

投稿邮箱：bjhztr@vip.163.com

三河九洲财鑫印刷有限公司　印刷
重庆出版集团图书发行有限公司　发行
邮购电话：010-85869375/76/77转810
重庆出版社天猫旗舰店
cqcbs.tmall.com
全国新华书店经销

开本：880mm×1230mm　1/32　印张：11.375　字数：262千
2016年1月第1版　2016年1月第1次印刷
定价：38.00元

如有印装质量问题，请致电023-61520678

版权所有，侵权必究